メイ・サートン

74歳の日記

幾島幸子訳

みすず書房

AFTER THE STROKE

A Journal

by

May Sarton

First published by W. W. Norton & Company, Inc., New York, 1988

74歳の日記

いつも私を支えてくれた
イーディス・ハダウェイ
ナンシー・ハートリー
ジャニス・オベラッカーに

はじめに

これまで私は、自分の日記にあとから何かを書き足さないということを、面目にかけて守ってきた。たまに文体の調整や、くり返しを削除するために手を入れることはあったけれど。ところがこの日記の前半を書いているあいだはとても具合が悪かったので、ところどころ書き足す必要が生じた。日記の日付以降に書き足した部分は［　］に入れてある。

一九八六年四月九日　水曜日

頭のなかはとてもまともな状態ではないし、精神的にも肉体的にも何かしようとすれば、どんな小さなことでもくたびれ果ててしまうので、はたして続けられるかどうかはわからない。でも一月初めからずっと何も書けない状態が続いていて、およそ生きることの意味から切り離され、自分が自分ではなくなってしまった気がしているので、これから毎日、数行ずつでも書くように努めようと思う。

書くことは自分を支えることだ。ラリー・ルシャン〔ローレンス・ルシャン。アメリカの臨床精神科医、作家〕のような人からの助言はほんとうに貴重。彼自身、重い心臓発作を起こして何日間も集中治療室に入っていたのに、三回も電話をくれた。なんという思いやりだろう。彼によれば、表面的なエネルギーがないのは、まず体のなかにエネルギーを溜める必要があるからだという。なるほどと思う。

現状はといえば、午後はだいたい横になっているし、夜八時にはベッドに入る。一人でベッドに寝ていると、過去のできごとが満ち潮のように何度も何度も押し寄せてきて、いろいろな記憶に呑みこまれそうになる。生まれたばかりの赤ん坊のように丸裸で傷つきやすい自分がいる。

［私は個人的な人間関係にかかわるあまたの喪失、そして多くの場合、それにともなう痛みに耐え

右頁写真 © Stathis Orphanos

きれない弱さをもっている。一九三四年に主宰していた劇団*の活動が頓挫してから、自分にとってほんとうの人生に踏み出したのだが、二五歳から五〇年という年月のあいだにあまりにも多くの人生を経験してきた。そして多くの人と深い関係を築いた。「五〇年前」と言えるなんて信じがたいことだが、その五〇年のあいださまざまな人生の困難に立ち向かい、人間としても、作家としても、能力の限界ぎりぎりのところで生きてきた。だから夜中に目ざめたとき、押し寄せてくる潮には膨大な感情や思いがのっている。母は何度も何度も死に、そのたびに私は母のそばにいる勇気をもてなかったことと向き合わなければならない——母が望んでいたのはそれだったのに。私が『総決算のとき』を書いたのは、ひとつには、自分ができなかったことを読者ができるよう手助けするためだったのかもしれない……そして多くの読者が、私の本が役立ったと書いてきている。

　サンタフェのこともたびたび思い出される。ジュディ〔・マトラック〕と初めて会ったのはサンタフェで、二人とも同じ家に客として招ばれていたのだった……なんという幸運だったろう！　私を恋人かつ友人として受け入れるべきかどうか——彼女は長いあいだそのことについて疑念を抱き、苦しみもしたが、その末に私たちは晴れてケンブリッジ〔マサチューセッツ州〕で、ともに暮らすことになったのだった。ジュディはシモンズ大学の卓越した英語教授としての仕事人生と私生活を完全に切り離していた。もしかしたら同僚に真実を知られることにためらいがあったのかもしれない。自分——そして私——の感情がここまで激しいものになることに、十分な覚悟ができていなかった。ジュディは四五歳になるまで、誰かと親密な関係をもったことは一度もなかったのだ。重い鬱を患いながらも、誰にもそのことを言えなかった——私と出会うまでは。そしていっしょに暮らしてからも、私は彼女が暗い谷の淵に落ちこんでいることにいつも気づいていたわけではない。ざっくばらんで軽率な私とは違って、ジュディは内向的で隠しごとが多い。なぜ私たちが惹かれ合うのか不思議だけれど、ほんとうの愛とはいつもそういうものなのだ。

バジル・ド・セリンコートのこともしばしば浮かんできた。私の詩を最初に評価してくれた批評家が彼であり、その後私たちは真の友情で結ばれた。タカのような風貌をした彼は、時に歯に衣着せずにずばずばものを言う。でもずっと私の詩を念入りに読みつづけてくれ、手紙でいろいろ質問もしてきた。その手紙と私が彼に宛てた手紙は、バーグ・コレクション〔ニューヨーク公共図書館にある英米文学の蔵書と草稿のコレクション〕に入っている。バーグ・コレクションにはそのほか、S・S・コテリアンスキー〔ウクライナ生まれのイギリスの翻訳家〕とやり取りした手紙など、たくさんのものが入っている。あらためて思うのは、私の作品を高く評価してくれたのは女性ではなく、男性だということ——最大の例外は、キャロリン・ハイルブラン。彼女が私の人生に登場したのは、私が五五歳のときだった。

バジルのことを思い出すとき、彼はいつもキンガム〔イギリス、オックスフォードシャー州の村〕の庭にいる。彼は一段高くなった長い花壇に数えきれないほどのヒナゲシを植えていたので、私はどこであろうと自分の庭にはかならずこの花を植えなければ、という気になった。思い浮かぶのは、彼のゆっくりした歩き方——けっして急がない庭師の歩き方だ。

＊ メイ・サートンは一九三三年から三五年まで、アプレンティス劇団（のちにアソシエイテッド・アクターズ劇団と改名）を主宰していた。訳者注。

今また、バジルが一九三九年四月二日付のロンドンの「オブザーバー」紙に寄せた私の詩集の評を探して、読みなおしている。先見の明があるだけでなく、今日にいたるまで、私の詩にこれ以上の評があたえられたことはない。二カ所引用してみよう。

彼女の詩が注目に値するとすれば、それは詩の根底にあってそれらをひとつにまとめている強烈な体験が、その体験を表現するための道具《ツール》をつくり、磨き上げる断固たる決意を生み出しているからである。そのツールは、非情なまでに深く探求するものであると同時に、きわめて繊細でなければならない――そして実際、彼女のツールはすでにそうなっている。

さらに彼はこう続ける。

いずれにせよ、ミス・サートンのような詩人の作品――彼女自身、それを「尖塔」にたとえる――「生きた背骨、空中高くバランスをとること」――においては、読者はあらゆるものについての〝なぜ〟を知ることになる。というのも作品が親密なものになればなるほど、読者は作品の目的がひとつであることに気づき、その一行一行に、すべての始まりである厳粛な専心――この時代における詩的な展望にとりわけ深くかかわっているもの――を感じるからだ。その展望においては、究極の禁欲と自立の達成、そして熱烈な孤独こそが創造的な人間の土台をなすと考えられているのである。詩におけるナショナリズムは死んだ。詩人の心は、そこを訪れるあらゆる想念を理解しなければならないし、今日、想念はあらゆるところからやってくる。今日、詩人の声は普遍的な理性の声となり、詩人自身は世界の市民となる。世界のものとなるためには、まず独りで立たなければならない。そして世の中に背を向け、みずからスピリチュアルな中心となって、あふれ出る愛を放つのだ。

二七歳でこんなふうに言ってもらったら、その後長いこと酷評を浴びたとしても生き延びられるはず――そしてもちろん、そのとおりになった。

一方、夜中に押し寄せてきては心をかき乱す未解決の記憶は、当然ながら恋愛に関するものだ。私に詩と怒りと悲嘆を、ほぼ同じ割合でもたらしてくれた、魅惑的で時に致命的でもあるミューズ〔文学や音楽などの芸術的ひらめきの源泉〕たち。もしかしたら私はいい友だちではあっても、恋人としては失格だったのだろうか？ それとも単に、情熱的な恋にはもっともロマンチックで互いを強く必要とするときでさえ、すでに死の種が蒔かれているということなのだろうか。芽吹いたばかりの若葉も、やがて秋には枯れて落ちるように。友情へと変化すればましなほうだ。今まさにそのことを、ジュリエット・ハクスリーとのあいだで手紙をやり取りしながら――一種の悟りのように――経験している。

過去に押しつぶされそうになったときには、記憶をむりやり風景のなかに押し戻して、鎮めようとする。たとえば第二次大戦直後、ジュディと、二人のイギリスの友人といっしょに気の向くまま旅したフランスのドルドーニュ川――まだ人気が出る前だった――のような場所だ。当時はラスコーの洞窟にも行くことができた。先史時代の壁画は、まるで昨日ピカソが描いたかと思えるほど鮮明だった。でも今は保存のために洞窟は立入禁止となり、観光客は複製の壁画しか見ることができない。ドルドーニュ地方の景観はルネサンス絵画の背景に描かれた風景に似ている。豊かで穏やかで、蛇行する川が曲がるたびに、まるでお伽話に出てくるような神秘的な小さなお城が見えてくる。

テレビの台詞ではないが、これらすべて、そしてもっとたくさんのことが一人の人間のなかに凝縮されている。その人間はそのすべてを夢のように夢見、そして時に、避けられない悪夢のようにそれに追いかけられるのだ。豊かな人生であればあるほど、完全に解決できることなどありえない……それができるのは一篇か二篇の詩だけ。芸術作品を通してしかできない。複雑すぎるし、恐ろしすぎるし、驚きがありすぎる。だから記憶の波は岩に激しくぶつかってくるのだ。」

孤独と寂しさの違いについて、私は今まで少々独りよがりだったかもしれない――「寂しさは自己の貧しさで、孤独は自己の豊かさ」などと書いてきたけれど。今、私は恐ろしいほどに寂しい。それは私が自分自身ではないからだ。誰か友だちと三〇分もいっしょにいると、まるで風船から空気が抜けるように、頭のなかがスカスカになってしまう。だから誰かがそばにいるからといって、なんの助けにもならない。

ナンシーは大きな助けになっている。彼女は今、毎日来て、鳥の餌やり器に餌を入れてくれる。そして仕事部屋の隣のオフィスでせっせと仕事をしている。私に対して要求はいっさいしてこないし、まことにありがたい存在。

脳梗塞を起こして以来、ロバート・ルイス・スティーヴンソン*の「天の外科医」という短い詩を何度も読み返している。シェイディヒル・スクール〔メイ・サートンが少女時代に通った学校〕のアグネス・ホッキングの授業で習ったのだが、まだ八歳か九歳のときだったから、あまり理解できなかった。今は少なくとも一日一回はこの詩を口にしていて、気持ちを落ち着かせるのに役立っている。もっとも詩としては、まったく不出来なのだけれど。

もし私が、幸せになるという大仕事に
おおむね躓いたのなら
もし私が、人間のあいだで日々を過ごすなかで
むっつりした顔しかしていなかったら
もし幸せな人びとの目から放たれる光が
私の心に響くこともなく、朝の空も
本も、食べるものも、夏の雨も
沈んだ私の心を元気づけることがなかったら——
主よ、あなたの鋭く先の尖った歓びの刃物で
私の魂を突き刺し、目ざめさせてください……

四月一〇日　木曜日

具合が悪かったあいだ、何か学ぶことがあったとすれば、それはその瞬間瞬間を生きるということ

＊『宝島』で知られる、スコットランド生まれの小説家、詩人、エッセイスト。訳者注。

かもしれない。眠れない夜、ひと晩じゅうアマガエルの鳴き声に耳を澄ますこと、朝遅く、ひっきりなしにクークー鳴くモリバトの声に目ざめること――そして今この瞬間には、静けさを増すような海のささやきに耳を澄ますこと。その瞬間を、できるかぎり生き生きと生きること。

でも「いま」という場所に戻る前に、これまでどんなところにいたのか、簡単に振り返る必要があると思う。

まず第一に、九月から一二月初めまでに行った詩の朗読会のことだ。私は波に乗っていた。たとえ少々オーバーワークだったとしても、まったく後悔はない。ワシントンDCのスミソニアン協会に集まってくれたすばらしい聴衆（席は何カ月も前に売り切れになった）や、大陸を横断したサンフランシスコでも、劇場いっぱいに詰めかけた聴衆と出会うことができたから。そして一一月にはアイダホ州モスコーにも行った。小型機から見下ろすと、黒々とした豊かな大地が――神秘的な女神の体のように――波打つように襞をなし、その女性的で元気を取り戻させてくれる大地の姿に涙がこみ上げてきた。それらはすべて、かけがえのない経験だった。

［でも一一月に朗読会の合間に家にいたとき、ブランブル〔猫〕が物を食べようとしているのを見ているうちに、歯が悪い――膿瘍だろうか――らしいことに気づいた。そこでナンシーといっしょにブランブルをヨークのかかりつけの獣医、ビークマン医師のところに連れていった。ビークマン先生はとりわけ猫に関しては思いやりあふれる名医だ。数日後には家に連れて帰ることができたが、先生の話では歯と骨の一部を取って生検にまわしているそうで、もしかすると骨の癌の可能性があるという。ブランブルの左目はほとんどつむったままだった。

ブランブルはいつも夜、柳の枝を伝って二階の寝室の窓のところまで上ってくる。たいていはとても夜遅く、窓の外に影が見える。そしてそこで、私がポーチの上の庇に通じるドアを開けるまで辛抱強く待っている。窓の網戸が下げられないので、代わりにドアを開けてやると、ブランブルは庇に飛び降り、走ってきてなかに入る。春と秋には網戸を外してあるので、窓台から直接、ひらりと私のベッドの上に飛び降りてくる。

少したってから、もう回復の見込みがないとわかったとき、安楽死させてやる時期が来たと覚悟した。でもビークマン医師はブランブルを注意深く診察し、「あと一週間ぐらい待ってからにしましょう」と言った。そうして一、二週間かけて長いお別れをしたのだった。ブランブルはベッドで私の背中と隣り合わせに長く横たわり、夜中までずっとゴロゴロと喉を鳴らしていた。彼はいつも荒野に近いところにいる、ネルソン〔ヨークに移る前に著者が暮らしていたニューハンプシャー州の町〕の「野生猫」の最後の一匹だった。人間とは一定の距離をおき、いたと思うとすぐにどこかに消えてしまう。でも最後はとびきり愛情深い猫だった。

やがてまた左目が悪くなり、固く閉じたまま開けられなくなると、いよいよ苦痛から解放してあげなければならないときが来たと思った。ビークマン医師も、今回はあなたの言うとおりですと。ブランブルは横向きに、まったく無抵抗の状態で横たわっていた。でも右目は恐怖で大きく見開かれ、金色の目の縁まで黒目でいっぱいになった。深く澄んだ目。こんな恐ろしいほどの美しさは見たことがない、と思った。ビークマン先生はブランブルの名前を呼びながらやさしく体を撫で、それから熟練した手つきで注射針を刺した。ブランブルは身動きひとつせず、数秒後に息を引き取った。

「長いお別れ」

ナンシーと私はあまり激しく泣いたので、車に乗って家に向かうまでにしばらく時間が必要だった。家はがらんとしていた。ナンシーがよくタマス〔犬〕を散歩させながら、ついてくるブランブルに向かって特別な言葉で話しかけるのを聞いたことがある。ブランブルは途中、勢いよく木に登ったり、背の高い草のあいだを黒と黄色のヒョウのように跳びまわったりした。ナンシーも、ブランブルをとてもかわいがっていた。

家だけではない。家のまわりの風景全体ががらんとしていた。仕事部屋の窓から野原のずっと先のほうに目をやり、あの黒い生き物がじっと集中してネズミの姿をとらえようとしてはいないかと何度も探してみるが、そこにはもう生き物の気配はない。でもいちばんつらいのは夜中に目ざめて、窓のところにブランブルがいるのではと思い、それから彼女がもういないことを思い出して眠れなくなることだった。」

何週間も、私は悲しみにとらわれていた。突然涙があふれてきて止められなくなってしまう。頭のなかでは「これは終わりの始まりだ」という思いが駆けめぐっていた。これまでタマス、ブランブル、そして私はひとつの小さな家族だった。それが今、その一角がいなくなってしまった。次は誰がいなくなるのか？ タマスは最近とても足が弱っているし、私はといえばいつも疲れていて、具合もよくない。

去年の一二月二八日、クリスマスツリーが燃える事件があった。一瞬のうちに炎が燃え上がり、あわや大惨事。真っ黒い煙がたちこめて息もできない。あわてて消火器を取ってきて、客のジュディ・バロウズに向かって「消防車を呼んで！ 私はここで火を消すから」と叫びながら必死で火を消した。

ところがまた炎が燃え上がったので、二階にある消火器を取ってきてようやく消し止めたところに、消防団がサイレンを鳴らして到着。私を病院に運ぶための救急車もいっしょに！ その彼らが私を見て驚いたことといったら。

書斎の壁に埋めこまれた書棚の本が、革装した私の本も含め、煙ですすけた以外はすべて無傷だったのは奇跡というしかない。もちろん見た目はひどい状態で、それから何週間もかけて職人が壁を洗ったり、そこらじゅうを拭いたりしなければならず、そのあとペンキを塗りなおして、床には新しいカーペットを敷きつめた。前のようなサフランイエローのカーペットはなかったので、もっとおとなしい色になった！ さいわいなことに、チェストの修理にかかった二三〇〇ドルも含めて、ほとんどの費用は保険でカバーできた。

一二月三〇日、病院に行く。朗読会に出ているあいだずっと腸の具合が悪く、おなかが痛かったので。ところが医者の診断は心房細動による鬱血性心不全で、脈を正常にするための薬を処方された。けれどもこの薬を飲むととても具合が悪くなり――仕事をするのは不可能――春の朗読会はすべてキャンセルしなければならなくなった。おなかの痛みもひどくなる一方で、一日の大半は横になっているという始末。でも私がいくら症状を訴えても、チェイカ医師は気にもとめてくれなかった。

そして二月二〇日の夜中、麻痺して感覚のなくなった腕が首に巻きつき、首を締められているような気がして目がさめた。それは自分の左腕だった。でも、振りほどくことができない。なんとか振りほどいて、やっとのことで起き上がり、よろよろと歩いた。何か異常が起きたことはたしかだったが、またベッドに戻った。六時になってナンシーに電話し、来てほしいと言い、それから階下《した》に下りて、いつものようにタマスを外に出す。どうにかこうにか朝食を用意し、お盆に載せてベッドまで運んだのはいいけれど、食べられなかった。それから親しい友人で看護師の資格をもっているジャニスに電話して、「軽い脳梗塞じゃないかと思う」と告げる。彼女は言下にこう言った。「かかりつけ医に電話して。救急車を呼んで――すぐそこに行くから」

誰かが助けに来てくれるとわかって、大きな安堵を覚えた。それで小さなスーツケースに荷物を詰めることまでやったのだが、着替えることができない。とにかく体の左半分がとても変な感じで、感覚がない。

救急車と眠たそうな救急隊員二人が到着したときには、ナンシーとジャニスもすでにここに来ていて、二人とも病院までついてきてくれた。

誰かにまかせられるというのは、なんという安心感だろう！　夜が明けるまで、長くつらい時間だったから。

その後六日間入院していろいろ検査をし、あとはくつろいだおしゃべりをして過ごす。CTスキャンの結果、脳に小さな梗塞の痕がみつかった。たぶん不整脈のせいでできた血栓が脳に飛んでいって血管を詰まらせたのだろうという。そして退院。さいわい、話すことも自分の身のまわりのこともできる――電話が命綱だ。ジャニスが一週間、夕飯をつくりにきてくれ、夜も泊まってくれた。マギー・ヴォーンも一週間来てくれて、三食すべての世話をしてくれた。でもそのあとはまた独りになった。

軽い脳梗塞ですんだのは不幸中の幸いだった。でもどんなに軽い脳梗塞でも、これほど体が異常に感じるとは──そしてこれほど落ちこむとは──私も、サポートしてくれる友人たちも、まったく思ってもいなかった。それが、七週間のあいだに徐々にわかってきたこと。

精神的エネルギーが驚くほど枯渇している。一行書くのにどれだけエネルギーが必要かを痛感する。何度もブランブルのために詩を書こうとしては挫折し、そのたびに失望の涙を流す。私のなかに、詩がないのだ──いつか戻ってくるのだろうか? 健康を取り戻したと思えるときは来るのだろうか?

［二週間前、思いがけないすばらしいことがあった。以前、キャロル〔キャロリンの愛称〕・ハイルブランに、もし自分の好きな猫を飼えるとしたら──今まではずっと野良猫だった──ヒマラヤンがいいと話したことがあったらしい。彼女はあちこち尋ねてまわって、生後四カ月のオスのヒマラヤンをみつけ、ニューヨークからはるばるここまで運んできてくれたのだ。長時間檻のなかに入れられ、母親やきょうだい猫から遠く離れた場所に連れてこられた猫が最初に考えたのは、できるだけ速くどこかに逃げて隠れることだった。でもそうする前に私は彼を抱き上げ、柔らかいおなかの毛に自分の鼻をなすりつけた。それからちょっと上を向いたかわいい鼻と大きな青い目、そして体の毛の色を観察した──顔だけが灰色がかったブルー、耳や足、その他の部分はクリーム色をしている。足はとても大きく、柔らかい。ともかくすばらしく美しい猫。ところが寝るときに探したらどこにもいない。どこにいるのだろうと出てくるのを待っているうちに眠ってしまったらしい。夜明け前にふと目ざめると、なんと私の頭のところに寝ていた。そこにほぼひと晩じゅういたことはたしか。出だしは好調だ。

子猫? 最初のうちはまるでハリケーンと呼ぶにふさわしいほどだった。二週間というもの、夜明けに寝室に置いてある実物大のぬいぐるみのヒツジがなぎ倒される音と、喉の奥から絞り出す異様な鳴き声で目ざめる。子猫は鋭い爪と歯でヒツジに飛びかかって尻尾や耳を引きちぎろうとし、それから突然、猛烈な勢いで階段を駆け下り、家じゅうを走りまわるのだ。

家にやってくる前から、名前は「ピエロ」と決めていた。幼いころ、母が歌ってくれた古い子守歌〔フランス民謡『月の光に』〕のなかに出てくる「わが友ピエロ」というフレーズから取ったのだ。

月の光に
わが友ピエロ
君のペンを貸しておくれ
ひとこと書きとめるために
私のロウソクは消えている
私にはもう火がない
扉を開けておくれ
どうか後生だから

彼が私の人生に入りこんできたのは、たしかに寂しく侘しかったとき――「ロウソクが消えて」いたときだった。でも最初はあまりにも元気に暴れまわるので、私にはちょっと手に負えないという気もした。とくにキャロルが彼を連れてきた翌日、彼女が帰ってしまったあとには。七時間のあいだ、

「わが友ピエロ」

まったく姿を消してしまい、キャロルに電話して無事に家に帰り着いたかどうかを確かめることもできずにいた。ところが暗くなってから突然、どこからともなく出てきて、もの悲しい声でニャアと鳴いたのだ。

それが最初で、二週間たった今では日課は決まり、どうにか友だちらしい関係ができてきた。私がようやく危機から脱し、新しい日記を書きはじめるところまでこぎ着けたのは、たぶんピエロとキャロルのおかげだろう。」

四月一一日　金曜日

まだ寒くて陰気な日が続くけれど、花壇を覆っている敷き藁の下では宝物が盛り上がってきていて、もしかすると来週には、敷き藁をはがして太陽に当ててやれるかもしれない。それよりもっと奇跡のように思われたのは、昨日、冷たい雨の降るなかで、郵便受けに小さな箱をみつけたときだ。コネチカット州のダフィが送ってくれたその箱には、アメリカイワナシの小さな枝が四本入っていた。蠟細工のような完璧な形をした小さなピンクの花が、かぐわしい香りを放っている——信じられない思いだった！

それからカリフォルニア大学サンタバーバラ校の作曲家、エマ・ルー・ディーマーからはカセットが送られてきた。「祈り」という私の詩に彼女が曲をつけて、初めて演奏したときの録音だ。美しいメロディ。ただ言葉ははっきり聞き取れない。でも音楽的な雰囲気はまさにぴったりだった。

今朝四時、ピエロが寝ている私の手のひらに頭突きをしながら手の下にもぐりこんできて、大きな音でゴロゴロ喉を鳴らしながらそこに横になった——なんとすてきな一日の始まり。

ピエロの姿形にはうっとりしてしまう。華やかなフワフワの白い毛で覆われ、大きくて柔らかなグニャグニャした足を見ると、さぞかし大きな猫になるだろうと予想できる。

四月一二日　土曜日

今朝は芝生に霜が降りた。

朝四時、ピエロはさぁ暴れるぞ、とばかりに一時間ノンストップで上へ行ったり、下へ行ったり、走りまわったり。小さなラグを蹴散らしてベッドの下に入れるわ、ドシンと大きな音を立てて何かにぶつかるわ、バスタブによじ登って、なかに入ったり出たりするわ、大騒ぎ。そんなときのピエロの目は真っ赤。全身、凶暴な魂となり、時折まるで怒っているようなしゃがれた大きな声で鳴く。そんなわけで五時にタマスを外に出すころにはくたびれてしまった。でもそのあと一時間ほどは眠ることができ、六時半に起きた。今は太陽が出ている。

時間は九時一五分。洗濯をすませ、ネズミの糞でいっぱいになっていたキッチンの大きな引き出しも、きれいにした。ゾッとするほど嫌な仕事だけれど、やっと片づけられてほっとした。

脳梗塞で入院し、その後退院してからというもの、日常的な家事がとてつもなく困難なものに思える。ベッドメークをしただけでへばってしまい、それから一時間はそのベッドに横になっている。これまでは、自分ができるだけ早く仕事部屋に上がってこられるように、家の仕事はとにかく早くすませようとしていたのだ、とつくづく思う。一四年前にこの家に引っ越してきて以来初めて、家事を早くすませなければというプレッシャーのない生活をするのは奇妙な気がする。でも今は、そこから学ぼうとしている。家事をするのをひとつの訓練だと思い、わざとゆっくり時間をかけ、シーツの皺を伸ばしてピンと張ることを楽しみ、物を整えることそれ自体に喜びを見出す――さっさと終わらせなければならないことではなく。

毎朝、お盆に載せてベッドまで運んだ朝食を食べたあとに、またベッドに横になると、陽の光が不死鳥《フェニックス》のステンドグラスを通して射しこむことがよくある。このステンドグラスは、七〇歳の誕生日にカレン・ソームがプレゼントしてくれたもの。陽の光が青や赤に輝くのは、何か良いことの起こる前兆のような気がする。

不死鳥は最終地点、つまり死そのものに到達したとき初めて、燃える炎のなかから蘇ることができるのかもしれない。ブランブルが死んだことで、私は自分のなかの〝荒野〟――詩が棲んでいる、どこか秘密の場所――が死んでしまったように感じている。ブランブルは野生そのものだった。激しい情熱のかたまりであると同時に、どこか超然としたところがあった。朝早く、ピエロが私に撫でてもらおうと寄ってくるのを見ると、ブランブルがベッドの足元から徐々に上に移動してきて、私の腕のなかで寝るようになるまでに五年かかったことを思い出す。でもそうなってからは、とても深い絆ができた。

脳梗塞のあと、いちばんつらいのはジュリエット・ハクスリーに手紙が書けなくなったこと。彼女は四〇年前、とても親しい友人だったけれど、時の経過とともに変化が訪れ、誤解がもとで音信不通になった。それがほんの数カ月前、彼女が心の扉を開いてくれて、やっとまた連絡を取り合うようになったところだったのだ。彼女は八九歳。もう時間は残されていない——私たちを結ぶ細い糸をつなぎとめておくことができない、というもどかしさは耐えがたい。

そこで思い立ったのは、六月にイギリスに行って、彼女といっしょにどこか地方のカントリー・インに二、三日泊まりにいくという夢のような計画だった。そうすれば手紙は書けなくても、おしゃべりはできる。でもその夢も諦めなければならないことに思いいたった。私の体調もそこまで良くないし、彼女も何度もインフルエンザにかかっていて、乗り気ではなかったから。

彼女とはおそらくもう会うことはない——そう自分に納得させようとして、眠れない一夜を過ごした。それは魂の死であり、不可能なことを夢見ることの終わりを意味していた。でも不思議なことにその翌日、この日記を書きはじめた。そしてほんとうの自分が戻ってきたことを知ったのだ。

四月一三日　日曜日

やっと本格的な春らしい日。明るく輝く太陽、風はなく、遠くのほうから海のささやき……というより、静かなとどろきが聞こえてくる。最初にここに引っ越してきたとき、何度も電車が通る音がしたと思ったのを思い出す。でもそれは海の音だった——通り過ぎるのではなく、ずっとそこにある海の。

体が不自由になってよかったことがひとつだけある。何人かの友人が闘っている病気について、自分が健康だったときよりずっと気にかけ、共感できるようになった。日々くり返される小さな喜びや失望を分かち合うことで、互いにうちとけた気持ちになれる。元気いっぱいで健康そのものの人というのは、まったく役に立たない！

年をとることがどれだけ勇気を必要とするのか、初めてわかった気がする。たった一年前に難なくできたことができなくなるというのが、どんなに腹立たしいかということも。

そして脳梗塞を患った人に言ってはならないことも、少しずつわかってきた。大きな改善を期待するようなそぶりは見せないほうがいい。すぐに良くなることがありえない人に対して、「良くなってきた？」などと訊いてはいけない。たとえば仕事についてもそうだ。発作を起こしてまだ数週間しかたっていないころ、私に日記をつけるように薦めた人が何人もいた。そう言われると、こう叫んで泣きたい衝動にかられた。「一行だって書くのは無理！　まだ本来の自分じゃないし、そうなるまでにはまだまだ長い時間がかかるのよ」。そんなことを言われるのは残酷な仕打ちに思えたのだ——たとえば車椅子に乗っている障害者に向かって、「散歩したら体にいいんじゃない」（！）と言うように。

一カ月前だったら、この日記に数行を書くのもとうてい不可能だった。意志の力ではどうしようもない。どんなことでも早くやるのは無理だった。そして最悪なのは私のなかの詩が死んでしまったことだ——頭のなかにはたった一行の詩さえ浮かんでこない。

一月の初めから、音楽を聴くこともまったくできなかった。おそらく音楽は詩と、とても密接に関係しているからではないかと思う。音楽を聴くと自分がバラバラになってしまう気がして、怖くて聴けないのだ。

四月一四日　月曜日

暖かな陽射しが降りそそぎ、海は青く静か。マギー・トマスが来て、フェンス沿いに溜まった落ち葉を掃いてくれている。朝八時には自分で熊手と一輪車と肥料を外に出し、クレマチスのまわりに石灰を撒いたのだけれど、彼女が来たときには――どんなに助けになったことか！――一日じゅう外仕事をしたみたいに、ヨレヨレだった。まったく歯がゆいったらない！

でもタマスは外に出て、マギーのそばで、カエデ（メープル）の木の下の定位置に横になっていた。このところタマスはめっきり足が弱っていて、昨日も絶望的な気分になっていたところ。もしかして春らしい天気になって元気が出てきたのかも！　私もだ。

四月一五日　火曜日

マギー・ヴォーンが泊まる。彼女はケレス〔ローマ神話に登場する豊穣の女神〕よろしくバスケットにいっぱいの食べ物――アップルソース、クッキー、子牛のレバー、新鮮な卵――を持ってきて、夕飯を用意してくれた。私が前もってつくっておいたナスの料理も一皿。子牛のレバーはとてもおいしかったし、デザートの手づくりストロベリーアイスクリームは、今まで食べたなかで最高だった！　彼女

© Pat Keen

が来てくれると、自分がとても大切にされていて、守られているという気がする。そして帰る前には、タマスのブラッシング（まさに必要としていた！）までしてくれた。エネルギーがなくて、かわいい愛犬の世話をおろそかにしていることを、とても後ろめたく思っていた。

ピエロは夕食前、マギーと少し遊んでいたけれど、あのハリケーンのような暴れ方は一度もしなかった。だいたい暴れるのは早朝と決まっているのだ。暴れるかわりに五時から六時まで、私の腕に鼻をこすりつけながら寝ていた。

そんなくつろいだ雰囲気が、リビア爆撃のニュースでぶち壊しになったのはいうまでもない。アメリカはカダフィ*を「懲らしめる」という名目でトリポリを空爆して、少なくとも一〇〇人の民間人の命を奪い、アラブ世界のアメリカへの反感をかき立てたのだ。このとんでもない子どもじみた報復が、どんな意味をもつの？ 面目ないし、恥ずかしい。このあとカダフィが仕返ししてきたら――次はいったいどうするのか？ また爆撃？ 罪のない人々をさらに殺す？ アメリカの同盟国が疑念を抱くのも当然だ。これ以上言葉も出てこないし、考えることもできない。暗黒の一日。

四月一六日　水曜日

冷たい雨と風を予想していたのに、今日も太陽の明るく輝く朝――でも昨日からの疲れが溜まっている。うれしいことに、ジャニスがとびきりのフィッシュチャウダーをまた持ってきてくれた。そして昨日、彼女がひどく消耗するインタビューをうけた話を聞く。でも二人とも疲れすぎていて長くは話せなかった。ところが七時半にベッドに入ったのはいいけれど、夜になると体のことがいろいろ気になって眠れない――右手の指が痺れて、頭全体がかゆく、不安になる。また脳梗塞？　もちろんそんなことは馬鹿げているのだけれど。

いいニュースもある。チェイカ医師がラノキシン〔心房細動の治療薬〕をやめることに同意してくれた――三カ月半のあいだ、この薬のせいで一日じゅう具合が悪かったが、これで数日後には気分が良くなると期待したい。頭のなかの脱力感は、それとはまったく別の問題で、脳梗塞のせい。それでも食事とスコッチを楽しめるようになれば――そしてそれほど具合も悪くなれば、どんなにすばらしいだろう。これまで活力をすっかり奪われた状態だったから。五月二日に、心臓専門医のペトロヴィッチ医師の診察をうけることになっている――そしてそれまでは、ジャニスが私の脈を監視してくれる（ラノキシンをやめればまた頻脈が始まる可能性があるので）。

ふと気づいたのだけれど、若さとは、自分の体のことを気にしないでいられるということ。それに対して老年とは、多くの場合、何かしらの体の不調や苦痛を意識的に克服することと関係している。年をとると、自分の体のことを強く意識するようになるのだ。

脳梗塞になるまで、そんなことを思ったこともなかった――去年、歯を全部抜かなければならなくなったときでも！　だから私は幸せだったのだと思う。でも今は脳梗塞になったことで、徐々にではは

＊　リビアの軍人政治家。一九六九年無血クーデターによって軍事政権を樹立、二〇一一年まで事実上の国家元首として君臨した。訳者注。

なく、一気に老年期に飛びこんでしまった。

子猫のピエロは体全体で完璧にくつろぎ、安心しきっている。だから彼のことを眺めていると、楽しくなってくる。仰向けに寝て、後ろ足をまっすぐに伸ばし、前足を万歳するように頭の上に伸ばしたりする。これ以上ないほどのくつろぎ方!

四月一八日　金曜日

ラノキシンをやめて気分が良くなると期待していたのに、昨日も相変わらず具合が悪く、なにもできずにごろごろしていた――体のなかで何かが変化するのを待ちながら。だから郵便のなかに『今かくあれども』についての感想を書いた手紙をみつけたときは感動したし、その中身もとても心に響くものだった。

手紙はキャスリーン・デイリーという女性からで、インフルエンザで寝こんでいるとき、一九八二－八四年に彼女が看護師の助手として老人ホームで働いていたときの経験を突然思い出し、この小説の意味について考えたという。彼女はこう書いている。

この小説の主人公とミセス・クローズとの関係は、私自身の経験ととてもよく似ていて、愛情のこもった筆致で書かれたその箇所を読むたびに、慰められる思いがします。……私が世話をしていたのは八三歳の女性で、重度の脳出血で半身不随となり、話すこともできず、いつも不機嫌でイライラしていました。家族も、どう彼女に働きかけていいかわからず、コントロールのきかない怒りと敵意を向けてくる彼女に怖じけをふるい、悲観的になっていました。

それ以外の状態の彼女を知らない私は、そんな彼女に心を奪われました。彼女の怒りのなかに、まだ放棄されていない精神《スピリット》が息づいていることを感じたのかもしれないし、言葉は話せない（その目は多くのことを語っていましたが）けれど、そこには耳を傾けるべき声がある、その声を聴くための助けが必要だと感じたのかもしれません。（私自身も、かたちは違うけれど同じようなことを経験していたのです。）理由はどうあれ、彼女が亡くなるまで世話をできたことは私にとって幸運でした。そして彼女の棺とお墓を前にして出てきたのは「ありがとう」という言葉と、たくさんの涙しかありませんでした。

彼女の存在は、やさしく思いやりがあると同時に限界もある、人間としての自分を経験させてくれました。彼女のためにいちばんいいやり方で世話をしようとしながら、たくさんのまちがいを犯しもし、そういう自分をゆるすことも学ぶことができたのです。

なんとすばらしい人が昨日、この家に来てくれたのだろう——しかも感謝をもって。

四月二〇日　日曜日

脳梗塞を起こして今日でちょうど二カ月。

一二月三一日に不整脈の治療のためにラノキシンを飲みはじめて以来、今が最悪の状態。元気だったときから四カ月がたち、今や絶望の淵にいる――毎朝、泣きながら目ざめるという始末。こうなるとピエロが腹立たしく思えることもしばしばだ。しゃがれた変な声で鳴くときは、何かに怒っている証拠――今朝は、例の小火《ぼや》で傷んだのを回復させようとしていたアザレアの重たい鉢を引っくり返された。そのあと片づけるのに三〇分もかかった。

その後

どんな理由でも思考力が弱くなっている人には、選択を必要とするようなことをさせないほうがいい。昨日はようやく〈ウェイサイド・ガーデン〉に行って、メアリー・トーザーの誕生日祝いにするセイヨウスモモの木と、アン・ウッドソンにプレゼントする白いアザレア二本を選ぶのに一時間もかかってしまった。楽しそうに聞こえるかもしれないが、実際にはこんなに大変な一時間を過ごしたことは久しくない。しまいには涙が出てきた。

もう二〇年かそれ以上前、扁桃腺を取る手術をしたあと、病院から友人の家に行ったときのことを思い出した。そのときも頭に今と同じような変な感覚があった。麻酔のせいだった。友人の家に着くと、彼女はスコッチをふるまってくれ、それから庭に植える球根がたくさんあるので、どこに植えたらいいか考えてほしいと私に言った。ところがその苦痛だったこと。それから夕食にハムを出してくれたが、呑みこむことができなかった。

四月二二日　火曜日

［アンとバーバラが、お昼に卵サラダサンドイッチを持ってやってきた。自分ではロブスターを買いにいくこともサラダをつくることもできなかったから。やっとブランブルの遺灰を埋めなければという気になって、二人に来てもらうことにしたのだ。バーバラがブランブルのためにソープストーンで小さなモニュメントを造ってくれて、その置き場所を探す必要があった。とりあえず、今は外側のテラスの壁のところに置いてあるのだけれど、冬になるとすっかり雪に埋もれてしまうので、もっと身近で安心できる場所を探さなければと思っていた――ブランブルの名前と亡くなった日付が彫ってある台座が雪で隠れてしまわないように。

この日は暖かくて気持ちのいいお天気だったので、アンとバーバラはテラスの階段に腰かけてサンドイッチを食べた。私は部屋のなか。ブランブルのお墓にする場所を探していて、岩と岩のあいだの隙間に庭師のレイモンドが造ってくれた、引っ込んだ小さな一角がうってつけだということになったのだが、それだけで私はすっかりくたびれてしまった。その一角ではリンドウを育ててうまくいったこともあるけれど、ミニシクラメンは完全に失敗に終わった。これからはそこがブランブルの場所になる。

お昼をすませたアンとバーバラが、ブランブルの遺灰を入れた小さな箱を取りに入ってきたときも、とても外に出られる状態ではなかった。一〇歩歩いただけでハアハアと息切れしてしまう。何より、愛する猫の遺灰を埋葬する手伝いすらできないのは、私がかなりの重病だということの証に思われた。あとからアンとバーバラの話を聞くと、もう死期が迫っているのではないかと思ったという。二人が外で作業——かなりの重労働だった——しているあいだ、私は寝室で横になっていた——休んでいたのではなく、ひたすらおなかの痛みに耐えながら。

アンとバーバラは埋葬が終わると、テラスのボーダー花壇にはびこっているスパルティナ〔アシに似たイネ科の植物〕もきれいに抜いてくれた。これで、これから伸びてくる緑の芽もひと息ついたことだろう。」

四月二六日　土曜日

とてもつらい一週間だった。ひどく具合が悪く、ジンジャーエールを少しずつすすり、それとエッグノッグでなんとか生き延びる。〔腹痛がひどくて、日常生活もままならない状態だった。朝食の皿を洗ってベッドメークをして着替えると、あとは午前中いっぱい横になっているという具合。とうとうチェイカ医師に、手紙でこの苦痛をなんとかしてほしいと嘆願する決心をした。でも返事はなく、もうこの痛みは何カ月も続いているので、医者を替えるべきときが来たと心を決めた。どうしてもっと早く決断しなかったのだろう。というのもメアリー＝リーが推薦してくれたギルロイ医師は、私の訴えに注意深く耳を傾け、その翌日にバリウム注腸造影検査をする手配をしてくれて、昨夜、電話で痛みの原因は憩室炎だったと知らせてくれたのだ。メタムシル〔食物繊維のサプリメント〕を飲めば一週

BRAMBLE
1985

間で治るでしょうという！

大いに安心した。四カ月間、これほどの苦痛があるのになんの診断もつかなかったのだから、もうこのまま死んでしまうのではないかと思っていたのだ。脳梗塞のあとの不調より、はるかにつらかった。左腕と左足に力が入らないということはあるけれど、どうしようもないというほどではない。

この日の午後、三〇分ほど昼寝をして目がさめると、頭のなかにブランブルについての詩が駆けめぐり、アイデアが湧き出してくるのを感じた。そしてふたたび自分——一月にこの苦しみが始まって以来、どこかに行ってしまった自分が戻ってきたという感覚が、たしかにあった。」

今日は疲労の極にある。でも、いろいろあったので、反動があるのはしかたがないのかもしれない。

朝九時に、ブラッド・ダズィエルがシャベル片手にバラを三株、私の誕生祝いにと持ってきて、すぐその場で植えてくれた。バラの花壇が一気に明るい希望でいっぱいになった——今まであまりにも悲しい状態だったから。湿気のある穏やかな一日。植物を植えるのにもってこいの天気。林に沿って植わっているラッパズイセンも芽吹いて、枯れた葉っぱを押し上げている。大丈夫だろうか？また咲いてくれるのかしら、と毎年思う。

昨日は三時半になっても、まだフラフラしていた。ビル・ユーワートが「暴風雪《ブリザード》」という私の詩の私家版を印刷して持ってきたので、彼のために五〇部サインする。寛大な彼は、私のためにもたくさん置いていってくれた——それ以外にプレゼント用にと水彩紙に印刷した大型のものも何部か。すてきな贈り物になる。そして彼の想像力のおかげで、雪の詩が魅力的な春の詩となった。

ビルが来るまでは体があまりにもつらくて、外にスイセンを摘みに行く元気もなかった。でも、彼の友情ですっかり気分も上がり、外に出て、土の香りのする湿気を含んだおいしい空気を吸い込んだ。月曜日にはジェイミー・ホーキンスが短時間だけ訪ねてきた。彼女がここに来るのは二度目だけれど、ときどき手紙をやり取りしている。私がとても尊敬している若い女性だ。

四月二七日　日曜日

ほんのちょっとしたことですぐに息が切れる。夜中の一時に目がさめて眠れず、背中に大きな枕を当てたら、それでだいぶ楽になった。朝、ベッドメークをして、階下《した》で家事をしただけでへとへとになってしまい、ベッドに横になって泣いた。

五月三日　土曜日

七四歳の誕生日。そして具合が悪くなって五カ月目に入る。寒い。野原ではスイセンが咲いている。毎年、冬のあいだラッパズイセンが重たい草の下で窒息したのではないかと心配になるのだけれど、今年も咲いてくれた――まだ一面灰色の野原に、明るい花冠を輝かせて――奇跡のように。

具合が悪いことに、ほとほとうんざりしている。不満ばかり言っていることにも、そしてこの年老いた体にも、うんざり。ペトロヴィッチ医師がやると言っている電気ショックで、心臓は正常な状態に戻るのだろうか？ それまでまだ一カ月ある。

［奇妙な誕生日。アンとバーバラといっしょに恒例のロブスターのディナーを食べられなかったのは、ここに引っ越してきて初めて。雨が降り出すなか、ジャニスだけが私を元気づけに来てくれた。いつものようにあちこちから花が届いたけれど、その花を活けるのは楽しみというより苦行だった。そんなこと、今までにあっただろうか。こんなにたくさんの人が誕生日を祝って、私を喜ばそうとしてくれているのに、なんて狭量な人間なんだろう。でも「私」はここにはいない――皆からの花を受け取ったのは愚かで病んだ動物にすぎない。］

五月一〇日　土曜日　ヨーク病院

六時に目がさめると、息が苦しかった。そのあと病院で肝臓の検査をうけて帰ってきて休もうとしたら、もう苦しくて窒息しそうな気がした。ギルロイ医師に電話すると、すぐに入院するように言われて病院へ。夕方五時から夜の九時まで待たされたあげく、やっと先生が診察にきてくれた。そのあと酸素吸入してもらい、やっと眠れた。面倒をみてもらえて、天国にいるような気分。病院へはジャニスが連れてきてくれた。そしてイーディスが泊まりこみで、タマスとピエロの世話をしてくれている。彼女はいつも必要なときにはすぐに対応してくれる。

ピエロに会いたい！　ピエロのフワフワの柔らかい足、そして仰向けになってグーンと伸びをするあの恰好――子猫にしてはなんと無防備な！――を夢見るように思い出す。イーディスはピエロと楽しく過ごしているようだし、二週間も霧と雨の寒い日が続いたあと、やっと太陽が出たので、タマスとラッパズイセンのあいだを散歩して楽しんでいるにちがいない。

とはいえ不思議なことに、今、家に帰りたいとはぜんぜん思わない。病院にいてほっとしている。やらなければならない家事など、エネルギーを奮い起こす必要のあることが何もなく、ゆっくり休んでいられるから。

一昨日、ギルロイ医師が片方の肺から五〇〇ccも水を抜いてくれたので、呼吸が楽になった。数週間後に予定されている電気ショックに備えて、血を薄くする必要がある。電気ショックは、安全な状態になったところでやらなければならない。十分血が薄くなっていないと、また血栓が脳に飛んで脳梗塞を起こす危険があるからだ。

五月二二日にイギリスからパット・キーンが来て、一週間滞在する。なんとか予定どおりいきますように。彼女はここでの滞在をきっと楽しんでくれるだろうし、私が〝ヴェネチアングラスの叔母〟になってしまったこともわかっているのだから――『ヴェネチアングラスの甥』という小説があったのをご存じだろうか。*

病室の窓から駐車場越しに、広々とした空を背景にして美しい木々が並んでいるのが見える。そのうちの二本は水平にゆるやかにカーブする枝を伸ばし、そこから今にも葉が萌え出ようとしている。今の私にとっての栄養であり、安らぎをあたえてくれる。世の中から木がなくなったら、人はどうやって生きていけるだろう?

---

* エリナー・ワイリー〔アメリカの詩人、小説家。一八八五－一九二八〕の小説。

五月一二日　月曜日　ヨーク病院

一〇〇パーセント受け身でいることを心底から楽しんでいる！　人に「世話して」もらう——くまのパディントンみたいに——ことを。廊下でバタバタと物音がしても、はるか遠くのほうから聞こえるような気がして、うるさい声も邪魔にならずにフワフワと漂っていられる。でもまだ体がとてもしんどいので、家に帰るのは怖い。

一方で、まわりは具合が悪い人だらけ。ジャニスは親知らずを抜いたあとが化膿してしまい、ひどい痛みに悩まされている。リー・ブレアは今日、ニューヨークで簡単な膝の手術をうける（入院は一泊だけ）。次は何？　人間は皆、なんと弱いことだろう——ジャニスやリーは私より二〇歳も若いのに。

私はこれまで、自分は健康だし大丈夫だと安心していた。それなのに倒れてしまった。そこが厄介なところだ——い、い、いきなり年をとってしまったのだから——朗読会など、人前に出る仕事をすべてキャンセルしなければならないのはつらいこと。人生が激変してしまった。

五月一三日　火曜日　ヨーク病院

イーディスが、ジュリエットの自伝『ユリノキの葉』の第一刷を手紙といっしょに持ってきてくれる。ここにいるあいだにこの本が手に入るなんて、すばらしい——気を散らされるものが何もなく

（家には〈ウェイサイド・ガーデン〉のカタログで注文した大量の苗が届いている！）、安全に守られた静かな場所で、時間はたっぷりある。ゆっくり読もうとしたのだけれど、勢いに乗せられてどんどん読んでしまう。

とても勇敢で深く、正直な自伝だと思う――ジュリアン〔・ハクスリー〕については十分以上に寛容。でもここにあるのは、当然ながら、並外れた女性のもつ比類なき知覚のありようであり、けっして感傷に陥らず、澄んだ眼でものごとを独創的なまなざしで見る見方なのだ。ジュリエット本人が抜きん出た能力の持ち主であることは、そろそろ認められるべき。

すばらしいお天気の一日だった。突然、家に帰りたくなってきた……もうすぐ退院の予定だ。

五月一八日　日曜日

あわただしい毎日――返事をしなければならないことがたくさんありすぎる。でも昨日は脳梗塞を起こしてから初めて、本格的な庭仕事をした。石塀沿いのカーブした日陰の「不死鳥」の彫刻のそばに、オレンジのインパチェンスを植え、フロックス・ディバリカタかと思ったほどきれいなブルーのフロックスを、テラスのボーダー花壇に植えた。それからボタンがみじめなことになっている場所に黄色いダイコンソウを。寒さでいろいろなものが枯死してしまっている。そして今は長いこと雨が降らないので、よけい悪い。でも、何をするにも今の自分にはないエネルギーが必要なので、庭を見て何が必要かを考えるのは一種の拷問のようなもの。

それでも一時間ほど庭仕事をしたあと、テラスの椅子に座って静けさのなかに身をおいた。小鳥たちが夕暮れの歌をさえずりながら、私の頭の上をかすめて餌やり器に向かってすばやく水平に飛んでいく。

ヒューストンのヴィンセント・ヘップにお礼の電話。一昨日、彼から届いた手紙にとても元気づけられたのだ。彼は今までにも、つらいときに兄のように私を元気づけてくれたことがある。三年前、彼は私よりずっと重い脳梗塞を患った。そしてこんなふうに書いてきてくれた。

今度のことで奇妙な記憶が蘇ってきました。三年前に経験した奇妙な旅——あなたの思いやりや手紙がつき添ってくれた旅。私はそこから帰還してきたのです。

簡単なことができなくなります。シャツを着ようとしても、そのシャツがどうしようもなくもつれてしまって着られない。歯を磨こうとして、歯磨きのチューブを探してもどこにもない。電子レンジを使おうとして、まちがったボタンを押してしまう。フライパンを煙が出るほど空だきする一方で、いくらお湯を出そうとしても、なぜか水しか出てこない。

まわりの人が自分のことを、まるで子どものことを話すような調子で話す。自分の力がなくなり、消えてしまう。

けれどもこの旅は、ワンダーランドの境界への旅なのです——言葉が信用を失い、シンボルがそれ自体の力で、音楽のように語る世界。時間は消滅します。私は真夜中に目ざめ、真っ昼間に眠る。なんの味もしない食べ物が美味を帯びます。オートミールがさながら香りの詩のように思われ、卵が私の病んだ脳に、えもいわれぬ命を吹きこむのです。

私のもっとも差し迫った課題は、何もしないこと。そしてそこに完全な満足を見出すことです。私の猫たちが伸びをし、体を覆う毛をなめ、満ち足りた顔で夢を見るように。そして自分がほんとうに必要とするごくわずかな美しい物だけをそばに置いて、横になります。シェイクスピアのソネット。ジョン・キーツの頌歌《オード》。


私のほうがある意味で彼より状態が良いため、私は細々とした「やらなければならないこと」に疲弊してしまうのだ。今、朝の九時。ピエロは朝の五時過ぎにやってきて、私に寄り添うようにゴロンとなり、大きな音で喉をゴロゴロ鳴らし、私の顔を前足でやさしく叩いたり、なめたり。二〇分ぐらい、この愛あふれる時間を過ごす——すてきな一日の始まりだ。それから起きて、汚れたピエロのトイレを階下《した》に持っていき、きれいにして新しい砂を足し、メタムシルとオレンジジュースを飲み、タマスを外に出す。朝食の準備をして（今日はオートミールにブラウンシュガーと生クリームをかけたもの）、寝室に運び、ベッドでタマスといっしょに食べる。タマスはこのごろ階下で寝るのだけれど、疎外感を味わわせたくないから。困ったのは、ピエロがいつもベッドの下に隠れていて、タマスがベッドに上って私のそばに横になると、いきなり飛び出してくること。だから寝室のドアを閉めて、タマスと私だけの静かな時間をもつようにしている。タマスはオートミールが大好物なのだ！

朝食がすむと、起きてベッドメークをし、お皿を洗い、夜のあいだアライグマに盗られないようにガレージに入れてある餌やり器を出してきて、外に吊り下げる。アザレアに水をやる——あらゆるものがカラカラに乾いている。

そしてようやく仕事部屋に上がってくると、すでにへとへとになっている。なんてたくさんのエネルギーがいるんだろう！ 以前、自分がどれだけのことをこなしていたか、考えるだけでも驚いてしまう。

五月一九日　月曜日

ヴィンセントのような失敗をやらかした――紅茶を入れようと思ってお湯を火にかけ、電話がかかってきたのですっかり忘れて、お気に入りのソースパンをダメにしてしまった！ みんな私の声を聞いて、すっかり元のあなたに戻ったようだと言う――でも自分でも説明できないのだが、本来の自分ではないし、ほんのちょっとしたことをするのも大変――四六時中しんどくて、耐えがたいほど。それで昨日は、花の苗を植えるのを諦めなければならなかった。

ジャニスが来て、長いホースをつけてくれた。これでガレージから重たいジョウロを運んでこなくても、テラスのパンジーに水をやれるようになったし、ロベリアのボーダー花壇を造ってくれている――天使のような――ナンシーも、水やりができるようになる。

満ち潮にともなって、野原の向こうから長く、安らぎをもたらす海のとどろきが聞こえてくる。

ヴィンセントは脳梗塞を起こしたあと、自分の子ども時代の思い出を大量の文章にするという途方もないことをやってのけた。そんなエネルギーがどこにあったのだろう？ 不思議でたまらない――

夜中の二時に起きて、何時間も書きつづけたのだという。私もこの四カ月間、過去に強い思い入れを抱きつづけている――ひとつには、ジュリエットがまた私の人生に思いやり深いかたちでかかわってきたこともあって。でも過去をもう一度生きなおすようなことはしたくない――ジュリエットやジュリアンに宛てた手紙はこの家のなかにあるけれど、それを読みなおす気にはとうていなれない。

今、この瞬間を、そのいちばん中心のところを生きていたい。ナンシーが花の苗を植えながらピエロに話しかけている声。そして遠くから――永続性をもたないすべてのものをさえぎって――聞こえてくる、やさしい海のとどろき。

昨日、ミギー・ブートンから母の手紙のことで電話。しばし母のことについて話す――子どもと話すのがとても上手だったこと。子どもと同じレベルに立って、でもけっして「見下した口調」ではなく。私の母を知る人はもうほとんど存命していない。ミギーと話して、マサチューセッツ州ケンブリッジのエイボン通り五番地に住んでいたころをなつかしく思い出せたのは、貴重なことだった。ブートン一家は通りの向かいに住んでいて、私にとっての「親友」だった――とくにミギーは。

［私の誕生日近くに『メイへの手紙』*が届いたことをひとことも書いていないのは、なんともはや不可解。これは母が私に宛てた手紙を集め、コニー・ハンティングが出版したもので、昨年の夏、私が手紙を選び、序文を書き、コニーがすばらしい装丁をしてくれた。母が一九一〇年に、ある詩集のためにしたデザインのひとつを使っている。クリーム色の背景に母の大好きなエメラルドグリーンの

＊ パッカーブラッシュ・プレス（メイン州オロノ）刊。

模様。だからこの数週間というもの、この本を梱包して友人たちにせっせと送っていた——この数カ月で最高のできごと。」

五月二一日　水曜日

やっと雨が降りそうな空模様。海からの乾燥した風があまり強く吹きつけたので、バラに水をやる。ナンシーがボーダー花壇に植えてくれたロベリアもカラカラになっていたので、そこにも水をやった。ああ、もっとエネルギーがあったら！　ともあれ昨日は、パットのためにチキンスープをつくる——一時間もかかった。リーキ〔ポロネギ〕の匂いがあまりに強烈だったので、半分は堆肥にする野菜クズのなかに埋めてしまった！　でもスープはおいしくできたのでほっとした。食料もたくさん買いこんだ。パットの部屋に置いておく果物、野菜などなど。

困ったことに、金曜日の一一時にペトロヴィッチ医師の診療所に行くので、パットとランチに行けない。彼女がここにいるあいだは、お昼は毎日外に食べにいくことにして、着いた日からそうするつもりだったのに。

五月二三日　金曜日

パット到着。昨日、イーディスがローガン〔ボストンの国際空港〕に迎えにいってくれて、六時ごろここに着いた。私の体力では長時間の運転はとうてい無理だったのだ。カールした赤毛のパットは、とても生き生きと輝いている。彼女のエネルギーにも、そしてどんなものにも繊細な反応をしてくれるところにも、ほれぼれする。たとえばこの家がぬいぐるみだらけなのを見て、「子どものお家みたい」と、目をキラキラさせて言ったり。

アミオダロン〔抗不整脈薬〕のせいでまた食欲がないので、彼女がチキンスープを残さずきれいに食べ、イングリッシュマフィンをひとつと私のを半分、それと半分に切ったキャンタロープ・メロンにイチゴを詰めたデザートを皮のぎりぎりのところまで食べるのを見るのは、大きな歓び。彼女がいれば元気になれる。すでにそう断言できる。

［私の友人の多くがそうだったように、パット・キーンと親しくなったきっかけは、彼女がひどい鬱と闘っていたときに私の本と出会い、とても印象深い手紙を書いてくるようになったこと。ここ数年では、文通を続けているごく少ない友人の一人がパットだった。というのも、あまりにもいろいろなことが起きて、短い手紙しか書けなくなってしまったから。パットはイギリスの女優で、私の母方エルウィスの祖母が住んでいたサフォーク州の州都イプスウィッチに住んでいたことがある。大変な読書家で、楽器もいくつも演奏できる――そして私にとって、とても現実的な存在感あふれる女性なのだ。

一年半前の一九八四年一一月、ベルギーのゲント大学で父の生誕一〇〇周年記念行事が行われたとき、せっかくベルギーに行くならロンドンにも一週間ほど滞在しようと思い立った――ジュリエット・ハクスリーに会い、パットとも初めて会うことにしようと。そして、その少し前に大きな手術をうけたイーディス・ハダウェイを誘って、ロンドンで快気祝いをしようと考えたのだった。そのときだけは家の留守番を別の人に頼み、ベルギーでの一〇〇周年行事のあと、ロンドンで彼女と落ち合った。イギリスでは詩学会での朗読会や、ケンブリッジ大学ジーザス・カレッジのクラスで私の仕事について話したり、いくつか予定も入っていたのだが、あいにく旅行のあいだじゅう、私はひどい風邪に悩まされていた。そんな私たちに救いの手を差しのべてくれたのがパット・キーンで、必要とあればいつでもタクシーに乗って現れたり、劇場のチケットを取ってくれたり、そして悪天候であれ、健康問題であれ、何かあれば私たちを守る防護壁になってくれた――ほんとうに親切に、いろいろ助けてくれた彼女を、私はまるで「羊飼い《シェパード》」のようだと表現したのだった。

というわけで、とてもお客を受け入れられるような状況ではないにもかかわらず、『ニコラス・ニクルビー』〔チャールズ・ディケンズ原作の舞台劇〕の公演でロサンゼルスに来るという彼女に、わが家に来てほしいと思ったのだ――最初に見るアメリカがロサンゼルスではなく、ニューイングランドの一角であってほしいと。」

今日はペトロヴィッチ医師の診療所に行く。電気ショックをうける日を決めていてほしいと、切に願う。そうなれば、どんなに安心できるだろう。

今日も曇り空で雨が降ることは確実――雨はどうしても必要だ。今日は少なくとも海は見えている。緑豊かな野原の向こうに灰色にくすんだ海が。

今晩の夕食は簡単にラムのローストにするつもり。つけあわせのジャガイモとタマネギはもう下茹でした。いいコート・デュ・ローヌがあるので、それを開けよう。

昨日の夕方――四時から六時まで――パットとイーディスが来るのを待っているあいだ、タマスが吠え出して止まらなくなった。私は餌やり器からクロムクドリモドキを追い払おうと悪戦苦闘していたのだが、二時間かけて追い払ってもまた戻ってきてしまい、そのあいだじゅうタマスが吠えつづけたのだ！　まったく気分の落ちこむ二時間だった。

ラッパズイセンはほぼ終わり。そして春の花があふれていた花屋からも、突然、花がほとんどなくなってしまった。チューリップがほしくてたまらない！　庭のチューリップは少なくとも一〇〇本ぐらい、ネズミに球根を食べられてしまった。

K・マーティンからすばらしい手紙が届く。彼女が行ったサンタバーバラのユニテリアン教会の礼拝では、すべての時間がサートンの引用にあてられていたという。手紙の最後に彼女はこう書いている。「あなたのことをいつも愛しています。とりわけ私にこう言ってくれたことは忘れません――「あなたは地獄を見て、また戻ってきた。でもそのことが、責任感を生み出すということに気づいていないのよ」と」。私がそんなことを言った記憶はまったくないけれど、そのとおりだと思う。覚えていてくれたKに感謝。

五月二六日　月曜日　戦没者祈念日《メモリアルデー》

先週木曜日にパット・キーンがここに来てからずっと、肌寒い曇りか雨の日が続いているが、彼女がいてくれて毎日がとても楽しい――そして何時間も楽しく会話ができることのうれしさを嚙みしめている。こんな会話にずっと飢えていた！ 繊細な人間のエネルギーを近くに感じることができるって、すばらしいこと。

五月二七日　火曜日

日曜日には晴れ間がのぞいたので、予定していたとおり、ノース・パーソンズフィールドまで、アンとバーバラに会いにいくことができた。運転はジャニス。彼女は運転がすばらしくうまい。アンとバーバラのところを訪問すると、いつも深く心が満たされる。だからパットにもぜひ二人に会ってほしかった。でもそれだけでなく、メイン州の内陸に入ると海沿いとはまったく違う光景が広がっていることも見てほしかった。農村は貧しく、かつては製靴業や織物工場で成り立っていた小さな町は荒廃している。そして、いたるところに開墾されていない土地や森が広がる —— いったい誰が所有しているのだろう？

手土産にはロブスターを持っていった。パットはロブスターを食べるのが初めてだったのに、とても上手に、食べられる部分はすべて食べたので感心した。

お昼を食べているとき、餌やり器には鳥がほんの数えるほどしかやってこなかった。キビタイシメや、野原にある巣箱に巣をつくっている八羽のルリツグミのうちの一羽でもいいから飛んでこないかと期待していたのだけれど。でもノドアカハチドリは一羽、見られた —— これもパットにとっては初めての体験。

そしていつもと変わらず、すばらしい会話がはずんだ。話題は農園での彼女たちの穏やかで平和な暮らしから、パットの出演する『ニコラス・ニクルビー』のアメリカ公演までさまざま。イーディスが動物たちの世話に来てくれていたので、楽しかった一日を終えて、彼女とくつろいだ雰囲気でピザの夕食。アンとバーバラの家でお昼の前に三〇分ほど休んだので、こんなに長い一日を過ごしてもくたくたになることもなく、とても誇らしい気分だった。

でも昨日はひどかった。海が一望に見渡せる〈ヨークハーバー・イン〉で、ほかの客はほとんどいなかったのでゆっくりおしゃべりをしながらランチをしたのはよかったのだけれど、そのあと気分が悪くなってしまった。夜になるまでずっと回復せず、夕飯のメカジキも、ひと口も喉を通らなかった。パットはありがたいことに、どんなものでも出したものを喜んで食べてくれる。まるで家族のようなお客。今まで自分がどんなに孤独だったかと、あらためて思う。

五月三〇日　金曜日

パットはイーディス・ハダウェイのところに二晩泊まりで行っている。イーディスがニューベリーポートとセーラムに連れていってくれるのだ。というわけで四八時間の空き時間ができたので、そのあいだに家のなかの仕事を終わらせ――集中力も取り戻さなければ。パットが来てとても楽しく、実り多い時間を過ごしているけれど、気を張っているので疲れる面もある。

昨日は急激に心身の状態が悪化した。怒りと絶望にかられて泣いたりうめいたりするのを、パットに聞かれなくてさいわいだった。先週の金曜日、病院で心拍の検査をうけたところ、脈が異常に速かった。ペトロヴィッチ医師はラノキシンの量を倍に増やし、アミオダロンという実験段階にある抗不整脈薬を三日間投与したのだが、二日目の昨日、昼食後に横になっていたら下腹部が耐えられないほど（生理痛よりひどく）痛くなってきた。三時にはぐったりしてしまい、階下《した》におりてペトロヴィッチ医師のところの看護師の一人で、ルーシーという親切な女性に電話をかけて（寝室には電話番号を置いていなかった）、この薬をまた処方するのなら痛み止めも出してほしいと訴えた。その電話をかけるのでポーチの椅子に座っていたとき、後ろをふと見ると、家のなかのドアと窓一面にびっしり羽アリの群れがいることに気づいた。片方の群れのアリは長さが二、三センチもある！

ルーシーのおかげでなんとか少し落ち着きを取り戻し、カレンに助けを求めようと庭に出た。カレンがちょうど一年草の花壇で種蒔きをしていることを思い出したのだ。とても細くて背の高いカレンは、グラン・モーヌ〔フランスの作家アラン・フルニエの同名の小説の主人公の背の高い少年〕を思い起こさせる。カレンは私の声を聞くと走ってきて、二人でいっしょに羽アリを払いのけては紙袋のなかに入れていった。残ったアリにはレイド〔アリに効果のある殺虫剤〕を使った。この春、二度目の恐ろしいアリの大量発生だった。

カレン・オルチがトゥーソンから戻ってきて、この夏、私のために働いてくれると申し出てくれたのは、信じられないほどすばらしいこと。彼女がいてくれるおかげで、やらなければならないことが山のようにあるのに、自分ではできないという状態から脱することができた——しかも彼女は、ここで働くのをとても楽しんでくれているのだ！　夕方、今日はもうそろそろ終わりにしたら、と言うと、

「いいえ、とっても楽しいからまだ帰りたくないわ！」と返事が返ってくる。彼女にはほんとうに助けてもらっているし、ナンシーも同じ——彼女は今朝、ベッドのシーツを取り替えるのを手伝ってくれた。すばらしい助っ人であり、すばらしい友人だ。

田舎での生活は、つねに自然との闘いと言ってもいい。たとえば今年の冬の寒さによる被害は、ほぼ一五年前にここに来てから最悪だった。私の誇りであり楽しみでもあるボタンにはほとんど蕾がつかず、丈もかつての大きさの半分になってしまった。庭の奥にある大きな白のシャクナゲは、蕾が大きく膨らんで喜んでいたら、その翌日にアカリスにほとんど全部食べられてしまった。チューリップの球根は、テラスのボーダー花壇に植えてあった五〇個、ベゴニアが植わっている日陰のボーダー花壇に植えてあった二〇個、そしてテラスの上のほうの細いボーダー花壇に植えてあったものも少なくとも二〇個、ハツカネズミや野ネズミやシマリスに食べられてしまった。塀沿いに植えてあった二〇個だけがなんとか生き残っている。摘み取り用花壇の片方の端では、球根五〇個が食べられてしまった。まったく今年の被害は惨憺たるもの。

私の病気は病気で、また厳しい状態になっている。四六時中、怒りが爆発する寸前の状態。ここに誰もいないときには絶望的なほど孤独になり、誰かがいると、疲れ果ててしまう。どうしようもない人間になってしまったみたい——マリニア・ファーナム〔アメリカの精神科医、作家〕が、ひどい目に遭わせるべき人間が一部にはいると言っていたが、まさにそんな人間に。

かつて私がすぐに返事を書いていた人たちは皆、今でもそう期待している——しかもそういう人たちが大勢いるのだ。だからこの日記を書くかわりに、手紙の返事を書こうとしている。でも以前のようにうまく返事が書けず、行き詰まって泣き出してしまう。

一月初め以来、音楽を聴くこともできなかったけれど、今、フォーレの『レクイエム』をかけている。そして聴きながら、音楽を聴かなければいけないとつくづく思う。また天上の食べ物を食べて、違う次元に生きるようにしなければ――十分な深みに達することで、いろんなことが気にならなくなるように。

六月二日　月曜日

昨晩は野原の向こうのベヴァリーとメアリー＝リーの家に行った。何年か前にマーサ・ウィーロックとマリタ・シンプソンが私を題材にして制作した、『光の世界』というすばらしいドキュメンタリー映画をパットに見せたかったから。折しも激しい雷雨で、なんと五時間も降りつづいた。映画のあと私は先に帰り、パットは宝物のようなアートでいっぱいのメアリー＝リーとベヴァリーの家を案内してもらうために残った。外はすごい嵐なのにパットはなかなか帰ってこないので、一一時に電話をかけ、そろそろ帰ってくるように言う。最近、祖母のようなものの言い方をしたり、ふるまったりすることがときどきある――祖母はきついところのある人だった。やれやれ。ピエロは激しい稲光にも雷の音にも動じずに、頼もしかった。ずっと私の横に仰向けになって寝て、ゴロゴロと大きく喉を鳴らしていた。

六月四日　水曜日

パットとは何回かゆっくりいい話ができたが、そのうちのひとつで私は、「なんとか今とは違う次元に行かなければ」と話した――そして今朝、五時に目がさめたとき、すぐに起きないでベッドのなかで、今の生活にはどんないいことがあるかを思い浮かべようとした。確実にいえるのは、毎朝開き窓（赤ん坊のときに住んでいたウォンデルヘムの家にあったような）から光の降りそそぐ、広い寝室で目ざめることだ。今、私が目ざめて最初に見る光は、外のポーチに通じるガラスの扉の上にかかっている、不死鳥のステンドグラスの鮮やかな赤と青。次に左に視線を移せば、暖炉の上にかかっている絵に目が行く――アン・ウッドソンのこの抽象画は、ネルソンの墓地にある大昔の粘板岩の墓石をモチーフにして、ゆるかに波打つ丘陵の地下に埋まっているように描いたものだ。丘陵の上には青一色の空が広がる。

窓にかかった大きなカーテンは、このごろは早くから明るくなるので閉めている。

ベッドの左側には丸い回転棚が置いてあり、上には薬瓶が何列も並び、下の段には本の山が二つ載っている。そして最近は、四角い籐のスツールにも本が山積みになっている。このところ夜に読んでいるのはピーター・メダワー〔一九六〇年にノーベル賞を受賞したイギリスの生物学者〕の自伝。生き生きとした筆致で書かれた興味深い自伝だけれど、芸術作品という点ではジュリエットの自伝とは比べものにならない。それから星にまつわる神話をテーマにしたメアリー・バーナードの新しい詩集や、ヘンリー・テイラーの詩集――つい最近、ピュリツァー賞〔詩部門〕を受賞した『フライング・チェンジ』もある。受賞のニュースを読んだときには飛び上がるほどうれしかったし、彼自身、まったくの驚きだったと手紙に書いてきた！

テイラーの詩集を一気に読んでしまい、本物の詩に触れることができた喜びに、涙が頬を流れ落ちた。今、「フライング・チェンジ」という題名の詩の最後の部分を読み返したところ――

歳を重ねるとともに私の手は篩《ふるい》となっていくだろう
でもしばしのあいだ、変わりゆく世界はその急激な移行を止め
もう一度太陽のほうに傾く
あたかも、二度と帰ってこない仕事や日々のあいだを
容赦なく落下していくのを遮るように。
私は明るい空気のなかでみずからを静止させる
疾走する変化《フライング・チェンジ》にまたがる時間に支えられて

丸テーブルの上のほうには、イギリスの田園風景のカレンダーが二つかけてある。毎年注文しているこの二つのカレンダーは、いつも私を楽しませてくれるし、私にはある意味で必要なもの――イギリスとその風景は、骨の髄まで染みこんでいるから。

パットは、ここにいるとくつろぐと言ってくれる。ひとつには、私もこの家も、とてもヨーロッパ

© Beverly Hallam

風だからだと。そして私も同じ理由で、パットといるとくつろぐ。

六月五日　木曜日

目ざめの瞬間はいい気分だけれど、そのあとには毎朝、起き上がって活動を開始するという気の進まないことが待っている。今はもう九時半に近い。「活動開始」にほぼ三時間を費やしている。エレノア・パーキンスが掃除にきていて、いつもより多く片づけをしなければならないというのもあるけれど。六時少し過ぎに階下《した》に行ってタマスを外に出し、朝食用のトレイを準備して（今朝はクリーム・オブ・ウィート〔シリアルの一種〕）、ガレージから鳥の餌やり器を取ってきて餌を入れて外に吊り下げた。それからピエロに朝ごはんをあげたが、食べる気なし。早く外に出てシマリスを追いかけたくてたまらないのだ。

それからベッドに戻って一時間ほど、うとうとする。七時にやっと起き出して朝食を用意し、タマスの先導で寝室にトレイを運び、ベッドで食べる。タマスは私のそばに横になり、私が食べ終わるとボウルを舐める。そのあいだに犬用のちょっとしたスナックも食べる。いつか私が朝食のトレイを用意していたとき、そのことを知らない友人がそれを見て、「あなた、朝食にドッグビスケットを食べるの?」と訊いたっけ。

カフェオレを飲み終わってベッドにいる時間は貴重。横になったまま三〇分も考えごとをするときもある。今日はそんな余裕はなく、起きてゲストルームの片づけをしたり（枯れた花の入っている花瓶を階下に持っていくなど)、一週間使ったタオル類を洗濯したりしなければならなかった。洗濯機は寝室の階に置いてある。すぐ近くに置くとは、私もたまには賢明なことをするものだ(家事はまったくもって苦手)。

それから朝食のお皿を洗い、花を活けなおすという仕事もあった。庭からオーニソガラム(スターー・オブ・ベツレヘム)何本かと、ちょっとアクセントをつけるためにイングリッシュ・ブルーベル五本、それに昨日、花屋の〈フォスターーズ〉でみつけた小さなラベンダー色のカーネーションも入れる。とてもいい感じにできた。

もうすぐ庭のボタンも摘めるようになる。でもシャクナゲはシマリスにやられて台無しになってしまった。今年はみごとに咲いてくれそうだったから、このことはとても受け入れがたい。そして冬の寒さが厳しかったので、ほかの花もかなりやられてしまった。

朝の日課について書いてみると、前より元気になってきていることがわかる——とはいっても、そのあとようやく三階の仕事部屋まで階段を上っていくと、体から生気が抜け出てしまったような奇妙な疲労感を覚える。まるでエネルギーが固体の物質で、それが突然解けてなくなってしまったような。

明日はペトロヴィッチ医師の診療所に行く。先生はなんと言うだろうか。元気なときがどんな感じだったのか、もう思い出せない。

六月六日　金曜日

暗く、陰気な一日。ザーザー雨が降っている。ピエロはシマリスを追いかけるおもしろさに取りつかれ——でも絶対につかまえられないのだが——、土砂降りにもかかわらず外の世界に行きたいと言って今は外にいる。

＊

サハロフのことを考えながら眠り、彼のことを考えながら目ざめた——ゴーリキーで監禁状態におかれ、なんの抵抗の手段ももたないということの意味を。ＫＧＢ（国家保安委員会）が少なくとも一度はやってきて、彼を拷問した。またいつ起こるかわからない。聞くところでは、彼はまるで聖人のような、とびきり心のやさしい人間だという。

昨日はアムネスティ・インターナショナルの創立二五周年。アムネスティがこれまで大きな成功を収めた理由のひとつは、特定の個人を選び出し、集中的なキャンペーンを行ってきたことにある。選ばれなかったその他大勢には、当然ながら希望はいっさいない。それでも私はアムネスティに精いっぱい寄付している。

どうかサハロフが解放されますように！

私の知るかぎり、動物も鳥もお互いを痛めつけることはしない——例外はモズで、捕らえた小鳥などの獲物をあとで食べるために木の枝に突き刺しておく習性がある。とくに同じ種であれば、仲間を痛めつけることはない。それなのに人間だけが互いを痛めつけ、しかも過去何百年にもわたってそうしつづけてきたというのは、恐ろしい——そして近年、夫婦間でも性的な拷問にあたるようなことが行われている現実が明らかになっている。一人の人間がもう一人の人間に対して力をもったとき、それを笠に着て、いとも簡単に相手を痛めつけるというのは驚くべきこと——しかも彼には自分のしていることの自覚はほとんどない。あえて「彼」という代名詞を使うのは、フェミニズムがこれだけ認知されているにもかかわらず、多くの女性は力をもっていないから。この社会では金のある者が力をもつ。両親の結婚を考えてみても、それは明々白々だ——父が稼いできた金が父に絶対的な力をあたえ、母はすべての家事を一人でやっていた。食べるものや着るもの、その他にどれだけお金がかかっているか、父はまったくわかっていなかった。私にとってゆるしがたいこと。

ということで話題を変えて、老い——かつて〝第四の季節〟と呼ばれた老年期について。最近、私と同年代か年上の人が何人もこう言う——「「老いが」どんなものか誰か教えてくれていたら、遠慮したのに」と。ポリー・スターもモリー・ハウも、だいたい私より一〇歳年上だけれど、眼内レンズを入れたのに視力は回復していない。九二歳で、法的には「全盲」と認定されているエレノア・ブレアは、先日左手首を骨折してしまったが、それでも片手で食事の支度ができるようになったという。掃除の女性がとても忠実な人で、毎朝、仕事に行く途中に立ち寄って、エレノアが髪を整えて着替えをするのを助けてくれている。チャールズ・フェルドスタインの妻のジャニスは足にとても重大な問

＊　アンドレイ・サハロフ。ノーベル平和賞を受賞した旧ソ連の物理学者で、反体制活動を行ったために国内追放された。この年一二月、ゴルバチョフにより解放された。訳者注。

題があり、車椅子生活を余儀なくされている。アニー・コルドウェルは気の毒なことに、乳ガンの手術のあと、腕のひどい腫れに苦しんでいる。

高齢の友人たちのなかでは唯一、ペイシャンス・ロスが楽しく日々を送っている。彼女は私のイギリスのエージェントだった人で、三〇代のときからの友人。彼女にも大きな変化があり、長年ルイーズ・ポーターと友人だったが、今は新しい相手と幸せな関係にある。ペイシャンスはこう言う。「老いを感じるのは体だけよ。人生は今も新しい発見の連続だし、こんな歳になってやっとわかったこともある。（でもオスカー・ワイルドには賛成できない！）私は恐ろしいほど怠け者で身勝手だけど、とにかく楽しんで、楽しむのよ——」

ルース・ピッター〔著者と若い頃親交のあったイギリスの詩人〕のことを何度も思い浮かべては、とても好きだった彼女の詩を読みなおしている。

月について語る老女

彼女は月について語りたくてうずうずしていた。店の少女に
喜びと驚きに満ちた称賛を伝えようとした
日々大きく、明るくなってやがて満月になるまで
眠れない夜毎に彼女に祝福をあたえてくれる女神を称えようと
でも少女は手を止めようとはしなかった

彼女は振り向いて私の顔を見上げ、そしてすぐに泣き出した
その球体がどんなに美しく、そのいつも変わらぬ輝きが
冷たい夜に覚醒した年老いた眼をどんなに慰めてくれたか
自分の部屋の向きがそうであって、彼女はどんなに幸運だったか

その部屋で独りだけの夜を過ごすとき、孤独な年齢の彼女は
貧しく硬いベッドから、天のページに書かれた
けっして消えることのない美しい文字を見ることができる
鋭い銀色の矢が、彼女の横たわるところに飛び降りてくるのを

死にゆく者は不死の者に愛を語り、善き者は悪しき者に
枯れた者はいまだ花咲く者に、縛られた者は自由な者に
つまみ取られた虫は空中を飛んでいく銀色の白鳥に愛を語る
そして私はそれを良いこと、私にとって吉兆だと解釈する*

* 『魂は見ている』（マクミラン、一九四〇年）。

六月七日　土曜日

昨日と同じ雨と霧の一日――六月初めにしては陰気な天気。私の気分も落ちこんでいる。机に向かわなくてはという義務感で、ようやくここに上がってきた。

こんなに落ちこんだのは久しぶり。

六月九日　月曜日

今週、オロノ〔メイン州中央部の都市で、メイン大学がある〕で行われたH.D.*の生誕一〇〇年の記念行事に参加した三人の女性にシャンパンをふるまったら、元気回復。もともとダイアナ・コレコットがここに寄ってもいいかと訊いてきて、シルヴィア・ドブソンと彼女の友だちがフィラデルフィアまで行く途中に、ダイアナを乗せてきてくれることになったのだ。雨が続き、孤独に打ちひしがれていたので、三人がここに来て喜んでくれたおかげですっかり気持ちが上向いた。そしてイギリスのダラム大学で教えているダイアナが、アメリカの女性詩人のコースで、私の詩を取り上げていると知ったときの歓びといったら！　私がH.D.とたくさん手紙をやり取りしたことを、ダイアナは盛んに話していたけれど、自分では何通書いたのか、すっかり忘れている。でも彼女は、なぜH.D.からの手紙のほうが少ないのだろうかという。そこでナンシーが、H.D.のいろいろな本を探して、さらに四通の手紙をみつけた。なんでもすぐにみつけてくれるナンシーなしでは、私はとてもやっていけない。

今日はやっと六月らしい、いいお天気になった――信じられないことに、この春、外に出て花を摘むことのできたのは今日で二度目。一年草の花壇まで下りていく。いつもいちばん最初に咲くマンシュウキスゲが咲きはじめているから。キスゲを何本か摘み、それから濃い紫のアイリスを一本摘む。背の高い濡れた草のあいだを歩いても、ダニにはやられないですんだようだ。今年はダニの当たり年のようで、元気なのがたくさんいる。というのも、あるときタマスの耳にびっしりついているのをみつけたのだ。それ以後はナンシーと二人で毎朝、タマスの体を調べるようにしているし、夜にも私が調べている。どうやら猫は白いせいか、ダニはつかないらしい。ピエロの毛は長くてしかも密集しているので、これはとても助かる。

ダイアナとは一対一でお昼を食べたが、彼女の話ではイギリスでは私の詩がよく知られるようになったという――ひとつには、『メイ・サートン詩選集』のペーパーバック版が出まわっているからだ（彼女の授業でも学生に買わせている）。そして彼女は、H.D.-ブライハー-サートンの書簡集を出版したいのだと熱っぽく話した。すでに、私がブライハーに宛てた手紙のなかでH.D.の詩について書いている部分をコピーしたという。

四時にジャニスが来る。久しぶりだったので近況報告をたっぷり、そのあとは野菜畑の雑草取り（彼女には一年草の花壇の半分を貸している）。そして仕事が終わると、今年の初収穫のラディッシュを

＊　アメリカで生まれ、ロンドンで生涯を過ごした詩人、小説家ヒルダ・ドゥーリトルの筆名。一八八六-一九六一。訳者注。

二つくれた。

いい一日だったけれど、お昼を食べるころにはかなり疲れてしまい、食事を受けつけなかった――牛乳を飲んだだけで、あとはクラムロールを食べたふり。ピエロといっしょに少し昼寝をしたら、だいぶ気分が良くなった。

午後

長椅子にほんの数分間横になっていると、たとえようもない歓びの瞬間が訪れた――時間は四時。午後の光が、鮮やかな青いガラスの花瓶に活けてある二本のアメリカシャクナゲの枝に当たり、その深みのある白い花を浮き立たせている。部屋全体に花の存在感が満ちあふれ、私はただそこに横になって目を奪われていた。四月にダフィがイチゴノキを送ってくれたとき、その箱のなかにアメリカシャクナゲも入っていたのだった。

六月一〇日　火曜日

清々しい六月の一日。午後、薄いピンクの一重のボタンが咲きはじめたのでそれを二本と、ビロードのような深いブルーのコアヤメも一本摘む。でも心のなかは陰鬱だった。一日じゅう具合が悪くて、もううんざりしている。アミオダロンの量を倍にしたことが、何か体に悪さをしているのではないのかと疑っている。ただありがたいことに、ラノキシンのようにひどい腹痛が起きることはない。七日間、飲む量を倍にすることになっていて、今日がその四日目。

今日の午後はあまりにも具合が悪くて、休むこともできなかった。こんな状態がずっと続いている。もう五カ月半にもなるので、まいっている――希望があるとは思えない。ペトロヴィッチ医師は信頼できるのか？　電気ショックをやるやると言いながら、もう何カ月もたつ。彼は薬で実験しようとしているだけなのか？　自分が人格をもつ一人の人間として扱われている気がしない――仕事ができないことが私にとってどんな意味をもつのか、あの医者にはまったくわかっていないのだ。

今日の午後には、今すぐにでも大きな病院に行かなくてはという気になっていた――まわりの人たちは皆、病院に行かないのは頭がおかしいと思っている。

六月一一日　水曜日

イーディスが夕食にと、おいしい子牛のシチューとレモンパイをつくって持ってきてくれる。私はほんの二口三口しか食べられなかったけれど、タマスとピエロにとっては大ごちそう。イーディスは大の動物好きなので気にしなかった。

昨日はいい天気だったのに、今日はまた雨！　カレン・オルチは今まで何日も、雨のせいで休みを取らなければならなかったが、これでまた丸一日パーになってしまった。でもカレンは今までですでに、庭ですばらしい仕事をしてくれている。ちょっと変わったブロンズ色のボタンがひとつ咲き、ほかのボタンももう少しで開きそう。

とてもすてきな手紙が二通届く。一通はモンタナから、もう一通はオクラホマから昨日届いた。モンタナからの手紙はアーティストの女性から。彼女は古い鉱山の町で父親から荒れ地を相続したのだが、その土地は町のゴミ集積場に使われていた。手紙の内容はワクワクするようなものだ——

私たちは、空き缶だの割れたガラスだののゴミ、古い靴やハンドバッグ、壊れたオモチャなどが散乱するなかに、ティーピー〔アメリカ先住民が使う円錐型のテント〕を設置しました。夏の暑さのなか、廃車となった車のボディと馬の死体が放つ異臭があたりに充満していました。他人の生活から捨てられたこれらのがらくたが、文字どおりの下地——新しい生活を築くための基礎となったのです。

彼女はそれまで一二年間にどんなことが起きたのかをこう語る。

この一二年間、たくさんの人が来ては去り、「この場所」を今の形にするための手助けをしてくれました。フェンスで囲まれた敷地には小さなキャビン二棟と大きなログハウス一棟、ヤギ小屋（今は倉庫になっている）、そしていちばん新しくできたワクワクする設備——私の夢を形にしたスタジオがあります。スタジオはゆったりとした広さ（6メートル×12メートル）で、天井は高く、北から光が入るように透明なガラス窓がはめてあります。

今、そのスタジオでこの手紙を書いています。今朝は鳥のさえずりが聞こえ、太陽の光がいっぱいに射しこんでいます。（モンタナ州ベイシン、ナン・パーソンズ）

彼女が私に手紙をくれたのは、『70歳の日記』を読んだからだった。

六月一二日　木曜日

雨は昨日の午後、一時やんだけれど、今はやむ気配もなく降りつづいている。アミオダロンを倍量飲むのも明日まで――もう終わりは見えている。

毎日の日課が私の生命維持にどれほど役立っているか、この数カ月間に痛いほど思い知らされた。一日がいくつもの〝ステップ〟でできているのだ――朝食が終わると家事をいくつかこなし、次に仕事部屋に上がってきて一、二時間を過ごし、それから気分転換に街に出る。ほっとした気分で車に乗り、郵便局で手紙を受け取り、用事をすませる。家に帰るころにはくたくただけれど、タマスが一日一回の食事を今か今かと待っている。もっともタマスは、それ以外にも人間の食事を何回も食べる――とくに最近は私がほとんど食べられないので、昼も夜も私のお皿を喜んで舐めている。次のステップは、長椅子に横になって手紙を読むこと。これには一時間もかかることがしょっちゅうで、ときどき負担に感じる――鬱状態だったり、病気だったり、誰かの助けを求めていたり、という人のなんと多いこと！　でもお昼――とはいっても、怠け者の私はチョコレートミルクと、薄いパンにピーナツバターをはさんだサンドイッチだけということもよくある――を食べると、ベッドに入り、すぐに眠ってしまう。一時間後に起きてワルファリン〔抗凝固剤〕を飲み、しばらく横になったまま何をしようか考え──オレンジジュースとメタムシルを飲んで新聞を読み──それから階段を上って、もう一度仕事部屋に戻る。手紙類を仕分けし、明日ナンシーに何をやってもらおうか考え、一通ぐらい手紙を書くこともある。

夕方五時半には次のステップに移る。テレビのローカルニュースをつけて、夕食の準備をする。最後のステップはお皿を洗うこと。そして八時にはベッドに入る──このところはヘレン・ワデル〔アイルランドの詩人、劇作家〕の長い伝記を読んでいる。示唆に富んだ魅力的な内容に、興味は尽きない。こんなに引きこまれ、しかも得るところの大きい本を読むのはほんとうに久しぶり。

二〇歳から三〇歳までのあいだ、ヘレン・ワデルは継母の世話をするために、自分のやりたいことはすべて──オクスフォード大学のフェローシップから、友人と会うこと、ダンスに行くことなど、普通の若い女性らしい生活をすることすべて──を諦めなければならなかった。継母はとんでもなく自己中心的で頑固な人で、彼女がどんな犠牲を払おうと、それがあたりまえだと思っていた。自由な──しかも天賦の才に恵まれた──精神が、一〇年ものあいだ封じられたのだ！ どこを読んでも、耐えがたいほど。それでも彼女はベルファスト大学を優等で卒業する。その結果、手に入れる価値のあるものは、けっして簡単には手に入らないという確信も得る。彼女には八人の男きょうだいと一人の女きょうだいがいるが、皆、子ども時代を東京で過ごしている……。

というわけで、毎日の日課が生活の枠組みを形づくっている。そしてこの先、次のステップもきっとあると思っている。いやでもしなければならないことがあれば、今はただ具合が悪いとだけ思っている時間、なんの望みもなく受動的にそう思って過ごしている時間を乗り切る助けになるという気がする。

動物たちも助けになる。タマスにダニがついていないか調べるだけでも、一種のゲームになるのだ。そしてピエロの野放図な悪ふざけは、まるで私に「あんたの日課なんてクソくらえ！　僕は階下《した》に飛んでいって遊びたいのさ！」と言っているみたい。そう、ほんとに飛んでいく。足が階段についていない――ように見える――のだから。

ロサンゼルスに戻ったパットから電話。ハリウッドの劇場で行われたドレスリハーサルは、大成功だったと。観客は一部が終わるたびに立ち上がって喝采を送ったという――全体で八時間もかかるのだ！　この知らせにとても気分が高揚した。

六月一三日　金曜日

今日も土砂降りの雨！「野生と潤い」〔一九世紀イギリスの詩人ジェラルド・マンリー・ホプキンズの詩の一節〕――ピエロはもう欲求不満で半狂乱。私も右に同じ。歯医者の予約があるのでポーツマスまで行く。残っている二本の歯のクリーニングのため、そしていくつか用足しも。車でこんなに遠くまで行って、長時間留守にすることはめったにない。しかも今日は途中で病院に寄って、血液検査（「プロトロンビン時間」〔肝機能の検査の一種〕とかいうものを調べるため）もうけなければならない。

昨日は昨日で、一日じゅう雨だった。カレン・オルチが来て、一日がかりで鉢を置いてある出窓をきれいにしてくれた。汚れた葉を洗い、繁った枝を刈りこみ、肥料をやり、降り積もった虫の死骸や細かいゴミを集め、最後には窓拭きまでしてくれた！　今までずっとなんの手入れもしていなかった出窓がきれいになったおかげで、部屋全体の雰囲気が一変した。

カレンはとても貴重な存在。どんな仕事も念入りに徹底してやってくれるので、雑な自分が恥ずかしくなってしまう。

六月一五日　日曜日

アミオダロンを一日二錠飲むのは終わったのだが、その影響でボロボロになっている。昨日一日ひどい状態だったけれど、今朝起きたときはさらに気分が悪かった。それでも夕食はナンシーと外で食べ、予定どおり『眺めのいい部屋』の映画も観ることができた。映画のあいだじゅう、気分が悪かったけれど、まるで絵画のような美しい映像で、舞台となったフィレンツェがなつかしかった——一九歳のとき、五月のひと月をフィレンツェで過ごしたことがあるから。

午後

ただルーシー役のヘレナ・ボナム＝カーターはミスキャストだったと思う。ルーシーは品格がなければならないのに、あの丸っこい小さな顔にはそれがまったく欠如している。

この春になってたった二度目のことだが、四時にテラスに出て座り、オレンジジュースとメタムシルを飲んだ。かすんだ青い海にはヨットがたくさん浮かび、この時期はいつもそうだが、たくさんの鳥が南に向かって飛んでいく――なかにはテラスのすぐ南側にある餌やり器に向かってくるものもいる。テラスに座る前、餌やり器のひとつにいた巨大なハイイロリスを追い払った。気の毒なことに、カレンが撒いたコスモスなどの花の芽が出てきたところを、何かが食べてしまったという。カタツムリだろうか？

一昨日、長雨のあとにやっと晴れた金曜日の四時半、カレン・ソームが夕食を持ってやってきた。メカジキ、彼女が留守中の世話をしている家の庭で採れたレタスとアスパラガス、メロン、それにカベルネ！なんというごちそう。彼女に会えただけでも、ごちそうなのに――そしてゆっくり会話を楽しんだ。

でもせっかく彼女がつくってくれた夕食も、ほんのひと口食べるのがやっと。結局、タマスとピエロがごちそうにありつくことになり、私は情けなさのあまり泣き出してしまった。どんなにカレンが手間をかけてくれたかを考えると、ほんとうに申し訳なくて、惨めな気持ちになったのだ。

カレンが所属するＨＯＭＥ〔雇用の増加をめざすホームワーカー連盟〕は、いろいろと大変なことも多いようだけれど、彼女の献身的な姿勢はみじんも揺らぐことなく、カレンはとても輝いて見えた。息子の一人はこの夏、そこでスペイン語を教えることになっているし、七月には彼女の母親が来ることになっているという。私の友人の多くは家族がいて、自分に家族が一人もいないことが奇妙に感じられることがある。まるで膨大な空っぽの世界の真ん中に自分がいるような――たった一人で。

またモーツァルトを聴けるようになるときは来るのだろうか？　レコードをかけることを――口の前に指を立てたみたいに――阻んでいるのは何なのだろう？　完全に精神的に打ちのめされてしまう

ことへの恐怖？ それとも〝詩〟が私につかみかかり、獣が餌を食いちぎるように私を粉々にしてしまうと思うから？ 神のみぞ知る！

六月二〇日　金曜日

新しい段階に入りつつあると感じる。月曜と火曜のつらかったこと。月曜日は起き上がる気力もなく、一日じゅうベッドのなかで過ごす。賢明なナンシーの説得でペトロヴィッチ医師の診療所に電話して、看護師の一人に症状を訴えると、すぐに「明日診察できるように手配します」と。時間は四時半。そして火曜日の診察で私がどんなにひどい状態かを見てとると、先生は突然こう言った──「明日、電気的除細動をするというのはどうですか？」 救われた気持ちになり、にわかに希望が湧いてきて「はい、ぜひお願いします」と答えた。

［電気的除細動とは心臓に電気ショックをあたえて、心房細動を起こした心臓を正常な状態に戻すための処置。ペトロヴィッチ医師が来て、準備ができるまでＩＣＵ（集中治療室）の狭いベッドで三〇分ぐらい待っているあいだ、当然ながらちょっと緊張した。その後また一人になると、さらに緊張は増した。

そこで、気を紛らすために頭のなかで何か──花とか──を思い浮かべようと思いつき、結局ピエロの顔を思い浮かべることにした。だんだんピエロの顔がはっきり焦点を結んできて、「ぺしゃんこになったパンジーみたい」と思うと、思わずニヤリとしてしまった──ほんとに似ているのだもの。

緊張したときに、それを和らげるための方法を思いついたことがうれしかった。
その後やっと電気的除細動をうける段になると、少しのあいだ麻酔で眠らされ、気がついたら終わっていた。」「うまくいきました。成功ですよ！」というペトロヴィッチ医師の言葉に、うれしさがこみ上げてきた！　囚人がやっと釈放されたのだ。幸福感に浸りながら一時間ほど、ベッドのなかでサンドイッチと牛乳を待つ――時間は二時近く。

ところがその後、看護師があの薬を持ってきた――飲むと具合の悪くなるアミオダロンだ。それを見たとたん、また地獄に逆戻りだと思い、あまりの衝撃に涙がどっとあふれ出た。その晩九時半ごろ、もう眠っていたところにペトロヴィッチ医師が入ってきた。個室に移り、窓からは前と同じ美しい並木が空に映えるのが見える。先生いわく、この薬を飲まなければまた脳梗塞を起こす可能性がある、と。心理的にいちばんつらいのは、彼は私が具合が悪いのは薬のせいではないと考えていること。具合が悪くなるのは心房細動のせいだと彼は言い張る。そこでまたあの薬を一週間、一日一錠飲み、その後は一日おきに飲むことになった。

ギルロイ医師も様子を見にきてくれて、もし二、三週間たってもまったく改善がみられなかったら、自分が診てあげるからと言ってくれた。この言葉に慰められた。

目がさめるとひどい吐き気で、薬をくれるように訴える。もらった薬を飲むと、悲しいことに、一日じゅうボーッとした状態になってしまった。

イーディスが病院まで迎えにきてくれて帰宅。昨晩は彼女がいてくれたので助かった。夕食には二人で楽しく家庭料理をつくる。コンビーフハッシュのポーチドエッグのせと小さなサラダ、そしてデ

© Karen Olch

「ぺしゃんこになったパンジーみたい」

ザートにはグレープフルーツ半分。それからピエロが遊ぶのを眺める。

電気的除細動をうけた日の夜。しかし病院でベッドに寝ながら自分の今の状況と向き合おうとして気づいたのは、ある種の孤独が私のなかに棲みついている、ということだった。自分のなかの深いところで、体を丸めていなければならない。今のところは、誰かに電話をかけるエネルギーすらない。今日の日記の初めに書いたとおり、これは私にとって新しい段階——かつてなかったほどに孤独が深まっているのだ。

午前中はずっと土砂降りの雨で、私の心象風景と一致している。この「野生と潤い」の世界も悪くはない。

六月二三日　月曜日

土曜と日曜はまたしても起きることを諦め、ベッドのなかで過ごす。最大の心理的な問題は、何も変化がないことにある。それははっきりしている。手術をすれば、その後はだんだんよくなる。つらい日々もあるが、治るほうに向かっているという動きが存在する。もし末期ガンだったとしたら、それとは違う方向に向かう、別の種類の動きがある。でも私の場合、もう五カ月ものあいだ、苦痛な状態にはまりこんだまま停滞している。

だから何か変化を起こさなければと思って、明日、ギルロイ医師の診察の予約をした。

六月二四日　火曜日　ヨーク病院

昨日の午前中、約束していたとおりペトロヴィッチ医師の診療所に行って、看護師のルーシーに薬——アミオダロン——をもらい、心臓の音を聴いてもらう。するとまた心房細動が起きていることがわかり、ルーシーはあわてて先生を呼んだ。その結果、再入院となり、一日三錠の服薬、そして土曜日に再度、電気的除細動をうけることになった。また病院での保護された生活に入ったことにほっとしている——何に対しても責任をもたなくていいのだから。というのも日曜の夜、ピエロをつかまえようとして馬鹿馬鹿しいほど疲れきってしまったから。夜、庭の繁みに入ったり出たりしてかくれんぼをするのが、ピエロのお決まりのゲームなのだ。その前には、大きな餌やり器から餌を盗もうとしている巨大なハイイロリスを八回も追い払わなければならず、そのたびにタマスがワンワン吠えながら私の後からついてきて、家に戻ると息も絶え絶えだった。入院中にピークを迎えるボタンを見逃してしまうことになるけれど、このところあまりに具合が悪くて、庭に出たり、花を摘んだりすることもままならなかった。とても信じられないことだけれど。

何を楽しんでいたかといえば、それは夜の静けさ——規則正しいアマガエルやコオロギの鳴き声が響き、遠くでは潮の満干につれて静かな波音がしだいに高まっていく。そう、静けさではなく、心を落ち着かせる、心地よい穏やかな音を楽しんでいた。

でも、この病室での楽しみは窓の外に見える木々。四月にはまだ葉が出ていなかったけれど、今は緑豊かにみっしりと生い茂り、大きな緑色のかたまりとなって空に映えている。

この数カ月、病状が停滞してそこから抜け出せる道はないように思え、かなり落ちこんでいた。ところが昨日のお昼過ぎにペトロヴィッチ医師の回診があり、まだ最後の手段が残されているという——マサチューセッツ総合病院で心臓の拍動を正常にする手術をうけ、その後にペースメーカーを入れるというもの。新たな希望が見えてきた。数週間後にはもしかしたら……。

昨日、フランシス・パートリッジ〔イギリスの作家〕の日記『失うものばかり』を読み終えた。読み終えるのが惜しくてたまらなかったし、もう一度読んでもいい。こういう日記を読んでいると、自分もその人生に寄り添って生きている気がしてくる。そして良い日記が人の心を揺さぶるのは、そこで起きる大きなできごとゆえではなく、庭でお茶を飲むとか、そんなささいな日常のできごとなのだと思い知らされた。

六月二五日　水曜日　ヨーク病院

今日は体が重く、ボーッとしているが、それはアミオダロンといっしょに一日三回飲むことになったトランキライザーのせい。少なくとも前のような吐き気や苦痛に比べればまし。

窓の外を見ると気持ちが上向く。大きな緑のかたまりのような木々が風にそよぎ、空いっぱいにきれいなちぎれ雲が散らばっている。病院は天国だ。それほど私の体は疲れきっている。でもパートリッジ以上の読み物はない。ヘレン・ワデルは長すぎるし、ジョーン・パレフスキーが送ってくれた、最近訳された南アメリカの小説は、今の気分で読むにはちょっと刺激が大きすぎる。

六月二六日　木曜日　ヨーク病院

呼吸が苦しいので酸素吸入を始めた。脈拍はそれでも一一〇－一二〇ある。病院という安全に守られた場所にまた入ることができて心底からほっとしている。

六月二九日　日曜日　ヨーク病院

昨日の朝八時半、二回目の電気的除細動をうける。今回もうまくいき、今日は一日とても気分がいい。呼吸も楽になったし、もし今回の除細動の効果が続けば、どんな生活が送れるようになるかいろいろ考える。今朝の脈拍は八四（入院したあと、脈は一三〇にまで上がっていた）。

昨日、ヘレン・ワデルの自伝を読み終える。この本を持ってきてよかった。彼女が成長して「自分の領域を広げて」いきながら、その核には宇宙の秩序についての揺るぎない信仰――厳しいものであると同時に啓発的な――があり、私生活での喪失体験には理由があるという信念があった。彼女はそのことにたびたび触れている。

孤独は才能――宗教的なものであれ世俗的なものであれ――の創造的な条件であるとともに、究極的にはそれを不毛にするものでもある。どんな人間の精神も、「世界の巨大な苦しみ」を長いあいだ無視して生きることはできない――軟体動物のように、永遠を遮る障害物として生きるのでないかぎり。

そしてその後、妹メグに宛てた手紙ではこう書いている。

> なぜなら、もし誰かを愛していれば、人はほんとうの意味で孤独ではないからです。愛のない心はいつも冷たく、みずからを温める火もないのです。「いとしい人よ、互いに愛し合おうではないか。愛とは神への愛なのだから。そして愛する者は神から生まれ、神を知っているのだから」。これには神学的な説明があるなどとは言わないでほしい――愛は「キリストのなかにある」べきだ、などとは。愛する者は――神を知っているのです。つまり、心が何ものかに向かっていくとき、その瞬間にそれは神に近づくのです。

六月三〇日　月曜日　ヨーク病院

つらい夜だった。三時間ぐらいしか眠れなかった。というのも、深い眠りに入って一時間ぐらいのところで男性の看護師がやってきて、血圧を測るとかなんだとかでむりやり起こされてしまったのだ。それが一一時（九時半に別の看護師が測ったのに）。夜中の一時一五分にもう一錠睡眠剤をもらい、三時ごろには眠りに入ったのだけれど、そのあいだに鬱に急降下してしまった。ただ待つだけの受け身の生活が何カ月も続くあいだに、ほんとうの自分を押さえこむことを余儀なくされた――そして今、ほんとうの自分を取り戻すのは、押さえこむよりももっと大変だということに気づかされた。この何もしない怠惰な状況のなかでは、楽しみに待つことは何もなく、どうしても会いたいとか、いっしょにいたいとか思う人もいない、というのが現実なのだ。ブランブルの思い出は頭から離れることなく、彼女の不在に胸がうずく。ブランブルが死んだことで、私のなかにあった秘められた野性もなくなってしまった――はたしてまた、みつけることができるだろうか？

否定と無に塗りこめられたこの時期、それと対比をなしていたのは、ロサンゼルスのパット・キーンから毎日のようにかかってくる電話と、私がジュリエット・ハクスリーにかける電話という奇妙な組み合わせだった。パットは、当然ともいうべき大成功を手にしている『ニコラス・ニクルビー』の舞台について報告してくれ、八九歳のジュリエットは勇敢にも一人で二週間、クレタ島に旅してきた。そして熱波の只中のロンドンに帰ってきた！　でも彼女のすばらしい自伝には良い書評が出ていて、昨日の朝電話したときには、彼女はとても安心した口ぶりだった。

この二人の友人――苦労しているという点ではとてもよく似ている――と私のカタツムリのような怠惰な生活とは、お話にならないほどかけ離れている。元気になりたい。

ここに典型的な病院での一日の流れを書いておこう。

午前七時　――男性の夜勤看護師がメタムシルとオレンジジュースを持ってくる

七時半　――歯みがき。看護師が薬を持ってくる。検温など

八時　――朝食

八時二五分——看護師による心拍リズムの検査
八時半　——イーディスが郵便物を持ってくる。イーディスがいるあいだにロサンゼルスのパットから電話。イーディスが席を外すと、パットに欲求不満と苦悩を全部吐き出す
八時四五分——車椅子で循環器科に行き、超音波検査
九時一五分——ひと眠りしたくなるが、シャワーの時間。そのあいだに看護師がベッドを整える
九時半——一〇時半——郵便物と新聞を読む
一一時半　——ナンシーが来る
一二時　——昼食
午後一二時半　——ペトロヴィッチ医師の回診
一時　——部屋の掃除、バイタルサイン測定、薬
やっと一時半から三時までぐっすり眠り、とても鮮明なルイーズ・ボーガン*の夢を見る
三時　——看護師のゲイルが来て、バイタルサインを測定
四時　——イーディスがおいしいアイスクリームを持ってきてくれ、二人で軽く散歩

＊　アメリカの詩人、作家、批評家。一八九七－一九七〇。訳者注。

七月一日　火曜日

家に帰ってきた。でもここがどこなのか、自分が誰なのか、よくわからない状態。全体的に、なんとも奇妙な時間。庭の花に水やりをして、少しましになる。ひとつの問題は、庭と切り離されてしまった感じがすることだと思う。カレンはとてもよくやってくれているけれど、もう自分の庭ではなくなってしまった。庭を見て、わぁきれいとは思うけれど、庭と自分のつながりがなくなってしまったのだ。

夕食はサーモンにした。「自宅」での最初の晩、イーディスが泊まってくれることになっている。サーモン、マヨネーズ、茹でたジャガイモ、グリーンピース、そしてデザートにはバニラアイスクリームのホットファッジソースかけ。ごちそうだ。病院の食事は、最後にはもう呑みこむこともできなくなっていたから。

七月二日　水曜日

強い雨が降りつづいている。これまでの生活のパターンと日課を取り戻すにはいいこと——自分にとってほんとうの生活を再開するための、少なくともささやかなスタートを切るには。昨夜、ピエロは私の横で寝た。体を思い切り伸ばして、大きな音で喉を鳴らしながら。私もそれで助かった。そして今、目の前にあるのは手紙の山また山。それを見ながら考えてしまう。今の時点では（これを全部読むなど）解決できない問題だから、ここから一通か二通、適当に抜き出せばいいのでは、と。

今、手近に、読んで気持ちが浮き立つようなものはない。一軒も本屋がないなんて、ヨークはなんと貧しい街だろう！　ここに最初に越してきたときには二軒あったのに。六カ月間、ほとんど外部の刺激なしに過ごしてきたことの虚しさを感じている。その間、一度として店にも本屋にも行かず、外食したのはたった一度だけ。そして会った人といえばナンシー、イーディス、そしてジャニスという〝側近〟だけ――パットが二週間、ここに泊まっていたときはパットにも会ったけれど、そのあいだは家のことがうまくまわるように考えるだけで頭がいっぱいで、一種の放心状態だった。でもお茶を飲みながら彼女とゆっくりおしゃべりしたことは、楽しく思い起こす。

イーディス・ケネディという、私の知るなかでは最高の会話の達人がよく言っていたのが、「フレーム・オブ・レファレンス〔その人の行動や思考、判断の基準となる枠組み〕」という言葉。ここでの私の友人――大切な友だちばかりだけれど――のほとんどは、フレーム・オブ・レファレンスがとても狭い。だからそれが突然広がったときは、すばらしい歓びを感じる！　思い起こせば一〇年ほど前、ニューヨークで、マーガリートとジャック・バーズン夫妻と夕食をともにしていたときに、そんな瞬間があった。モーツァルトの映画について話していたときのこと、ジャックと私が同時に、たしか五〇年ぐらい前のパリで上演されたオペレッタ『モーツァルト』を思い出したのだ！　台本はサッシャ・ギトリ〔フランスの劇作家、映画監督〕、そして若き日のモーツァルトを演じたのはイヴォンヌ・プランタン〔当時、ギトリの妻だったフランスの歌手、女優〕。あのとびきりのオペレッタと、そのなかでプランタンが歌ったアリアを覚えている人と同席するとは、なんという偶然のつながりだろう。

もし僕に手紙を書くのなら
いつも僕には
ほとほとうんざりだと言って

モーツァルトは三人の宮廷の女官と別れる際、彼女たちに向かってこう歌う。そのうちの誰かは彼の恋人だったかもしれない。それは誰か？ それはその場面の痛烈なポイントになる。
パットが私にとって大切な理由のひとつは、私たちに共通のフレーム・オブ・レファレンスがとても広いということにある。彼女は大変な読書家だし、舞台に生きているし、ユングも好きだし——そしてヨーロッパ女性が生まれながらにもっているものをすべてもっている。

七月三日　木曜日

今日も曇り空。昨日の大雨のあとで寒くて憂鬱な天気。体は重いし、いらつく。いつもの半分しか活動できないことにもう飽き飽きしているのに、フルに活動するには——たぶん——まだ十分に準備ができていない。
ピエロにはちょっと手を焼いている。夜、寝室にある猫用トイレのほうが近いにもかかわらず、バスルームのマットに粗相をするのだ。そこでまたバスマットを洗濯機に放りこむことになった――さてどうなりますか。今回は粗相をしたマットの臭いをむりやりかがせて、ダメでしょと叩いてやった。一方、ふだんはまったく手のかからないタマスが夜、下痢をして、なんと階下《した》のラグを三枚も汚してしまった！

でもやる気を出すために、仕事部屋の机で少しは仕事をしなければと心に決めている。

七月四日　金曜日

自由の女神の日！* 華やかな祝賀行事が行われ、エリス島にまつわる悲惨な歴史についても、ちゃんと報道しようというメディアの姿勢に、今回は満足している。母と私も、エリス島を通ってアメリカに入国したわけだが、母はそこでひどく屈辱的な目に遭ったことをけっして話そうとしなかった。これだけ膨大な数の「外国人」――アイルランド人、イタリア人、ギリシャ人、ユダヤ人――がアメリカ社会に溶けこんだことは、まさに奇跡だ。それに私は、ヨーロッパへの郷愁はあるにしても、アメリカ人であってよかったと思っている。理由はいくつかあるが、なかでも英語でものを書けることをうれしく思う。ただ第一次世界大戦についていえば、二つの言語に分断された小国ベルギーの詩人

* この日は独立記念日だが、アメリカ独立一〇〇周年を記念して一八八六年にフランスから寄贈された自由の女神の建造一〇〇周年にあたるこの年は、大規模修復などが行われた。訳者注。

でありたかった。

よく晴れた静かな一日。聞こえる音といえば、カモメの鳴き声と海のざわめきだけ。昼食後にちょっと気分が悪くなり、またあのひどい薬の副作用が出てきたのかと思うとゾッとする――でも、収まってくれそうな気もするし、ペトロヴィッチ医師が薬を一日おきに一錠に減らしてくれるかもしれない。たぶん大丈夫だろう。

秋に予定されている朗読会について、はかない望みながら、なんとか実現したいという気持ちがうごめいている。でもバーモント州バーリントン――九月二四日に朗読会が予定されている――がどんなに遠いかがわかって、かなりがっくり。イーディスに運転してもらって行けるのではと思っていたけれど、どうやらボストンから飛行機で行かなければならないようだ。

ピエロは一日じゅう愛想をふりまいていて、昨晩は粗相もしなかったので助かった。でも散歩はひと騒動。飛び跳ねるように走り、私たちの前になったり後になったりしながら進んでいくのだが、なにか怖いものに出会うと悲痛な声をあげ、私が名前を呼ぶまで鳴きつづける。車が一台、ゆっくり私たちを追い抜いていったとき、ピエロは恐怖を感じてどこかに姿を消し、どんなに名前を呼んでもニャーとも言わないので心配してしまった。でも家に着くと、玄関のところで私とタマスを待っていた。

散歩のあと、膝の下にダニがついているのをみつけた。今年はダニがかつてないほど大量発生している！　でも最近、やっといなくなったと思ったところだった。まったくいやになる！

七月五日　土曜日

出たり入ったりの一日。でも、元気を出して何かすることがあるというのは、いいこと。それはまちがいない。今日はハイディと〈バーナクル・ビリーズ〉でランチの約束があったので、出かけるまでに洗濯とキッチンの床掃除を終わらせ、ゴミを地下室に持っていかなければならない理由ができた（さいわいなことにランチから帰ってきたときレイモンドが来ていたので、ゴミを持っていってもらえた。）

七月六日　日曜日

曇りでおそろしく蒸し暑い。五時半に意を決して起き出してタマスを外に出し、日曜日の朝食というわけで自分とタマスのためにベーコンを用意する。ピエロは鳥を見に外へ。朝食後は新しいシーツに取り替え、汚いシーツを洗って干す。そのあいだに、イーディスが買ってきてくれた材料が悪くならないうちにラタトゥイユをつくろうと決意。材料をすべて切って料理しはじめるまでに一時間近くかかった。今はここまでにしておいて、夜また火を入れて完成させればいい。すべて順調にいったけれど、今はもう九時四五分。手紙を書くのはやめてひと眠りしようと思う！

夕方六時少し前にキャロルと電話でとてもいい話ができた。たとえリスクがあっても、詩の朗読会に出ていくべきだと言ってくれた。背中を押してもらえた。彼女はこの半年、私がじわじわ飢餓状態に陥っていったことをわかっていて、詩の朗読をすることが、失ってしまった自分自身を取り戻すきっかけになると考えている。

フランシス・パートリッジについて、キャロルはおもしろいことを言った。パートリッジは彼女にとっていちばん重要な人物だったことは一度もない——そして私が彼女にとっていちばん重要な人物だったし、今もそうだと。そう、でもそれはまた詩が書けるようになったらの話——もしそういう日が来るのだとしたら。誰かにとっていちばん重要な人物になるためには、その人はなんらかのかたちで自分より偉大なものの召使であることを意味するからだ。

七月九日　水曜日

さて、年とった心臓はまたしても乱れている——心房細動を起こし、心拍数は一四〇ぐらい。これでまた一からやりなおし。なんとしてもペトロヴィッチ医師に、マサチューセッツ総合病院で手術をうけることにオーケーを出してもらわなければ。そうすれば——願わくば——長い苦悩から解放される。

このところ猛暑が続いている。でも今日は少しだけ湿度が下がって、がまんできる。

月曜日のことから書かなければ。ビル・ヘイエンとビル・ユーワートとハン夫妻、それに彼らの息子を迎えるのに、すべての用意が整ったとき——氷で冷やしたシャンパン、グラス、お皿にのせたクッキー——、この場所の〝魔法〟がほんの少しだけ蘇ったから。久しぶりに椅子に腰かけてライラックの葉に踊る光を眺め、もうすぐやってくる友人たちを待ちながら、穏やかで幸せな気持ちになることができた。その友だちも格別な友だちだ――ビル・ヘイエンは今、私が知っている数少ない詩人の一人。やさしくて深い、まさに本物の詩を書く。私は彼の作品を高く評価しているし、その人物も大好き――ブロンドのすばらしい男性。そしていうまでもないが、ビル・ユーワートは私のために、クリスマスの詩を想像力豊かに印刷してくれるマジシャン。以前、私の詩を集めた小さな詩の本をつくってくれた――そして来年もつくってくれることになっている。というわけで、彼らを迎えるのはちょっとしたお祭り気分――海までが青く染まっている。会話もとても盛り上がった。ただほっそりして内気なハンは、きっと庭を見てがっかりしたのではないかしら。今の庭には見るべきものがほとんどないから。ただアヤメは咲きはじめている！

そして今日の午後、突然、はるかサンフランシスコから炎のように真っ赤なバラの大きな花束が届いた。送り主はオールダー・ウィメンズ・リーグ（中高年女性連盟）の共同創設者、ローリー・シールズ。

ビルの息子はシェルティ〔シェットランド・シープドッグ〕を飼っていて、タマスをとてもかわいがってくれた。撫でたり、まるで人間に話しかけるみたいに話しかけたり――実際、タマスは人間みたいなのだけれど。

さっき、ペトロヴィッチ医師のところの看護師ルーシーから電話。私がうける手術の第一人者、ラスキン医師に連絡してくれることになった。これでやっと回復できる希望がみえてきた――もうすぐ！　信じられない！

七月一一日　金曜日

ところがラスキン医師は八月いっぱい、どこかに出かけて不在だという。代わりにペトロヴィッチ医師はハサン・ギャランという助手の医師と連絡をとろうとしている。でもまだ、あのいまいましい薬を飲まなければならなず、この週末、体調はひどく悪く、見放されたような気分。せっかく外は完璧な七月のお天気なのに——暖かくカラッとして空気は澄みきり、あらゆるものの輪郭がくっきりしている。

たくさんの人から花が送られてきて、誰が誰やらわからない。今日届いたのは、バスケットに入ったすてきな青と白のアレンジメントと、ごく薄い黄色のユリとアイリス、野草のような雰囲気のボタンに似た形をした可憐な花、それにイトシャジンのブーケ！　ブーケはまるで花屋さんの魔法にかかったよう——送り主はドロシー・ペック。彼女とは一度も会ったことはないけれど、ときどき電話で話をする間柄だ。

花と電話のおかげで絶望に陥らずにすんでいる。昨日はジャバーがセントルイスから電話してくれた。パット・キーンは毎朝、ロサンゼルスから電話してくれる。

夜のあいだ心を和ませてくれる音について、書くのを忘れていた。規則正しく脈打つようなコオロギの鳴き声、遠くで聞こえる海のやさしいざわめき。そして何日か前にはマネシツグミが、夜中の一二時から三時までぶっ通しで、三種類のさえずりで鳴きつづけた！　それぞれ違う声を楽しんだけれど、そのうちひとつはサヨナキドリ（ナイチンゲール）を思わせるような鳴き声だった。

［サヨナキドリの鳴き声を初めて聞いたのはいつ、どこでだったろう？　あれはヴーヴレ〔フランス、ロワール地方の白ワイン生産で有名な村〕のグレース・ダドリーの家に滞在していたときのことだ。彼女の家は〈小さな森《ル・プティ・ボワ》〉と呼ばれていて、ある晩、月の光を頼りにグレースとその小さな森を散歩したときに、六羽のサヨナキドリの鳴き声を聞いたのだった。第二次大戦直後の一九四〇年代、大昔のことだ。］

七月一六日　水曜日

ここに書くことが何もないまま、何日もの日が過ぎた。書くことがあるとすれば、吐き気という言葉だけ――くる日もくる日も七時間か八時間も吐き気に苦しみ、ごろごろ横になって、ひたすらマサチューセッツ総合病院で手術をうける日を待ちつづけている。約束では今日、それが決まることになっているが。また元気を取り戻せる可能性が宙に漂い、もう待ちきれない自分がいる。ところで、毎夏ヨークで休暇を過ごすロイス・ロスとフランシス・ウィットニーと〈ドックサイド〉で会えたのは、大いなる刺激になった。「外」で夕食を食べるのは、この七カ月で二回目。とても楽しかったし、いつものように会話もはずんだ。どれほどそれに飢えていたことか。

やっとルーシーから電話で、マサチューセッツ総合病院での手術は八月三日に決まった（母の誕生日だ）。二時間前にそれを聞いたときはショックだった――あと一七日もこの具合の悪い状態で待つのかと。でも、こう考えなおした。その時間を自分にとっての課題ととらえようと。一七日間を、ほんとうの意味で人生を充実させるようなことをするために使おうと、心に決めた。フランシスとロイスがその間ずっとヨークに滞在しているのは、とても好都合だ。金曜日にはマギー・ヴォーンも、夕飯の材料を持ってくることになっている。

七月一七日　木曜日

このところずっと、涙を流すより怒りの感情のほうが強くなっている。悲しみと怒りは鬱の両面。でも、怒りのほうがどちらかといえば健全かもしれない。

ピエロがあまりにも自己中心的で、欲深い猫で悲しくなる。見た目の美しさはいうまでもないけれど、ちょっとは愛情も示してくれればどんなにいいかと思う。昨晩は、かけなければならない電話のあまりの多さに途方に暮れ、へとへとになっていたのに、ピエロは私の部屋に上がってもこなかった。重すぎて抱いて上がってくることはできないし、時には自分から来てくれることもあるのに。

今、ピーター・テイラーの短編を読んでいる。本のカバーにはチェーホフに比肩するとの文句が。ある意味では、二人とも貧しく楽しみのない ―― 精神的な意味で ―― 生活を描いている点で共通するけれど、チェーホフの場合はそこに深い同情がある。それから、この日記に書かないことがたくさんあることについても考えてしまう。なぜ？　それは手紙のせい ―― 雑然と積み上げられた手紙の山のせいだ。なぜ？　今の私には、〝実〟のある文章を書く精神的エネルギーがまったく欠如しているから。自分の人生をコントロールできていないと感じているのも、そのせいだ。楽しみなことは何も**も**なく、日々をただゾンビのように生き長らえ、眠ることと忘却することをひたすら待ち望んでいる。

七月一九日　土曜日

友人――ほんとうの友人――は命を救ってくれる。昨日、マギー・ヴォーンが夏らしいスズランの柄のワンピース姿で、さっそうとやってきた。そしていつものようにホームメードのごちそうをたくさん持って――生みたての卵一ダース、小ぶりの牛肉のミートローフ三個、菜園で採れたホウレンソウ、彼女が飼っているジャージー牛の牛乳からつくった生クリーム、私の昼食用にと卵のゼリー寄せ《アスピック》、デザート用のラズベリー、そしていくつものビニールの袋に詰まったおいしいクッキー。一日じゅう体調は良くなかったけれど、キラキラ輝くマギーの瞳と愛情のこもった食べ物の数々を見ただけで、すっかり生き返った。

昨日はめずらしく穏やかな七月らしい夜で、そよ風が吹いて蚊も来なかったので、テラスの椅子に座り、ジンジャーエールにクッキーをつまみながら過ごす。タマスはクッキーのおすそ分けを期待してずっとそばから離れず、ピエロはランプの魔神のように庭の繁みから飛び出したり、また隠れたりしている。

家の外に――でも安全に守られてはいる――身をおき、遠くの海と時おり通る帆船を眺めながらとりとめもなくおしゃべりするのは、実に心地よかった。そんなわけでマギーも私も、自分たちの近況を思う存分話した。彼女はオーガスタ〔メイン州中南部にある州都〕にあるホスピスで働いていて、終末医療のコースも取っている。

しばらくして家のなかに入り、スコッチを飲みながらニュースを見て――それからごちそうに舌鼓。『私は不死鳥を見た』のなかで、父の記憶にあるミートローフのことを書いたけれど、マギーはそのミートローフを再現しようと思ったらしい。マギーの〝作品〟はとびきりのおいしさで、父の記憶するミートローフそのもの――いや、私のみるところ、もっとおいしかったのではないかと思う。

今日は霧が出て雨降り。疲れが溜まっていたので寝坊する。マギーはコーヒーを片手に私のベッドの足元に座り、くつろいだおしゃべりをする。

七月二〇日　日曜日

心臓の鼓動が早くなると体に負担がかかって、つねに疲れた状態になるようだ。だから朝いちばんにどれだけがんばれるかが重要。今日もまた曇りで気温も低く、なかなか起き上がろうという気になれなかった。七時近くに――五時半にタマスを外に出したあと――ようやく起きたのは、ピエロが外で朝ごはんを待っているだろうと思ったから――そのとおり、外で待っていた。それからシャツやパジャマなどを洗濯し、お風呂に入る。そしてロンドンのジュリエット・ハクスリーに電話して、どうしているか様子を訊く。ハムステッド・ヒース〔ロンドンにある広大な公園〕を長時間散歩してきたところだという。それを聞いて、なつかしい思いでいっぱいになった――しかも九〇歳近くになってもそんなことができるなんて、すばらしい！　対するこの私は、ほんの数メートル歩いただけで息が上がってしまう。この身体的呪縛から解放される——と期待する——日まで、あと一四日。

外では目を見張るような変化が起きている。それをここに書くのを忘れていた。野原はちょっと変わったピンクがかった色に変わり、背の高い草が風にそよいでいる。そして野原を貫く細い小道は明るいエメラルドグリーン。その小道を通って海まで歩いていったのはもう半年以上も前のこと。でも海の音には今までにないほど耳を傾けている。海、それはけっして静止することのない偉大な存在。

もうひとつ書き忘れていたのは、毎日車で郵便局まで、六キロあまりの道のりを運転していくのを心から楽しんでいるということ。まずこのあたりの林を抜け、それから塩沼に出て、毎日小さな入り江にいる水鳥——二羽のガン、二羽の茶色いカモと白いのが一羽——の姿を確かめる。鳥たちが見えたときは心が踊り、とても幸せな気分になる——そして思わず、ウィリアム・アリンガムの詩を口にしてしまう。

池には四羽のカモ
その向こうには草に覆われた土手
春の青い空には
白い雲がいくつも飛んでいる
こんなにささいなことを
長い年月がたっても憶えているとは——
しかも涙とともに憶えているとは！*

そのあと街に入ると、ほんの数カ所しかない手入れの行き届いた庭の前を通り、どんな花が咲いているかを観察する。私の庭で唯一の見ものは、「ニュードーン」というピンクの蔓バラ。このところフェンスいっぱいに流れるように咲き誇っている。この夏、ほかには何も見るべきものがないなかで、これだけはみごとに咲いてくれた。

七月二一日　月曜日

昨晩、ゆっくり車を運転しながらロイスとフランシスを拾いにいく途中、道端に咲いている野草に目をとめた。夏の花たち——カラマツソウ、アワダチソウ、ヤナギラン——が、ちょうど咲きはじめたところ。その名前には夏の昼と宵の味わいがこもっている。一日じゅう具合がよくなかったので、彼らとの夕食——〈アローズ〉での特別なディナーになるはずだった——を楽しみにしていた。ロイスによれば、ここは雑誌「グルメ」の選ぶトップレストラン50に入っている数少ないメイン州のレストランだそう。以前にも一度行ったことがあり、庭を見渡す広いポーチのテーブルでディナーを楽しんだ。でもその後経営者が変わり、フロアマネージャーはオープンシャツにズボンというカジュアルな恰好をした若い男性で、ロスの名前では予約は入っていないとのたまう——ロイスはその前日に電話で予約していたのに。そのフロアマネージャーがあまりにも横柄な態度をとるので、よほど帰ろうかと思ったけれど、ようやく不承不承ながら席を用意してくれた。ところがメニューを見ると、とんでもない値段にびっくり――そんな大金を出す価値がはたしてあるのかと疑ったが、その疑いは的中した。

でも二人との話はすばらしかった。そのひとつは、完璧な結婚――そんなものがあるとすれば――とはどんなものかについて。全員の意見が一致したのは、結婚の究極の目的は友情だということ。友情こそが必要なものであり、そこに始まり、そこで終わらなければならない。こういう話をするといつも思い起こすのはヴィタ・サックヴィル＝ウェスト〔イギリスの詩人・作家〕とハロルド・ニコルソン〔イギリスの外交官・下院議員、作家〕が夫婦で編集したアンソロジー『こことは別の世界』に引用されているホメロスの次の一節だ。

というのも、これより強力で、これより良いものは存在しないのだ。男と女が人生について同じ考えをもち、二人でともに家を守るということ。これは二人の敵には苦痛をもたらし、二人の友人には歓びをもたらす。しかしその真の意味は二人にしかわからない。

七月二三日　水曜日

昨日はとても具合が悪く、センター・サンドイッチから車を運転してきたハルダーとのランチの約

＊　ウォルター・デ・ラ・メア編『こちらにおいで』（クノップフ、一九六〇年）。

束を、もう少しでキャンセルするところだった。今日は昨日より気分も良く、何通か手紙を書き、アンとバーバラのために、うきうきとテーブルをセットした。昨日の午後、ペトロヴィッチ医師のところでルーシーに心電図を撮ってもらう。すると驚いたことに、脈拍はまったく正常で、彼女は不整脈の治療薬――アミオダロン――が効いているのだという。となれば、ペトロヴィッチ医師が手術をやめましょうと言うのではないかという恐怖にかられ、心臓は正常に脈打っていたとしても、内臓の状態はまったく正常ではないと強調する。今の状態では、とても朗読会ツアーなどできないと。それにルーシーも、不整脈は出たり出なかったりするもので、今正常だからといって、ずっとこのままである保証はないという。

今日は文句なしの夏らしいお天気。フラ・アンジェリコの絵のような鮮やかなブルーの海はまったく静かで、水平線の近くだけが薄青色の帯になっている。

ハルダーとは一年以上会っていなかったので、会えてうれしかった。見た目はまったく変わっていない。ただ耳が遠いのが問題。それでもなんとかお互いの近況について、ゆっくりおしゃべりできた。

家に戻ってきたとき、ポーチのラグの上にごくちいちゃな端正なネズミがちょこんと座っていた。ピエロは外にいたのだ。思わず叫び声をあげて助けを呼ぶと、ハルダーが来て何回か失敗したあげく、なんとかペーパータオルでネズミをつかみ、庭の遠くのほう――ブランブルのお墓の近く――まで持っていって放してくれた。ピエロが生きたままネズミをつかまえて、家のなかに持ち込んだにちがいない。そんなひどい目に遭っても、ネズミは生きていられるものなのだろうか？

ネズミは大好きなのだが、突然動くのが怖いので、つかまえることもできない。ハルダーがつかまえてくれて、ほんとうに助かった。

彼女はテネシー州のブレントウッドに住んでいるが、家で出たゴミを野生動物の餌としてあげている。今は小さなキツネにあげているそうで、その姿も見ているという。このあたりではもう長らくキツネを見ていない。あちこちで家を建てていて、どこでもそうだけれど、野生の自然が文字どおり失われつつある。鳥も少なくなった。今年は餌やり器にムネアカイカルの姿を一度も見ていない。

七月二五日　金曜日

昨日の午後、ペトロヴィッチ医師の診療所で検査着を着て横になり、四五分間待たされた——不安と緊張で泣きそうになりながら。やっと先生が現れたので、きっぱりこう言った。「二つの可能性しかありません。手術をうけるか、自殺するか。こんなに具合が悪くて仕事もできないまま、ただ生きつづけることなんて無理です」。それでも彼はこう訊いてきた。火曜日——心電図で心拍が正常だったとき——以降、少しは気分が良くなったのではないかと。でも火曜日は、長いことなかったほどのひどい吐き気に苦しんだ。さらに爆弾が落とされた。先生は「八月三日に向こうの病院に行って、もし心臓に何も異常がなかったら、手術を拒否されるかもしれません。あそこの医者は学者ですからね」という。「それは知っておかないと」。ということは八月三日にボストンまで行っても、そのまま帰されてしまうかもしれないのだ！　こんなに長いあいだ苦しみながら待ちつづけたあげくに、なすすべもなくただ身を縮めるしかないなんて、そんな馬鹿げたことがあるだろうか。

七月二八日　月曜日

金曜日以降の日はどこへ行ってしまったんだろう？　気の滅入るような、霧がたちこめて湿度の高い、ひどい天気が続いているのもひとつだけれど、それに加えて体調は良くなるより悪化していて、心臓のあたりにいつも鈍痛がある。それに吐き気も前よりひどくなっている。それでも土曜日の午前中は、スーザン・ギャレットがイチゴを持ってきてくれたので、心躍る時を過ごすことができた。少しだけれど、近況――とくに最近の健康問題について――も話せたし。スーザンはこのうえなく繊細で、思いやりのある人。彼女がヨークの病院の院長をまだやっていたら、どんなによかったか！　でも夫のジョージはシャーロッツビルのバージニア大学教授だから、二人がヨークに来るのは、川のほとりにある彼女の父親の家で過ごす夏の数日間だけなのだ。スーザンに会うことで、体じゅうが愛と思いやりで満たされる気がする。イーディス・ケネディがよく言っていた、まさに「注射《ピキュール》」を打たれる感じ。

その日の午後は、ロイスとフランシスがシャンパンを飲みにやってきた。ひどい暑さのなか、海から心地よい風が吹いてきたので、しばらくは外で、そのあとは家に入っておしゃべり。ところが何かの拍子に熱のこもった政治的議論になり、ほんの一時間ちょっといただけで彼らが帰ったあと、具合が悪くなって何も食べられなかった。その結果、ピエロとタマスはごちそう――半分冷めたテンダーロインステーキ！――にありついた。

昨日も、エレノア・ブレアがエリス・ロテラといっしょに、お昼持参でやってくるという大イベントがあったのに、楽しみに待つことができないほど気分が悪かった。去年のクリスマス前に訪ねて以来、彼女に会いにいくこともできずにいたのに。それでも九一歳にしてはつらつとしているエレノアに会えてどんなにうれしかったことか。手首の骨折から記録的なスピードで回復し、エリスのそばにいられる歓びに――いつものように――輝いていた。エリスはインディアナ大学――うまくいけば、私も一〇月一三日から一八日まで行くことになっている――で経済学を教えているが、かつてウェルズリー大学に交換プログラムで行ったとき、エレノアが彼女に部屋を貸したのだった。それ以来、二人はすばらしい友情で結ばれている。

エレノアはフルーツサラダに、ヨーグルトとマンゴーでつくった、とっておきのソースを持ってきてくれた。そして運よく、冷蔵庫にはヴーヴレ・ワインが冷やしてあった。フルーツとブリーチーズに合わせるにはまさにうってつけ。

エレノアは法律上は失明していることになっているのに、いろんなものが見えるのには驚かされる。たとえば書斎が例の小火《ぼや》のせいで変わったところにも全部気づいたし、貝殻を入れたボウルのそばに置いてあった小さな根付の指輪も憶えていた。どうして見えるのだろう？　不思議。

エリスのほうは、ピエロの暴れん坊ぶりにすっかり魅入られてしまったよう。でもその日の午前中、書斎の隅でピエロがしでかしたいたずらをみつけたときには愕然とした。ガリガリという音がするのであわてて行ってみると――なんということ！　引っかいてボロボロにしていいものは、外に出ればいくらでもあることを、いったいいつになったら学んでくれるのだろうか！

ああ、何か長くて夢中になれて深みのあるものが読みたい！ イェイツの書簡集を注文したのだが、まだ手元に届かない。読むものがないと、今の宙ぶらりんな状態におかれた感覚がよけい強まる気がする。ヴァージニア・ウルフの『歳月』を読もうかとも思ったけれど、ちょっと暗すぎる。冒頭の、二階の部屋で妻であり母親でもある女性が死の床についている家庭の描写はあまりにも生々しく、今はとうてい読みたくない。

フランシスとロイスは水曜日に帰ってしまうので、今日が二人と会える最後の日。お昼を食べにどこかに連れていってくれることになっている。家から出られるのはうれしい。机の上はまさに悪夢のような状態。一日に一〇通か二〇通の手紙を書けるだけの――週末にはそれぐらいこなしていたこともある――元気を取り戻さないかぎり、このままの状態がいつまでも続く。

七月二九日　火曜日

ロイスとフランシスに別れを告げるのはつらい。四時ごろに昼寝からさめると寂しくて涙があふれ、止まらなくなってしまった。気分は今までにないくらい悪い――そして手術を断られるのではないかという不安が頭から離れない。薬のおかげで心臓が規則正しく打っている――あるいは先週、打っていた――という理由で手術できないなんて、皮肉にもほどがある！

すぐに息が切れるので、ペトロヴィッチ医師はブメタニド〔利尿剤〕の処方を倍に増やした。

それでも午後、外に出て花を摘む。自生しているハナタバコとケシ、ベロニカ、デイリリー〔キスゲやカンゾウの仲間〕、フランスギクでちょっと変わった小さな花束――いつか私を取材にきた「ニューヨーク・タイムズ」紙の記者に言わせれば、「自然のままの花束」――をつくって家に飾る。それがとても楽しかったので、カレンにもそう話さなければ。彼女は私が十分に注意を向けたりほめたりしないのに、よくがんばって働いてくれた。タマスのこともとてもかわいがってくれるので、タマスも寂しがるだろう。八月一五日に彼女がトゥーソンに帰ってしまったら、火が消えたようになるにちがいない。

七月三一日　木曜日

昨晩はベッドのなかで、雨の音を聞きながら長いあいだ眠れなかった。そして最近、いかに自分をもてあましてきたかについて考えていた。かつては詩の朗読会に出かけたり、遠くから訪ねてくる多くの友人たちに会ったりする合間の、独りでいる時間――「孤独」――がエネルギーの源だったのに、今は「孤立」がそれに取って代ってしまった。今の私はまわりから見捨てられて、寂しく暮らしている。ピエロがときどきニャーニャー鳴いては「どこにいるの？　僕は寂しいよ！」と訴えるように、私も鳴きたくなる。

まわりの人たち――なかでも看護の専門知識と深い思いやりを兼ね備えたジャニス――は、私を支えるためにできるかぎりのことをしてくれている。でもアンとバーバラは疎遠になってしまった。なにしろ人には皆、大切な人や仕事があり、私のような存在は一杯いっぱい生きている彼女たちの生活のなかではお荷物になってしまうのだ。だから私自身、正直にいえば、もう長いこと助けを求める叫びにはすぐに応えるようにしてきた――それも多くは、一度も会ったことはないけれど、手紙を通じて友だちになった人に対して。今私が落ちこんでいるのは、ひとつには今までのようにそういう人たちに「応える」ことができなくなったからだ。かつての「自分」から切り離されてしまったことをひしひしと感じている。

この病気に、もううんざりしているのは私だけではない――私の知る人は全員、同じようにうんざりしているはず。

もちろん来てくれる人、友人はいる。ナンシーは毎日、朝八時に来てくれて、それがどんなに慰めになっていることか。いつも安定していて思いやりのあるナンシーの存在は、とてもありがたい。それに彼女はタマスをとてもかわいがってくれる――野獣のようなピエロも。ナンシーが来ない日は、この家も私も暗い闇に包まれてしまう感じがする。

何が欠けているかといえば、それはもちろん「私たち」と呼べる具体的な存在――つまり、二人の人間が仲良く暮らすということ。でも七四歳の今、それがまた現実になる可能性はほとんどないと認めざるをえない。

昨日は暗い気分だったにもかかわらず、ブラウニーを焼いた。だからまだすべてが失われたわけではない！

八月一日　金曜日

イーディスとお昼を食べて家に戻ると、ナンシーのメモがあり、「土曜日にフィリップス・ハウスに入院するように準備」と書いてあった。すぐにフィリップス・ハウスに電話して理由を訊くと、「そうしないと部屋がふさがってしまうかもしれないから」との返事。土曜日の朝九時から一一時のあいだに電話してくれることになったが、それまではほんとうに土曜日に入院するかどうかわからない。めまいがしてきた。

［ひとつには、土曜日の午後、ドロシー・モルナーとスティーヴン・フェントン夫妻が来て、家のなかを案内することになっていた。私のいないあいだ、休暇でメインにやってくる彼らにこの家を貸す話になっていたのだ。ドロシーとスティーヴンは私の詩を読んだことがきっかけで知り合い結婚したので、私が二人の仲介役だと言って、六、七年前にわざわざ会いにきてくれた。当時はともにソーシャルワーカーをしていた二人に、私はとても好意をもった。卵形の顔に青い瞳をしたドロシーは私の母親を思い起こさせ、スティーヴンの黒い口髭とバラ色の頬、キラキラ光るやさしそうな瞳は私を魅了した。そしてその二年後、子どもが生まれたという知らせをうけ、しかもその子を「サートン」と名づけたと聞いて、深く心を動かされたのだった。

去年の夏、彼らは家族三人でオガンクィット〔著者の家のあるヨークに隣接するリゾート地〕に休暇を過ごしにやってきた。そのあいだに何度か会ううちに、家族のような親しみを感じはじめていた。花屋の

© Stephen Fenton

小さなサートンちゃん、タマスといっしょ

〈フォスターズ〉の前で待ち合わせると、五歳になっていたサートンちゃんは喜んで私の車に乗り、「五歳ってとっても大変なの。だって、なんでもできるってみんなに思われちゃうから」などと言うのでおかしくなってしまった。それはいくつになっても誰でも思うことだという気がする。サートンちゃんはおかっぱ頭——私が彼女ぐらいの年のころを思い出す——に、ブルーの瞳をした美少女。まわりのものをなんでもよく見ている。もちろんタマスも、自分とあまり大きさの変わらない小さな女の子が来たというので、水を得た魚のように大喜び。

そんなわけでこの夏、私は彼らに家を貸そうと申し出た——その週、ケープコッド〔ボストンの南にある半島〕のルネ・モーガンを訪ねる予定だったので。ところがそこに、マサチューセッツ総合病院に入院する話が急に割りこんできたのだ。家のなかを案内できなくなったので、がんばって台所のあらゆる引き出しや戸棚にラベルを貼って、何がどこにあるかわかるようにした。そして土曜日の朝、病院からの電話を待つ一方で、イーディス・ハダウェイと彼女の友だちのベティにも、いつでも私を病院に連れていけるように待機してもらった。ところが電話はなく、一一時にこっちからかけてみると、週末担当の新しいスタッフが出てきて、なんの伝言も預かっていないという。そして「あなたの予約は日曜日の一時半に入っています」と。ずっと待ちつづけたあげくのこの結末、あわてていろんな手配をしたのが全部むだになり、モルナーとフェントン夫妻の気分を悪くさせ、イーディスとベティの気分も悪くさせてしまった。猛烈に腹が立った。入院する前にサートンちゃんに会えることを、そしてこの家を彼ら三人にとって居心地のいい場所にしてあげるのを、心から楽しみにしていたのに。

ドロシーの電話での返答は実にみごとなものだった——土曜日はオガンクィットのモーテルに泊ま

るので大丈夫、そして日曜日に私が病院に行ったあと、お昼にそこに行きますからと。でも私はこの間のいろいろな手配でイライラしたせいで、土曜日の午後はずっとひどく具合が悪かった。」ドロシーは思いやり深い調子で、「このところずっと、スムーズに事が運んだことはないんですよね」と言ってくれたけれど、まさにそのとおり。

八月四日　月曜日　ボストン、マサチューセッツ総合病院、フィリップス・ハウス

なぜそこに入れられるのかわからないまま、ケージに入れられた犬の気持ちが今はよくわかる。出してもらえることに望みをつないで待ちつづけ、なぜ、なんのためかわからないまま手荒に扱われている――というのも、朝一〇時に電話がかかってきて病院に来るように言われ、午後一時一五分から六時四五分まで、救急病棟のベッドに横になったまま待たされつづけた。心臓モニターを着けているので、動くことも起き上がることもできない。四時間たったとき、トイレに行かせてほしいと頼むと、「尿器を使ってもらいます」と、これ以上ないほど意地悪な調子でサディスティックな看護師が言う。それだとうまくできないので、と私が説明すると、あざ笑うように「やればできるでしょう」。やっと黒人の男性看護師が私を窮地から救い出してくれた――規則を破って、看護師用のトイレを使わせてくれたのだ。助かった！　六時に朝食を食べたきりだったが、看護師長が食べ物を持ってきましょうと言っても、とても食べる気はしなかった。医師が三人、入れ代わり立ち代わりやってきて私の病歴を訊いた。そのうちのハンサムな若い男性医師は、私が延々と待たされているあいだに一〇〇回は

そばを通ったのに、にこりともしなければ、「もうちょっとの辛抱」とも言わない。いつまで待つのかと看護師にこぼすと、「あなたはましなほうですよ。二四時間待たされる患者さんもいますから」との返事。「フィリップス・ハウスには伝えてあるんですか？」と訊くたびに、看護師長は何度も「ええ」と答えた。それなのにマギーが五時に来たときには、私は入院していないと言われたというのだ！

八月六日　水曜日　フィリップス・ハウス

入院生活に慣れてきたようで、もう檻に閉じ込められて体じゅうの毛を逆立てたハリネズミではなくなった。予想していたとおり検査、検査の連続。月曜日には外科医とじっくり、いい話ができた。そのときは手術、そしてペースメーカーという話だったのだが、午後になって、ヨークの病院では処方されたことのないベラパミル〔抗不整脈薬〕という錠剤を一日三回飲むように言われる。意気消沈。つまり、手術はしないということ？　涙があふれ出た。

心やさしきマギー・ヴォーンは、入院中、私をサポートするために〈ホリデイ・イン〉に泊まっていて、一日に二回は来てくれる。今日はおいしいジンジャーブレッド——デザートのゼリーといっしょに食べると大いにグレードアップする——とジンジャーエールを持ってきてくれた。でも彼女は今日、帰ってしまう。

早く家に帰りたくてたまらない。病院の辛気くさい雰囲気——よくても味気ない、悪くすれば冷たくて非人間的――にはもううんざり。

パット・キーンは日曜日に来ることになった。

すばらしい花に囲まれている――近くや遠くの友人たちが贈ってくれたものだ。入院までのあの拷問のような数時間を過ごしたあと、病室にヴィッキー・サイモンが贈ってくれたラベンダー色のフリージアが届いていた――冷たく殺風景な病室に、親密で極上のものをみつけたときのうれしさといったら！

J・Tとコーラからも、色とりどりの花を集めた、花の夢とでも呼びたくなるブーケが届いた。真ん中には赤と白のユリ、そしてピンクのオステオスペルマム、濃い紫のケシに似た――日本の――花、鮮やかなオレンジ色の南米の小さなユリ……とても全部の名前はあげきれない。

ポリー・スターはヒンガム〔ボストン郊外の町〕にある自宅の庭で咲いたグラジオラスを持ってきてくれた。ピンク、ラベンダー、オレンジ――シンバルの響きのような華やかさだ。

ジュディ・バロウズは青と白で統一した、フリージア、キンギョソウ、デルフィニウムの美しく上品なバスケットを贈ってくれた。

そしてあちこちから励ましの電話もかかってくる。オレゴンのR・H・C、シカゴにいる義兄弟のチャールズ・フェルドスタイン、ロサンゼルスのパット、ケープコッドのルネ・モーガン、そして近くに住む友人たちからも。

家の様子は毎日ドロシーが知らせてくれるし、ドロシーとスティーヴン、そしてサートンちゃんの三人が――長い散歩に連れていってもらえるタマスも含めて――楽しい日々を過ごしていることを、心のなかに大事にしまっている。ピエロは日曜日の夜は家に戻ってこなかったらしい――人見知りするし、とても怖がりなのだ――が、今はもう三人に慣れて家族のようになっているという。

病院での愉快なエピソード。一人の女性が病室に入ってきて「［気晴らしに］針仕事をなさってみませんか?」と言う。ボタンつけもうまくできない私は、思わず笑い出してしまった。

このところ、メアリー・ゴードンの『男たちと天使』を読んでいる。最初はちょっと不快感があったけれど、今はすごく引きこまれている。それから昨日、マギーが『ホスピス・ムーヴメント』という本を持ってきてくれた。これはとてもためになる本のはず。

私のまわりには友人たちの愛があふれている――これだけの愛があったら元気になれるはずだ。それから電話をくれた人のなかに、フレッド・ロジャーズ――「ミスター・ロジャーズ」――がいるのを書き忘れていた。心やさしい彼は二回も電話をくれたのだが、最初は耳を疑った。今、彼はナンタケット〔マサチューセッツ州東海岸沖の観光・リゾートで有名な島〕にいる。少しは骨休めできると思い、ほっとした――本人は「書きものをしなければならないんだが」と言っていたけれど。

八月七日　木曜日　フィリップス・ハウス

明日退院できることになったが、土曜日まで延ばそうと思っている。せっかくのサートンの休暇が短くなってしまわないように。六時ごろ――ちょうど夕食が運ばれてきた時間にギャラン医師がやってきて、どうして手術とペースメーカーをやめることになったのか、理由を説明してくれた。私の心臓は医者たちが考えていたより機能が落ちていることがわかったという。私の場合、心房から心室へ血液を送り出す際の電気刺激が弱くなっていて、ペースメーカーは心室に働きかけるものだから、入れても良くなるどころか逆効果になる可能性があるというのだ。「手術は一度したら元には戻せません」とギャラン医師は言う。でも、もし心不全を発症したら——その可能性はある——そのときには最後の手段として手術をすると！　彼は薬の効果には確信をもっていて、「朗読会ツアーにはぜひ行ってください」と言う。そのうえでワルファリンも飲みつづけ、二週間に一度ぐらいは血液検査をしなければならない。また振り出しに逆戻りというわけだが、もうくよくよしない——この薬が効いてくれれば。

［それでも最初はパニックに陥った——あの腹痛がまた戻ってきたから。廊下でケリー医師と出会ったので、ちょっとお話があるんですがと言うと、「忙しいので」と断られた。でも彼女はデスクのところまでついてきて、いらついた声で「どうしたんですか?」と訊いてきた。前と同じ症状が出ていて、薬が効かないのではないかと心配だとつぶやくと——この状態ではそう心配するのはごく自然なことだと思うけれど——「昨日はまったくなんの問題もありませんでしたよ」と言って、立ち去ってしまった。

ギャラン医師が手術をしないことを決めた今、私は無視すべき存在になったということ。私はもう過去の患者なのだ。］

病院の話は『ホスピス・ムーヴメント』の的を射た指摘を引用して、終わりにしたい。

病院という名の場所に入るのを歓迎されること、それはなんと奇妙なものだろうかという気がしてくる。そこに入ったとたん、私たち一人ひとりを唯一無二の存在にしている生命力は無力化されてしまうのだ。病院は人間の身体を、重さ何キログラムの肉として歓迎する。そこには興味深い働きをもつ機械部品と神経化学的な結合体がぎっしり詰まっている。病院は人間からあらゆる個人的プライバシー、官能的な快楽、そして肉体が見出すすべての歓びを剝ぎ取り、同時にその身体を丸ごとつかんで抱えこむ。病院は愛するのではなく、戦いをしかけてくるのだ。

家に帰って元気になり、自分自身をもう一度見出し、自分らしく機能できるようになろう――そう信じなければ。

八月九日　土曜日

昨晩、ベイカー記念病棟の独房のような部屋に移された。三ドル払えばテレビが見られると、誰も教えてくれなかった――わかっていればつける価値は十分にあったのに。タオルもなく、ベッドの上方に明かりもない。でも看護師たちは皆、親切だったし、私の名前を知っている看護師も一人いた。朝一〇時に退院することになっていたが、朝食を忘れられてしまった。イーディスが九時半に来てくれて、前の病室から選んできたたくさんの花とスーツケースとブリーフケースを台車に載せて、ベティの車まで運ぶつもりだったのに、ベティは車のなかで延々と待つハメになった。ケリー医師が薬の処方箋を持ってきたのが、なんと一一時一五分だったのだ！　昨日の夜、救われたのは、マギーが持ってきてくれたホスピスについての本を読んだこと。自己憐憫とひどい状況の只中から、まったき愛へと連れ出してくれた。

病院にいるあいだ、家に帰ることを夢見ていた。家はまさに夢のような場所に思えた――平穏で静かで、美しいものにあふれ、永遠に続く海のざわめきに満ちている。ところがお昼を食べてから家に帰り、一人になってみると、この家がずしりと重い荷物のように私の肩にかかってきた。あれもこれも、やらなければならないことばかり！　明日の夜、パットが来ることになっているのだ。

ピエロはすぐに私のことがわかり、抱くと喉をゴロゴロ鳴らした。でもタマスは、せっかくＬ・Ｌ・ビーンでみつけて喜んで注文した犬用のベッドが気に入らない様子。大きすぎるので、小さいのと交換しないと。庭ではやっとナスタチウムが咲き出した。

八月一〇日　日曜日

よく晴れた夏の一日。めずらしく雷雨もなし！　かなりの大仕事をなしとげた。だいたいは食料を家のなかに運びこむことだったが――メロンの重いこと！――一時間半もかかった。ひとつには、明日カレン・オルチと彼女の友人をお昼に招待していて、カニを買いにいったから。魚市場はヨーク・ビーチの真ん中にあって、海岸沿いに途中で止まったりしながら市場まで行くだけで三〇分以上かかってしまった。海辺の景色はとても魅力的。海岸線には美しいさざ波が打ち寄せ、人びとも楽しそうだ。

八月一一日　月曜日

マカロニ・アンド・チーズをオーブンに入れ、ニュースを見ようとしたら、テレビの調子が悪いことに気づいた！　あちこち電話してようやく修理を頼んだら、一時間ぐらいでとても親切な若い男性がやってきて、はしごをかけて木に登り、なんだかわからないけれど不具合の原因を直してくれた。暑かった昨日の夜、九時一五分ごろパット到着。再会を喜ぶ。空港まで迎えにいってくれた——飛行機は一時間も遅れた！——イーディスには心から感謝している。

夜、雨が降ったので、今日は確実に蒸し暑くなる。カニのサラダはもうできているし、今晩の夕食用のチキンにも詰めものをした。「眠る前にまだ長い道のりがある」〔ロバート・フロストの詩の一節〕——その途上に私はいる。疲れたけれど、なんとかやれる——これは朗報だ。万歳！

八月一二日　火曜日

驚きだ——まだ半信半疑だけれど、たしかに元気になったし、元の自分を取り戻すことができた。カレン・オルチとその友だちをなんとかランチに招待できて、とてもうれしい。この夏、彼女にほんとうに世話になったこと、そしていろいろ困難な状況だったので、彼女がしてくれたことを把握して十分に感謝するだけの精神的余裕がなかったことも伝えられたと思う。彼女にそのことを言いたかったし、きちんとお礼もしたかった。トゥーソンから友人のデビーが来てからのこの二週間、カレンはあまりにもやることが多すぎたし、さよならを言わなければならない人も多すぎて、疲労の極致だった——そのことは、ここでの仕事ぶりにも表れていた。最初のころはこの家にいることを心から楽しみ、タマスのこともかわいがってくれたし、見るからに生き生きとして、せっせと働いてくれた。カレンはとても勇気ある女性で、広島の原爆投下記念日に、ピーズ空軍基地〔ニューハンプシャー州ポーツマスにある〕にあるキノコ雲をかたどったブロンズの記念碑に、警官隊を突き破って灰を撒いた五人の女性の一人。彼女たちは逮捕され、裁判は何カ月も遅延になったが、刑罰の代わりに社会奉仕活動が科され、それをトゥーソンでやってもいいことになったようだ。

カレンとデビーが帰ったあと、皿を洗って片づけをし、それから横になってひと眠り。三時半に起きてチキンを冷蔵庫から取り出し、オーブンに火をつける。そのあとパットと二人、テラスに座って家の裏手に沈む夕陽が海と空を照らすのを眺めながら、とびきり静かな時間を過ごす。午後遅くには濃いブルーだった海は、やがて静まりかえって薄青色の絹のような光沢を放ち、水平線が濃い一本の線となった。パットはそれを日本の版画のようだと表現した。そして雲はしだいにバラ色の輝きを帯び、海はピンクに染まった。

夕食のあと一〇時ごろにベッドに入ると、フクロウが何度も鳴くのが聞こえた——そしてしばらくすると、別のフクロウがそれに応えて鳴いた。寝ていたパットも起こして聞かせた。その前には、彼女は懐中電灯を持ってピエロを探しに出ていた。すぐに行方をくらますピエロは、追いかけられるのが大好きで、つかまるのは大嫌い。私も一〇時に出ていって名前を呼ぶと、姿を現し、階段を駆け上がって私のベッドに飛び乗った――でも暑くてすぐに出ていってしまった。二七、八度以上あるときは床にいるのが好きなのだ。でも私が眠るころにはだいぶ涼しくなって快適だった。

八月一三日　水曜日

今回、パットのおかげで大助かりだった。何が必要かをちゃんと見て、それをやってくれるし、私が望んでいたように、二人で穏やかなくつろいだ雰囲気で、たくさんのおしゃべりができた。ただ、彼女の部屋からは鳥の餌やり器が近いので、アライグマがいたずらしにやってきてワイヤーがカタカタ鳴ったり、バンバン音がしたりしてうるさいのが問題。

今日、二人でテラスに座ってお茶を飲んでいたら、突然仕事をする気になったらしいレイモンドが芝刈機を持ってやってきた。芝刈機の調子が悪いと言いながら――いつものことだ――そばまでやってきて、立ったまま三〇分もああでもない、こうでもないとしゃべりつづけた。最近彼はずいぶん年をとった感じがする。ありがたいことに、カレンの友だちでキタリー〔ヨークの南西に位置する隣町〕に住んでいるダイアン・ヨークという女性が、金曜日の早朝にゴミ出しに来てくれることになっている――これでレイモンドもやっと解放される。それから近々、ラッパズイセンのあいだにかなり侵入してきた、野生のブラックベリーの始末もやってくれることになっている。

昨日、ブランブルのための詩を書きはじめた。それが私が元気になったかどうかの試金石になると思っていたのだが、昨日に続いて今日も取りくんだ。そして——うれしいことに！——音楽もかけた。モーツァルトのコンチェルト二曲。

八月一四日　木曜日

よく晴れてしかも涼しい最高のお天気。夕方からは少し風も出てくる。パットがここでの滞在を楽しんでくれていてとてもうれしい。唯一悲惨だったのは、一昨日テラスで寝そべっていて蚊の猛攻撃に遭い、体じゅうを刺されたこと。

今日は〈ヨークハーバー・イン〉で、ナンシーとイーディスとランチをする予定。午前中には、二週間ぶりに美容院に行く。そう、時間は猛スピードで過ぎている！　エレノアがもうすぐ掃除にきてくれる。今、九時を過ぎたところ。

朗読会ツアーに出ようと決めたことで舞い上がっている——本格的な老齢への急速な下降は止まったのだ！　ツアーに出ても大丈夫という自信もある。考えてみれば去年の秋は、ツアーに出ているあいだずっと具合が悪かった——凱旋ツアーだったというのに。ただひとつの悩みは着る服だ——でも数は十分ある。なんとかなるだろう。

パットが才能豊かなのには驚かされるし、喜ばせてもくれる。イプスウィッチの彼女のアパートには三台もピアノがあり、今回の旅にはフルートと絵を描く道具を持ってきている。ある人間をよく知るには、時間がかかるということを思い知らされるが、今は彼女とのあいだに確固とした土台ができつつあると思う。それに、これほどの読書家といっしょにいることには特別の楽しみがある——ただ本をたくさん読んでいるだけでなく、たくさんのことを考えてきた人だから。そしてもちろん、私たちにはヨーロッパという不思議なつながりがある。

今日はジャン・ドミニク〔ベルギーの詩人。本名マリー・クロッセ〕の誕生日——彼女が亡くなって、どのくらいたつだろう？ それでも彼女のことを考えない日は、一日とてない。［そして彼女のことを考えるとき、ペギー〔シャルル・ペギー。フランスの詩人、思想家〕の言う"La Petite Espérance"（小さき希望）ということをよく考える——これを翻訳するのはとてもむずかしいのだが。一九三九年にジャン・ドミニクがブリュッセルの「ル・ソワール」紙に寄せたエッセイを読み返してみると、まさにペギーが言ったこと、そしてジャン・ドミニクが言ったことが書いてあるではないか。

私たちの魂と思いは今大きく震えているが、今年も一九一四年と同じく、それは申し分のない季節の輝きに覆われている。九月の初め、澄みきった暖かな空から、深遠な希望を表す大きな旗じるしにも似た——心は苦悩に満ちているが——あふれるばかりの穏やかな光が降りそそいでいる。兆しを探し求めていた目は無意識のうちに、家々の庭や街角にみっしり繁る木々の葉を見渡しながら、人はその存在全体から生じる歓びあふれる衝動から、命を尊敬しなければならない理由——けっして揺るがすことのできない理由——を数えはじめる。そそり立つ木々の威厳は、自信と落ち着きを教える教訓となる。弾力性のある草の抵抗力もそうだし、フロックスの花の上で互いを追いかけながら、身を震わせて飛ぼうと試みる季節外れのチョウチョウもそうだ……

けれども私たちは、その希望をもちつづける必要に、かつてないほど迫られている。そしてそれがペギーにとって（そしてペギーが神の声を聴くときには神自身にとっても）、美徳のなかでももっとも美しく、もっとも必要で、もっとも困難なものだということを絶えず確かめ、心に刻むのだ。

「私は」と神は言う、「その美徳の主である

〈信仰〉は大木。フランスの中心に根ざすオークの木だ。そして翼のように広がったその枝の下には

〈慈悲〉がある。三人の娘のうちの一人である〈慈悲〉は、世界にあるすべての苦痛を匿い、守っている

「だが私の小さな〈希望〉は

毎朝毎朝

おはようのあいさつをしてくれる……

〈信仰〉はフランスの中心に根ざす大聖堂

〈慈悲〉は世界のあらゆる困窮や悲嘆を拾い上げる救護所

だが〈希望〉がなければ、そのすべては墓地にすぎない

私の小さな〈希望〉は毎晩ベッドに入り

毎朝起きる

そしてとてもよい夜を過ごす

私は――と神は言う――その美徳の主である」

オランダ人の友人ハニー・ファン・ティルは戦争中、インドネシアのジャワ島で日本軍の捕虜となり、一万人の女性といっしょに収容所に入れられた。四年後に解放されたのだが、もし最初から四年

間拘束されることがわかっていたら、とても生き延びられなかったと話していた。希望が彼女たちの命をつないだのだ。」

八月一五日　金曜日

今日はサートンちゃんの六歳の誕生日——私もがんばらなくては。自分が元気になったことが、まだ信じられない。今日も濡れた草のあいだを海に向かって下りていって、パットのためにナスタチウムを何本か摘んだ。こんなにたくさん咲いたのは今年が初めてだけれど、きっとカレンが肥料をやってくれたからだろう。キンセンカが咲き、ヒャクニチソウもちらほら、ヤグルマギクも少し咲いている。でも花にとっては最悪な天気が続くこの夏、元気いっぱいなのは自生しているハナタバコと、フリルのようなピンクの花びらのケシだけ。それでもやっと摘める花が少しは咲き、花を摘んであげたいと思う人がいる。もう何カ月も、具合が悪くてそこまで下りていくこともできなかった。

八月一六日　土曜日

昨日、アン・ウッドソンから電話で、「ボストングローブ」紙にロビンス・ミルバンクの死亡記事が載っていると知らせてくれた。あの繊細で、強い信念をもった男性がもうこの世にいないのだと思うと、胸が痛む。ネルソンでの思い出——ヘレンとロビンスとのディナーや、ジュリアとポール・チ

© May Sarton

「フリルのようなピンクの花びらのケシ」

ャイルド夫妻といっしょに湖畔で楽しくピクニックをしたこと――が、まるで昨日のことのように蘇ってくる。

昼食後、パットが帰っていった。重いスーツケースをなんとかイーディスの小さな車に詰めこんで、霧雨のなか出発するのを見送る。誰もいない家に戻るのは奇妙な気がしたけれど、彼女がいるあいだとてもいい時間を過ごせたし、彼女が来る前とは比べようもないほど元気になれた。着慣れたコーデュロイのジャケットのように、古びてはいるけれど心地いい生活が今日からまた始まる――今までの生活はまったく心地よくなかったから。

八月一七日　日曜日

あら大変、もう九時半――六時ではなく五時に起きるようにしなければ。でも摘み取り用花壇のところまで行って、いろんな花を摘むのは実に楽しかった。ナスタチウムを束になるくらい摘み、それから大きな白いユリ一輪とキンギョソウをそのまわりに配し、全体をフレッシュアップするためにハナタバコを添えた。それからキンセンカも摘んで花束にする――薄いオレンジのもの、真ん中が緑のものなど。キンセンカもようやく、どんどん咲きはじめた。

その前にシーツを洗濯し、新しいシーツと取り替え、食洗機から食器を出してしまった――あ、それから鳥の餌やり器にも餌を入れた。大きな餌やり器はアライグマが引きずり下ろしてしまったのだが、なんとかそれに餌を入れてまた吊り下げることができた。一カ月前だったら絶対にできなかったこと。

そして今、やっと自分の机の前に座っている。窓からは白っぽい海が見える——湿度が高いせいだ。ニューヨークからパットが電話してくる。また私たちを結ぶ小さな糸がつながった。そしてここでは、すべてが順調——なんという変化だろう！ すべてというのは、時間があっという間に過ぎていくことを除いての話だけれど。

八月一八日　月曜日

じっとりと蒸し暑い日。ポーツマスまで新しい吸取紙とタイプライターの下に敷くパッドを買いにいく——それに鳥の餌も。今は殻むきヒマワリの種が五〇ポンド〔約二三キロ〕三七ドルもする！ でもこちらのほうが長持ちするし、殻つきのようにゴミが散らばったりしない。ドライブは楽しかった。でも今朝九時半以降、手紙書きをしなかった結果として、当然ながら机の左側に手紙の山がまた増えることになる。

この秋の詩の朗読会のツアーの予定をゼロックスコピーする。楽しそうだし、スケジュールもそれほどハードではなさそうだ。それからブランブルのために書いた詩のコピーも何枚か取った。体調は、まだ完全とはいえない。でも先週、モーツァルトのコンチェルトをかけながらその詩を書いたとき、まだ出来は不十分だけれど、やっと調子が戻ってきたことを確信した。

野原の草はすっかり黄金色に色づき、そのあいだを鮮やかな緑のリボンのような小道が海までくねくねと続いている。

八月一九日　火曜日

眠る前に、もう忘れていた古い詩が頭に浮かぶことがよくある。そのひとつがジェームズ・スティーヴンズの『王と月』のなかに収められた詩。すっかり忘れていたけれど、またこの魅力的な詩を思い出せてうれしかった。この「族長」という詩が今、蘇ってきたのは、このところ新たな問題に頭を悩ませているから。これまでの私は、多額の寄付をする余裕があった――寄付が必要なところはいくらでもある。ところがあちこちから寄付の依頼はくるのだが、病気のせいで出費がかさみ、自分の収入と社会保障、それにショーマット財団からの少々の収入を合わせても、今の生活を維持しながら今までような多額の寄付はできない、という状況に陥っている。だから寛容であることを自制し、〝疾走する馬〟の勢いを大幅に抑えなければならなくなってしまった。この詩は――ずっと昔から――脳裏にこびりついている。何ごともこれで十分ということはないのだ。

糸を張って罠をつくる蜘蛛を忘れないように
――そしておまえもそれをしたということを
いたるところで

小鳥をいたぶる猫を忘れないように
──そしておまえもそれをしたということを
行動でも、言葉でも

善きことを邪魔する愚か者を忘れないように
──そしておまえもそれをしたということを
そうできるときはいつでも

悪魔と裏切りを忘れないように
──そしておまえもそれをしたということを
おまえが悪魔だったときには

あらゆる害悪を忘れないように
人間が知りうる害悪を
──そしておまえもそれをしたということを
おまえが邪悪だったときには

そして覚えておきなさい
忘れないようにすることを

――おまえが忘れてしまったことを
そして今もまだ忘れるということを

欠点はいろいろあるけれど、よく頭に浮かんでくる詩なのだ。少なくとも自惚れたひとりよがりにガツンと一発食らわせてくれる。

今日も蒸し暑い一日だが、五時にはルシャン夫妻が来て、いっしょに夕飯を食べにいくことになっている。これはめったにないこと。

そしてハリケーン・チャーリーは海のほうへ去っていった。

八月二〇日　水曜日

昨日はすばらしい日だった。イーダとラリー・ルシャン夫妻がニューヨークから車で来て、彼らの結婚四二周年をいっしょにお祝いしたのだ！　事前にはそんなことは知らず、ただ二人が私の健康についてずっと心配してくれていて、もう一年も会っていなかったので会うことにしたのだったが、その日が特別な日だと聞いて胸がいっぱいになった。ちょうどシャンパンを冷やしてあったのはラッキーだった。

ラリーは今年の春、ひどい心臓発作を起こしたので、話題はもっぱら病院のこと。彼は私に、マサチューセッツ総合病院の院長に手紙を書くべきだという――私のような症状に苦しんでいる人たちのためにも、そうするべきだと。先日はアネラ・ブラウンから電話があり、彼女の友だちは救急外来の硬い椅子で六時間も待たされたという。信じがたいことだ。

ラリーはすっかり元気になったようで、近いうちにまたパイプを吸いはじめることにしたそうだ。話しているうちにイーダがこんなことを言った。アパートがある種の静けさに包まれるときがあって、それはラリーが私の日記を読んでいるときなのだと――彼は何度も何度も読みなおしているという。「読んでいると心が安らぐんだ」と彼は言う。ほかにもそう言ってくれる人はいるけれど、彼にそうほめられることには、とても大きな意味がある――とくに、私を女性だけを対象にして書いている作家だと思っている人にとって！

二人はタマスにとてもやさしくしてくれたので、タマスも大喜びで、昔のタマスに戻ったような感じだった。一方のピエロは姿を消してしまった。四時ごろ摘み取り用花壇に行ったときについてきたけれど、そのあと帰ってこなかった。でも〈ドックサイド〉でのディナーに出かける前に、ドアのところで鳴く声がして無事だったことがわかり、ほっとした。

座ったのは、港を見渡す窓側のテーブルという最高の場所。壁際だったのでうるさくもなかった。私はロブスターをなかに詰めたシタビラメを食べた。極上の味。イーダは定番のメイン産ロブスター、ラリーはシーフード・ミックスを。そしてデザート――ラリーは医者から減量するようにきつく言われているので、なし――には、プラリネ〔ベルギーのチョコレート菓子〕とアイスクリームとクルミのパイ。ワーオ！

今朝はタマスがなんとか階段を上ったので、寝室で朝食をいっしょに食べる。今ではそれが、タマスと二人だけで過ごせる唯一の、とても貴重な時間。ピエロはせっかくの雰囲気をこわすし、夜は私の横で寝る——でもほんとうはかわいいタマスにいてほしい。ずっと具合が悪かったので、タマスをなだめすかして、苦労して二階まで上がらせることもできなくなっていた。これが、老いがもたらす大きな損失のひとつ——タマスも私もいっしょに年をとっていく。タマスは最近、とみに足が弱ってきた。

ルシャン夫妻は私より一〇歳ぐらい年下のはず。そう考えると、もうじき七五歳になる私が自分らしくいることを誇らしく感じる。

皆、私が日々、机の前に座って心穏やかに過ごしていると思っているようだが、とんでもない。ここにも毎日のように人間社会の問題が流れこんでくる。昨日は手紙とカセットテープの入った包みが届いた。甥がエイズで死期が迫っているという女性からで、カセットにはその甥が私の詩二篇に曲をつけたものを含むライブ演奏が録音されている——そして私に、彼に手紙を書いてほしいというのだ。今日、書こうと思っている。

老人ホームに閉じ込められた女性からも、つらい心情を綴った長い手紙が届く。もう何年も前から文通しているのだが、ほかの何を差しおいても、彼女には返事を書かなくては。

八月二一日　木曜日

昨日はすっきり晴れてひんやりと涼しく、申し分ない天気だった。そして今日もまた、あらゆるも

© Beverly Hallam

「自生しているハナタバコ」

のがキラキラと輝きを放ち、空気にはほんのかすかな秋の兆しが。庭に出て一時間ほど、楽しく作業。秋咲きのクレマチスを切り戻す――どんどん伸びてフェンスの半分以上を占拠し、六月にもっと大きくて美しい花を咲かせるクレマチスを押さえこんでしまっているので。当然ながら、カレンが時間がなくてできなかったことが、いろいろあるのが見えてくる。ユリはとても元気。でも支柱はもっと長いのにしてあげないと。不思議なことに、摘み取り用花壇の花が、八月も末になってどんどん咲いている。今のところ、平箱で買ったキンギョソウがいちばん元気なので、来年はもっと平箱で苗を買おう。いつものことだが、自生しているハナタバコが花壇を占領しているので、そろそろ抜かなければ。キンセンカもよく咲いている。とくに好きなのは、シルクのようなオレンジの花びらに真ん中が緑のもの。

午前中と午後の両方に手紙を書くのはとても無理なので、午後は庭作業をするという昔の日課に戻ることにした。目から疲れを洗い流し、健康を取り戻すために。言いにくいことだけれど、手紙の返事を書くことに――たとえ大事な友人であっても――ほとほとうんざりしている。書いても書いても終わらない返事書きは、ずっと大きな悩みの種だったが、だんだんエネルギーがなくなってきている今――もうすぐ七五歳になるのだと自分に言い聞かせなければならない――もはや自分のもつ力と意志を超えていると思えてしまう。

ジュリエットに手紙を書くのは大好きだけれど、返事を書くのが楽しみという相手は、実のところ彼女だけだ。

八月二二日　金曜日

元気を回復した今、春から夏になってもずっと、ついこの前まで感じていた強烈な寂しさはもうない。なぜ孤独だったかといえば、たくさんの友人たちがやさしくしてくれて、心配してくれていたにもかかわらず、私という存在の真ん中に開いた穴を埋められる人は誰もいないから——その穴を埋められるのは自分だけ、自分が健康になることによってだけなのだ。だから寂しかったのは、本質的には自分自身を失って寂しかったということ。毎日の健康なリズムを取り戻し、仕事もできるようになった今、全然寂しいとは思わない。午後には手紙を書かずに外に出て庭仕事をし、ひと仕事終えて泥だらけになり、どこかほっとした気持ちで家に入って、お風呂に入る。書斎の混乱《カオス》にもそれなりの意味が生まれ、返事をもらえない人がどんなにいようとも、さほど大きな問題ではなくなる。

昨日は大量のハナタバコとケシの大株も引き抜いた。毎年夏になると、庭に勝手に生えてくる。庭がすっかりそれらに占領されてしまっていたのだが、ようやく花がすっきりとした形に咲き並び、庭らしくなった。八月の末になってもまだ一年草が咲くのを待つなんて驚き！

秩序が失われて乱雑になることで苦しむのは——突然気がついたのだが——私の目なのだ。だから庭をある程度きれいにできたことが、とても深い満足をもたらしてくれる。一方、引き出しや戸棚が片づいていなくても、それはあまり気にならない。なぜなら、目をかき乱したりしないから——ただ時おり、頭の奥のほうをかき乱すだけで。

具合が悪かったとき、かなり前に自分がエッセイ（「ニューヨーク・タイムズ」紙の社説の対向《オプエド》ページに掲載されたもの）のなかで、老いは「上昇《アセンション》」だと書いたことに腹が立った。たしかに言葉のうえでは、あまりに皮肉が効きすぎている。けれどもあらためて考えてみると、そこには一面の真理が含まれていると思う。人は、手放さなければならないものを喜んで手放せるようになったとき、初めて「上昇」できるのだ。喜んで手放せるのは、ほかにもっと大切なものができるから。たとえば階段の途中で息が切れたとしても、そのおかげでそこに座ってポーチに当たる光が刻々と変化していくのを、一時間ずっと眺めていられる。それだけに心を集中させて。今「やるべき」ことに悩まされたりせずに。

でも体は人間のアイデンティティの一部でもある。だから身体的な苦痛や不満が生じたり、体が「やるべき」ことを頑固なロバのように拒絶したりすれば、自尊心が損なわれる。しわは、その人の人生を顔に刻みこんだ、若い人への「手紙」のようなものなのに、鏡のなかのそれは失望をもたらす。でもそれによって、自分が試されるということだと思う。これまで私は、実際の齢より若く見せようとする女性をどんなに軽蔑してきたことか！　そして老いが刻まれた顔をどんなに美しいと思ってきたことか！　だから今、私が自分のしわを気にしているとしたら、それは私が自分の内面で起きていることに向かって「上昇」していないから。内面への上昇——それはひょっとしたら人生で最大の冒険であり、挑戦なのだ。富も名声も関係ない。人間存在のありようを受け入れるために欠かせないもの。少なくとも健康を取り戻した今、ほんの一カ月前と比べても、それが上手にできる気がする。

八月二三日　土曜日

昨日はいささか「過剰な」一日だった。アン・トリマーンが私を撮影するために来ることになっていたのだが、ひどい渋滞のせいで大幅に遅れ、彼女がイチゴ一箱と自宅菜園で採れた細いきれいなインゲンを手みやげに到着したときには、イライラして気が立っていた。

宣伝用の写真がどうしても必要なので、彼女がこのしわくちゃな顔をうまく撮ってくれたことを、切に願っている。

お昼は外に食べにいく。道すがら、彼女は道端に咲いていた背の高い紫の野生のランをみつけ——アンはなんでもよく気がつく——塩沼ではダイサギをみつけた。私はコサギしか見たことがないのに。昼食後、郵便局とスーパーにも寄る。ところが帰宅すると、郵便局に速達が届いているとの通知が入っていた。夕方にはバックネル大学のマリリン・マンフォードと、ニューヨーク州北部に住むカレン・エライアスがやってくることになっていたが、彼女たちを迎えに出る時間を早め、郵便局で速達を受け取る。二人のためにシャンパンを冷蔵庫に入れておく。彼女たちが出会って親しくなったことを祝うために集まるのだけれど、二人の出会いのきっかけのひとつは、二人とも私を知っていたことだったのだ。かつてカレンがユニオン・カレッジで博士号を取ったとき、私は助手の一人だった。マリリンも古くからの友人という気がする。というのも二年前、バックネル大学は私に——そしてキャロル・ハイルブランにも——名誉学位を授与してくれたからだ。

速達というのは手紙ではなく、イーダ・ルシャンの新著、『ああ、もう一度五〇歳になれたら！』だった。なかを開けて献辞のページを見ると、私ともう一人の友人に捧げるとある。ジーンときてしまった。

カレンとマリリンと私、太陽の下でありとあらゆる話題について、とびきりのおしゃべりを楽しむ。でも〈ドックサイド〉でのディナーが終わった九時ごろには、もうくたくただった。

できれば一日に二つも社交行事を入れないほうがいいのだけれど、なにしろ八月は皆がいっせいにメインにやってくる月なのだ。

空が低くなり、ざらついた風が出てきた――夜には雨になるといいけれど。でも私の気分は落ちこんでいる――慰めになってくれるのは動物だけ。

八月二四日　日曜日

ほんとうに雨になり、一夜明けてさわやかな天気。空はヨーロッパのように大きな雲が浮かび、そのあいだから陽が射している。考えてみると、メインではあまりない天気だ。ここではたいてい霧が出るか、鉛色の曇り空で、反対に晴れるときは雲ひとつない真っ青な空。綿のような雲のあいだから陽が射すということはめったにない。ところがイギリスのサフォーク州やベルギーでは、空が同じ状態のままでいることはまずなくて、雲がしょっちゅう出たり消えたりする。

イーダ・ルシャンは今度の本のなかで、的を射たことを言っている。習慣は時に、湧き出る生命の泉を封じ込めてしまうものだから、打破する必要があると。私も、送られてくるたくさんの手紙に返事をしなければという強迫観念にとらわれてはいけない、ということはわかっている。でも、問題は古くからの友人——多くは遠方に住んでいる——で、私にとって彼らと連絡を絶やさないことは、とても重要なのだ。問題はそもそも、六〇年ぐらい前に親しくなった愛すべき友人の数があまりにも多いこと。返事をしなければという思いはつねにある。でも、何かに追い立てられるように、書かなきゃ書かなきゃと思うのはもうやめにしなければ。自分のなかに深く染みついてしまった習慣を、どうやったら打破できるのだろう？ そこには罪悪感やプレッシャーが、山のように詰めこまれているのだ。

何年か前、この問題について賢明なアドバイスがほしくて、ラリー・ルシャンのセッションを四回受けたことがある。そのとき彼が私に言ったのは、すべての手紙に返事を書く必要はないということだった——手紙は私が書いた本への返事なのだから、と。たしかにそれで気持ちは楽にはなったが、心の底から納得したわけではない。頭では現実を受け入れ、心はラリーの思いやりに和んだけれど、私の魂はこの強迫観念を棄て去るにはいたっていない！

八月二五日　月曜日

さわやかな秋らしい天気。海は濃い青に染まり、今日も金色に縁取られた構造物のような形の雲が青空を流れていく。家のまわりでは風がヒューヒュー鳴り、そうだ、キクの苗を植えなければと思いついてイーディスに電話し、お昼をいっしょに食べて苗を買いにいかないかと誘ってみる——道が混んでいるのは承知のうえで。

イーダの本にすっかり没頭している。たくさんのエピソードと、老いがもたらすものを初めて受け入れる際の戸惑いや不安が満載だ。彼女がこの本を書いたのが六三歳だから、ちょうど今日のような秋の気配を感じるときだった。秋について書くにはそれが最高のタイミングかもしれない。今、私が老いについて書きたいとは思わないのは、たぶん自分がそのさなかにいるから。とはいえ、あまたの健康上の問題を切り抜けていくには、「上昇」を信じて、いってみれば松葉杖を棄ててやっていくことが必要なのだ。そしてある面では無力になればなるほど、重要度の低いことを遠ざけつつ、真の歓びのうちに死に向かって昇っていくことに成功できる。

……と言ったところで正直に告白すると、具合が悪かったときは着るもののことなどまったく考えられなかったのに、昨日、とびきり美しい紫色のスエードのジャケットを注文してしまった！もしかすると「上昇」するのに松葉杖はいらなくても、身なりにできるだけかまうことは必要なのかもしれない。

『ニコラス・ニクルビー』〔ブロードウェー公演は八月二四日にスタートした〕を絶賛する評が次々に出ている。パット・キーンやキャスト全員の気持ちを思うと、ほんとうにうれしい。「ニューヨーク・タイムズ」紙の評はこんなふうにしめくくっている。

最初から最後まで、舞台は観客を、ロマンチックでありながら切れば血の出るようなリアルな世界の虜にする。そして観客は、贖罪と再生の可能性を雄弁に語る道徳的な物語に心を揺さぶられるのだ。

八月二六日　火曜日

あたりに秋の気配がみなぎっている——実に晴れやかな気分！　回復してから「初めて」のことをまたひとつ——テラスの花壇に水やりをした。散水機をあちこちに動かしたり、二階まで上がって水道の栓を開けたり閉めたりすると、息が切れて大変だと思っていたけれど、楽々やることができた。その前には伸びた枝を切り戻す作業も。庭はまた私の庭になった。春から夏にかけてはずっと、庭の様子を気にすることもできなかった。庭を放ったらかしにしていることに耐えられなかった。カレンはとてもよくやってくれた。やっと一年草が咲き出したのを見せてあげたい——紫、ピンク、白と、色とりどりのフロックスがテラスの花壇をいっぱいに埋めているところを。

八月二八日　木曜日

火曜日にイーディスと二人で1号線沿いにウェルズまで行って、キクの苗を手に入れる。空は晴れわたり、風の強い日だった。どのキクを買うかでかなり迷う。買おうと思っていたのは、私の好きな二種類——花びらがスプーンの形をしたものとデイジー（ヒナギク）——だったのだが、結局このあたりで野生化している鮮やかなブルーのキクと、小型のデイジーのような明るいブルーの花、それに去年の冬に枯れてしまったらしいのでアスターも三つ買う。近くで、ロブスターシチューとイチゴのショートケーキのランチ。家へ帰って一時間ほど休んだあと、苗を植えてしまおうと決めて外に出る。水やりをしたにもかかわらず土がとても硬かったので、思ったよりも重労働だった。それでもなんとか無事に全部植えることができ、昨日の雨に間に合った。でもまた心房細動が起きているような気がする――少し無理しすぎたのかもしれない。

何カ月も「歩く」ことさえままならなかったのだから、いきなり速く「走る」なんてよくないに決まっている。でもそれをしてしまったのだ！　ああ、しまった。

昨日、一〇月と一一月のツアーに向けて航空券を買った。急にツアーが現実味を帯びてきた。インディアナポリス〔インディアナ州の州都〕とルイビル〔ケンタッキー州の都市〕でのテーマは「試練と再生」なので、どの詩を読もうかと考えはじめる。エンジンがかかりはじめた。

タマス、ピエロと私の夕食はメカジキ。なんという贅沢！　全員、とてもおいしかったということで一致。そして私は、パット・キーンがくれたヴーヴレをグラスに一杯というお楽しみつき。

八月二九日　金曜日

五時半にブラッド・ダズィエル来訪。彼は私が読者から受け取った手紙についてのエッセイを執筆していて、そのことについて話をするためにやってきた。大いに洞察を必要とする仕事だけれど、彼があとになって認めたところでは、『傷は誠実さの証』*以降の手紙はあまり調べていないという。私としては、「全著作」というタイトルの分厚いフォルダー三冊をまず調べてほしかったのだけれど。というのも、ここ二〇年かそれ以上、読者が一冊の本に感銘して手紙を書いてくることがどんどん減って、私の著作すべてを読んだ読者（男女を問わず）から手紙をもらうことが増えているのだ。ブラッドはこの一年ほど、個人的にいろいろ大変なことがあって、どうやら半分ぐらいで挫折してしまったらしい。残念なことだ。なぜなら、手紙のなかでもおもしろいのは、一冊ではなく全部の本について書いたものだから。彼の状況がもう少し改善したら、また再開できるかもしれない。

ブラッドはこれ以上ないほどの愛すべき人格の持ち主だ。そして芸術作品に対するまれにみる情熱と、それを判断し、評価するすばらしい洞察力をあわせもつ——さらにいえば、自分の賢さをひけらかすことはけっしてない。最近の批評家は、批評家に向けて——お互いに称賛しあうために——書いているという気がする。一方、その作品を生み出した芸術家のことは見下しているフシがある。芸術家は批評家ほど賢いことはめったにないけれど、はるかに深いものをもっている——たとえばエイドリアン・リッチ〔アメリカの詩人、フェミニスト〕のように。

その後

ひどくくたびれて、おなかも痛い——またあの病気のループが始まってしまうのか？　今日一日だけのことであってほしい。

八月三一日　日曜日

父の誕生日。もし生きていたら一〇一歳になる。信じられない。とびきり想像力豊かなスーザン・シャーマンが、お祝いに小さな「ベルギー」のパッケージを送ってくれた。中身はハーブティー、豚の形のマジパン〔砂糖とアーモンドでつくった菓子〕、スミレの砂糖漬け。それに誕生日を祝う心のこもった手紙が添えられていた。私が父という人間と父の価値観を称賛してきたことは、彼女の言うとおり。けれども同時に、母とのことでは、父が母をほんとうには理解していなかったという苦い気持ちが残っているのはたしかだし、今もそれは変わらない。それでも毎日、ドレッシングルームの壁にかかっている父の写真を見るたびに、形の整った繊細だけれど大きな口、感受性豊かな目、そして広いおでこが私の心をとらえる。父は矛盾したところのない、全体がひとつに調和した人間だった——それはめったにないことだ。研ぎ澄まされた知性、幅広く豊富な知識、そして気づいていないことだらけの純真な心！　父という人間について矛盾した見方をしていたのは、私たちのほうだ。だから私は父を全体としてとらえ、そんな父親をもったことを心から歓ぶ。

昨晩は夜中の二時までぐっすり眠り、そのあと三時を過ぎてからまた三時間眠った。心房細動は収

＊　*Faithful Are the Wounds.* 一九五五年のメイ・サートンの小説。ハーバード大学を舞台に、進歩派の教授の自殺が周囲にもたらした影響を描く。訳者注。

まってもう大丈夫そうなので、スツールの上に載り、両方の鳥の餌やり器に餌を入れてワイヤーに吊るすことまでやった。それから花を摘み――このところキンギョソウがすばらしくよく咲いている――、シーツを洗って新しいシーツでベッドメークをした。今一〇時少し前。これから私がいないあいだ留守を守ってくれるイーディスとナンシーに、いつもの伝言を書かなくては。

夏らしい申し分のない天気。海はとても穏やかで、ひと晩じゅう波の音が聞こえないのが寂しいほどだった。

九月二日　火曜日　ハーウィッチ

入院したときを除いて、九カ月も外泊したことがなかった私にとって、この小旅行は大冒険。朝早く家を出て、95号線から128号線へと車を走らせる。予想していたとおり、南へ向かう道路はすいていて、三時間ほどでハーウィッチ〔ボストンの南にあるケープコッド半島の港町〕のルネ・モーガンの家を再訪することができた。彼女は六五歳で退職したあと、この小さな居心地のいい家を建てた。自分でもいろいろ手を入れ、この一〇年間、毎年四月から一〇月までここに滞在するあいだに、まるでこの家が大昔からここに建っていたかのような雰囲気をつくりあげた。家のまわりを背の高いマツの木が取り囲み、少し下ったところには池があって、場所によってはその姿を見ることができる。

なじみぶかいゲストルームで荷ほどきをし、くつろいだ気持ちでゆっくり休み、義務から解放されること――その安らぎは何ものにも代えがたい。人の家の客になると、何かしらの義務を感じてしまうことも多いけれど、それをすべて吹き飛ばしてくれるのは愛の力だ。というわけで今、私が座ってこれを書いているあいだ、ルネはお昼の用意をしてくれている。あたりは完璧な静けさに包まれている。

一〇月一一日にインディアナポリスのハーミテージで開かれる朗読会と、一一月二二日にルイビルで開かれる朗読会で読む詩が書けたらいいのだけれど。テーマは「試練と再生」――「再生」ではなく「ひらめき《エピファニー》」のほうがいいかも。

ここにいることも、ひとつのひらめきだ。心底からリラックスしているし、眠い。今日が曇りでよかったという気がする。

九月六日　土曜日

ルネは最高にすばらしい友人。三度の食事をいとも簡単につくってくれる。歳は私より少し上で、二年前からギラン・バレー症候群という難病を患っている。二人でプレザント・ベイ、そしてオーリーンズへドライブ。ケープコッドの尽きない魅力を、また味わうことができた。

夜、あたりは静かすぎるほどの静寂に包まれる。コオロギ一匹鳴かず、海の息づかいやとどろきが聞こえないのも寂しい気がする。

この家を建てたとき、ルネはオークの木をすべて伐らせたので、今は日本のマツを思わせる形をした、この土地固有の背の高いヤニマツが何本かあるだけだ。だが、そのあいだにはたくさんの低木が生えている。そして今年大成功したのは、ワイルドフラワーのミックス種《シード》を撒いた一角。そこに咲いている花を集めれば、なんともすてきな花束ができあがる。

ひたすら休んで、あとはテレビのニュースを観たり、新聞を読んだり。手紙にわずらわされることなく過ごす。昨日は、家に帰って溜まっていた手紙を読むのに三時間近くかかったのだ。

九月七日　日曜日

昨日は、一年以上ぶりで会うメアリー・トーザーと彼女の友人の三人で、〈ドックサイド〉で夕食。その友人はルター派教会の助祭をしていて、とても感じのいい女性だった。夕暮れの光のなかで穏やかな時を過ごす。でも体がとてもだるく、昨晩はまた心臓に鈍痛があった――これは心臓の専門医にとって興味の対象にはならないのだけれど。声も弱くなっている気がするが、詩の朗読会のことでパニックに陥っているのではないかと思う。一時期、想像のエネルギーの源が以前のように戻ってきた実感があったのだが、今は何をしても、ものすごく疲れる。今朝も、摘んできた花を二つの花瓶に活けるだけで疲れきってしまった。

この前ジーン・アンダーソンが送ってくれたカードに、コンプトン・マッケンジーのこんな言葉が引用されていた――「猫にまつわる唯一の謎、それはいったいなぜ人間に飼いならされることにしたのかということだ」。まさしく、まさしく！

さて午後は、庭に出て花がらを摘み取る作業をするべきか、それともここに上がってきて苦しむべきか？　苦しむというのは、「試練とひらめき」の朗読会の構成を考えるという意味。

九月八日　月曜日

ついこの前、イギリスで出た『すばらしきオールドミス《マグニフィセント・スピンスター》』＊の書評は、知的だが実に手厳しいものだった。真夜中にその書評について考えていて、さいわいなことに自分が小説に何を望むかについての考えが明確になった。それは奥深さ、複雑さ、そして生《せい》のリアリティだ。リアリティとはあくまで小説のなかで生きられる現実、という意味。現実にあるとおりのリアリティではなく、著者の目から見た生、芸術に昇華された生ということ。

『すばらしきオールドミス』について、私自身は小説として欠点もあり、私の最高傑作でもないと評価するにいたっている。当然ながら最大の困難は、アン・ソープ――小説ではジェーン・リード――という人物を掘り下げるのに、彼女の親族や友人の感情を害さずにどう書くか、というところにあった。［そのため、彼女を内側からではなく外側からの視点で描くことにしたのだ。そして想像の部分を極力小さくして、小説に出てくるあらゆるエピソードを、事実にもとづいたものにした。その事実とは、彼女自身が私に話してくれたことや、私がシェイディヒル・スクール七年生で彼女の教え

＊　一九八五年秋に出版されたメイ・サートンの小説。メイが五歳から八年間通ったシェイディヒル・スクールの教員、アン・ソープをモデルにしている。訳者注。

をうけたときから、彼女が八〇代で亡くなるまでの長年にわたる友情を通して、私自身が知りえたことだ。小説では架空の人物であるキャムとその友人たちを登場させ、物語はすべてキャムの視点から語られる。だからキャム──メイ・サートンではなく──こそがこの小説の作者なのだが、これが一部の読者を混乱させたのはたしか。そしてある時点で私も、キャムが小説を乗っ取ってしまうことを恐れ、最後の島の場面の登場人物からキャムを外すという、決定的な誤りを犯してしまった。本来ならあそこで、ジェーン・リードがキャムの目を通して、ある意味で神格化されるべきだった。

それから、ジェーン・リードが第二次世界大戦後にドイツに行くところで、一時的にぼやけた感じになることは自分でもわかっている。原因は、ジェーンのこの行動について十分に知らないことにある。それで最終的には、アン・ソープがその時期に書いた実際の手紙を何通か使うことにしたのだった。

書評では、主人公があまりに「善人ぶった優等生」で、現実味を欠いているとけなしている。さらに私が、彼女を性的な興味をもたない女性として描いているとも批判する。でも私は、彼女が性的にではなくても、情熱的な関係を結ぶ可能性があることは書いたつもりだ。読者よ、その可能性は──とくにメアリアン・チェースという登場人物とのあいだでは──十分あるのです。そしてアン・ソープはまさに無私無欲で愛情深く、活気にあふれた人物そのものだった。彼女の善良さは私が創造したのではなく、現実のものだったのだ。

この小説を書いたことは後悔していない。ここまでの規模の小説は、おそらくもう書けないだろうから。実際、書くのは大変で、途中二度も断念しかかった。でも今はこの作品を冷静に見ることができるし、次には実際の人物をモデルにしない作品にトライしてみたいと思っている――そうすれば想像力を自由にふくらませることができるから。」

このところやることが多すぎて、少々くたびれている。それでも昨日は庭に出て花がらを摘み取り、当面必要な最低限のことはやった。とても乾燥しているので水やりも少々。とくにテラスの壁の内側のミニバラに。ミニバラは今年、ほかのほとんどの花が不出来だったのに、とてもよく咲いた――もしかしたら六月に雨が多かったのが、よかったのかもしれない。

ピエロは昨晩、私を見捨ててどこかへ行ってしまい、寂しかった。でも朝の五時に愛に満ち満ちて戻ってくるや、私の腕のなかで仰向けになり、大きな音で喉をゴロゴロ鳴らした。おかげで六時には起きられた（今は毎日六時に起きることにしている）が、それでも時間は砂に水が染みこむように、じわじわと流れていってしまう。寝室の猫用トイレをきれいにし、出窓の花に水をやり、いつものようにタマスといっしょに朝食を食べ、着替えをしてベッドメークをすると、もう八時近く。

ジーン・ハリス*の本をほとんど読んでしまった。はじめは何か違和感があった。裁判そのものについての叙述――証人たちが偽証したり、ひと晩で証言を翻したりといった――は説得力があるのだが、裁判で彼女が絶対に感情を表に出さず、冷たい、ちょっと人を見下すような態度を取ったのは賢明で

＊　アメリカの教育者（一九二三－二〇一二）。ワシントンDC郊外の名門女子校の校長を務めていたが、一九八〇年に元恋人の心臓外科医を銃で殺害した容疑で有罪判決をうけ、ニューヨーク州のベッドフォードヒルズ刑務所に収監。服役中、刑務所改革に尽くし、何冊か本も執筆した。訳者注。

はなかった気がする。検察官はそれを最大限に利用し、それが陪審員の下した「有罪」判決にも影響したのは確実だ。ベッドフォードヒルズ刑務所の過酷な状況について書いた部分は背筋が寒くなるし、非常によく書けていると思う。看守たちはきちんとした訓練をうけておらず、あまりに若く（なかには一八歳の者もいた）、無神経で残忍だった。一方、女性受刑者の多くにも同じことがいえた。ハリスは獄中で生まれた赤ん坊に対するケアの必要性を訴えたが、それはこの本全体でいちばん感動的な部分。ここにだけは、子どもをもつ女性としての彼女の思いやりと真の感情が横溢している。

九月一〇日　水曜日

昨日は気づかないうちに過ぎてしまった感あり。今月一四日が締め切りの所得税の支払いに必要なお金を預金口座から引き出し、オーシャン・ナショナル銀行に入れ、小切手をつくる。このことですっかりパニックになってしまった。お金に関することはすべてそう。父の場合はもっとひどくて、毒そのものだった。お金という言葉を聞いただけで父の顔は真っ赤になった！　税金の支払いでお金が減ってしまったので、ノートンに電話して半年ごとの印税がいくらになるか訊く。期待していたほどではなかったけれど、今年前半――『すばらしきオールドミス』の売り上げも含めて――の印税は、今までにもらったことのないほどの額だった。九カ月間仕事をしていなかったので不安だったけれど、パニックにならずにすんだ。

午後は、やるべきことをすべて投げ出して、輝くばかりの秋の太陽と空気のなかに出る。でも庭はカラカラに乾いていたので、まずはテラスのスプリンクラーをオンにし、右側に散水しているあいだ、反対側の奥まった場所──以前は噴水だったところ──のアヤメを切り戻す。ピエロは放物線を描いて噴き出す水に興味津々。でも、しばらく間をおいてから、私のところに飛んできた。長い緑の刀のようなアヤメの茎との対比で、ピエロの白い毛がなんとも美しく見える。ピエロは青い瞳でジーッと私を見つめ、時おり前足をチョンチョンと突き出して遊ぼうとする。植木ばさみを持っているのでひやひやしたが、さいわい飛びかかってはこなかった。と突然、ピエロは白い玉となって稲妻のような速さで芝生を横切り、壁を飛び越え、またテラスに猛烈なスピードで戻ってきた。おしまい。

六時少し前にパット・キーンから電話で、八月末に始まり、一一月一六日までの予定だった『ニコラス・ニクルビー』のブロードウェー公演が、九月二八日で打ち切りになるという。ニューヨークのあとはワシントン、その次はフィラデルフィア、そしてボストンにも来るかもしれなかったのに、大打撃だ。［出演者たちにとっては疲労度の大きいツアーが、これで最後を迎えることとなった。キャスト全員（最初から最後まで出ずっぱりのニコラスを除いて）が二つ以上の役を演じ、時には楽屋に着替えに戻る時間もないほどの早変わりが要求される。しかも舞台そのものが危険いっぱいの構造で、いくつもの階段を上り下りしなければならない。体力的にだけでなく精神的にもとても疲れる舞台なのだ。だからこの突然の打ち切りでいいことがあるとすれば、それは積もり積もった疲労で、もはやダウン寸前だったかもしれないキャストが救われたということだろう。

今までも何度も言ってきたことだけれど、舞台には興行資金の調達が必要で、ニューヨークではその金額がどんどんふくらむばかりだ。「ニューヨーク・タイムズ」に掲載された、フランク・リッチによる最終公演日の評を読むと胸が痛む。

人生であれ舞台であれ、好きでない人から愛情を求められることほど居心地の悪い体験は、めったにない。同様に、そのいずれであれ、始まったばかりの恋が突然終わりを迎えることほど悲しい体験もそうはない。今回、突然の打ち切りが決まったロイヤル・シェイクスピア・カンパニーによる『ニコラス・ニクルビー』の最終公演には、まさにその悲哀が見え隠れしていた。今回のブロードウェーでのリバイバル公演は熱狂的な劇評によって迎えられたものの、予定されていた期間限定の日程より一カ月も早い終演となった。

なぜこの作品のプロデューサーが、このような長丁場の舞台の公演を、暑い盛りの八月——誰も一〇〇ドルもするチケットを買って、八時間もの長い芝居を見たいとは思わない——に設定したのか不可解だ。そんな無茶をすれば、舞台の成否を左右する最初の数週間の客席がまばらになるのは目に見えていた。それでも最終公演日の日曜日、たまたまヨム・キプル〔ユダヤ教の祭日にあたる贖罪の日〕とも、また野球の両リーグのプレーオフとも重なったにもかかわらず、劇場は満員の観客で埋まった。

パーティのような雰囲気が親密な別れへと移行したのは夜一一時一五分過ぎごろだった。善意に満ちたアル中の事務員ニューマン・ノッグズがニコラスと最後に再会する場面では、「ニック、君は今の私の気持ちがわからないだろう」という台詞の途中で感きわまって詰まってしまい、率直そのもののニコラスを演じたマイケル・シベリーが、聞き取れないほどの小声で「わかると思う」と言う。

確実にこれが最後となる『ニコラス・ニクルビー』が幕を閉じると、観客は舞台に花を投げ入れた。一年間のツアーを終えて解散するキャストは大量の涙を流した。

芝居のキャストに抱きつきたい衝動に駆られる観客というものがあるとするなら、日曜日の夜遅く、ブロードハースト劇場の観客がそれだった。だが役者たちは、自分たちだけのパーティを開くことになっていた。観客が劇場を出て家路につくころ、空っぽの舞台——つい数分前には、舞台に魅せられた孤児スマイクの言葉を借りれば「光ときれいな服で燃えるように輝いて」いたところ——には、プラスチックのシャンパングラスを並べたテーブルが現れた。あれほど寂しげなテーブルを、今まで見たことがない。」

九月一一日 木曜日

昨日はすばらしいお天気だったけれど、庭には出られずじまい。年に一回、南アフリカの人種差別と闘った白人女性ヘレン・ジョゼフ〔一九〇五—一九九二〕の伝記を執筆しているポリー・トムキンスと、その友人モリー・シャノンがやってきて、いっしょにランチをすることになっている、その日だったのだ。まずは家でシャンパンを一杯飲んでちょっとおしゃべりしましょうと私が提案し、そのあと〈ヨークハーバー・イン〉に行って、フェンスに囲まれた海を見渡すポーチで食事。こうやって年一回会うようになって、少なくとも五年になるのだが、この恒例行事がとても楽しみ！　彼女たちはどこか人生に対してゆったり構えているというか、ゆったりしたリズムで生きている。もちろん南アフリカの話もしたし、伝記作家であることのむずかしさについても話す——ポリーと私はムール貝のプロバンス風、モリーはシーフード・サンドイッチとスープを食べながら。

昨日の午前中は慌ただしく過ぎた。彼女たちが来る前に郵便を取りにいくなどの用事をすませ、三〇分ほど休んで、何カ月ぶりかでカルボナード・フラマンド〔ベルギー風牛肉のビール煮こみ〕をつくった。ひと休みしたあと階下《した》に下りてきたら、頭のないウサギの赤ちゃんと、苦しんで死んだらしいネズミの死体が、家の外のタマスの寝床の上にあるのをみつけた——ピエロからの捧げもの？ガレージの奥の、庭の落ち葉を堆肥にするために溜めてあるところの松葉の下に埋めた。なんともつらく悲しいことだった。

カルボナード・フラマンドを火にかけてから、ゴミを地下室に運んでいく——明日、ダイアンが取りにきてくれる——と、なんということかセメントの床に水が溜まっていた。どこから来るのか探してみると、どうやら水は温水器の上にある小さな蛇口から出ているようだったが、締めようとしても固くて締まらない。ファブリツィオに電話すると、誰かをよこしてくれるという。そして今日、午前中にタマスを〈ブルーリボン〉にシャンプーに連れていったあと、業者が二人来てくれた。昨日は、庭師のレイモンドが彼のおんぼろトラクターでやってきて、野原の雑草を刈ってくれた。石が多いので、メアリー＝リーの草刈り機ではうまく刈れないのだ。彼の姿を見て大喜びし、作業が終わったら地下室の漏水を見てほしいと頼む。蛇口は締めてくれたのだが、それでも蛇口のすぐ上の接合部からまだ水が漏れてくる。というわけで、直るまではお湯は出ない。そして夜、寝る前にドレッシングルームの電球が切れてしまった。でも高すぎて手が届かない！

できなかったのは、テラスのボーダー花壇の水やり。今日の午後やらなければ。

田舎の生活も、昨日はなんだかやたらとあわただしかった！

今朝は八時にタマスをシャンプーに連れていき、郵便も取ってきた。とても心を打つ手紙が一通と学術書が二冊——こんなに分厚い本を読むエネルギーが私にはあるだろうか。それからエージェントのラッセル・アンド・ヴォルケニングから、半年分の印税の通知。ペーパーバックになった小説のなかでは、『小さな部屋』〔一九六一年初版〕がいちばん売れているようだ。

九月一二日　金曜日

私のまわりのカオスは恐ろしいほど。大きな二つの箱にいっぱいの手紙——返事を書かなければならないが、書くことはたぶん絶対にない——、仕分けしなければならない書類その他の山また山。混乱の極致だが、私にはそれを片づけることは不可能。それでもこのカオスを受け入れて生きているのは、そうしない生き方のほうがずっとつらいと思うから。「ものごとをきちんと片づける」という強迫観念にとらわれて生きるなんて、人生真っ暗だ——今の私にとって、生きるってなんだろう？

昨日はカラカラに乾いた一年草の水やりをした——なんという満足感！　それからテラスの小さなボーダー花壇にも。白のインパチェンスとロベリア、ミニバラが今年はとてもよく咲いた。球根を植えることの次に好きなのは水やり。植物に水を飲ませてあげるのは、まちがいなく生きていて最高と思える瞬間のひとつだ。

今の私にとって生きることはまた、昨晩のように暑くて風の強い一日を終え、ポーチに出るドアとひとつの窓を開けてベッドに横になること——空気がまるで水のように流れてきて部屋を通り抜け、絶え間なくあたりを冷やしてくれる。

そして今の私にとって生きるとは、タマスをシャンプーに連れていき、食欲旺盛なピエロに餌をやること。そしてほんとうに書きたいと思う何人かの人たちに ―― 残りはシャットアウトして ―― 手紙を書くこと。だから混乱状態は悪いことではない ―― 落ちこんで、やることの山に押しつぶされてしまうよりはまし。このところ、強迫的に返事を書かずにはいられない自分をうまく抑えこんでいるので、調子はいい。と書いたところで、実はこれからある女性の手紙に返事を書くところ ―― 七〇歳の知らない女性から、自分自身について赤裸々に語る二〇ページにもわたる手紙を受け取ったのだ。そう、無秩序は秩序でもある ―― それは、意味のあるものを選び出すことで自然の秩序をつくること。だから私は家事はからきしダメだけれど、友だちとしてはいい線行っているといえるだろう。

九月一三日　土曜日

今朝六時半に朝食を食べに寝室に行く途中、かわいそうにタマスが階段で転んでしまい、私がなんとかその体を持ち上げながら階段の上まで押し上げてやったけれど、怖かった。タマスと親密な時間をもてる日々は、もうそんなにないのかもしれない。寂しいことこのうえない。

でも今日の天気は最高。昨日、二度も土砂降りの雨が降ったあとなので、よけいにうれしい。雨に洗われた空気は乾いて澄みわたり、海は秋らしい濃いブルーに染まっている。今日の午後は庭仕事ができるかもしれない。

今、軽いけれど魅惑的な小説を読んでいる。ブルック・アスターの『スモモの木に咲いた最後の花（*The Last Blossom on the Plum Tree*）』。舞台は一九二八年。その少しあとに私はパリに滞在していたので、次のパラグラフには、とくにワクワクしてしまった。

> デッキではいろいろな話題で盛り上がった。ムッソリーニ、モーリス・シュヴァリエの歌、ナイトクラブで歌うジョセフィン・ベーカーとヘレン・モーガン、アーヴィング・バーリンとコール・ポーター、アンリ・ド・モンテルランの小説、〔ガブリエーレ・〕ダヌンツィオとミスタンゲットとイヴォンヌ・プランタン、オレッジの哲学とベルナール・ブーテ・ド・モンヴェルの肖像画、〔フレデリック・〕ロンズデールは〔ノエル・〕カワードより良かったかどうか、ガートルード・ローレンスとベアトリス・リリー、そしてあのすばらしいグラディス・クーパー。

これらの名前のなんと多くが、私の頭のなかのベルを鳴り響かせることか！

九月一四日　日曜日

昨日はイーディスがランチをいっしょにするためにやってきて、二人で〈ウィスリング・オイスター〉へ。すばらしいお天気だし、おしゃべりには絶好の場所なので贅沢を。ところが値段に比して食べ物がなんともお粗末でびっくり。クロワッサンでさえサクサク感が全然なくて、生焼け状態。おいしかったのはデザート——ファッジケーキにアイスクリームをのせて、ドロッとした熱いファッジソースをかけたもの——だけ。なんということ。

そのあと午後ずっと体に違和感があり、フラフラするので心配になり、イーディスに電話して、今朝電話をかけてくれるように頼む。月曜日にナンシーが来るまで誰も来る予定がなく、たまらなく寂しい気がしたのだ。しかも一人で外に出て、少しばかり庭仕事をしようとしたら、メアリー＝リーとベヴァリーがちょうどカクテルパーティに出かけるところだったので、なおさらだった。動物を飼っていなかったら、ここはあまりにも寂しい。地元のコミュニティには属していないし、これまでもずっとそうだった。ここにはユニテリアン教会はないし、たとえあったとしても私は教会には行かない。六〇歳でここに移ってきたときは、作家として名前も知られていたから、ときどきは招待の声がかかるのかと思っていた。ところがそんなことは一度もなし。私に会いにくるのは、この地域以外の人ばかりだ。例外はジャニス、ナンシー、以前この家と同じ通りに住んでいたサイモン一家、そしてスーザンとジョージ・ギャレット夫妻——でも彼らは、今はシャーロッツビルに住んでいて、こっちに来ることはめったにない。メアリー＝リーとベヴァリーが乗ったベンツを見送りながら、壮大な空っぽの空間に出ていって宿根草の切り戻しをする——それが、孤独と不安に満ちた時間を癒やしてくれた。

考えてみると、私はこれまでずっと〝よそ者〟だった。両親とケンブリッジで暮らしていたときもそうだったし、ネルソンでもそうだった。そしてここでも。よそ者であることには良い面もある。なんといっても、孤独のほうが退屈よりましだ。独りでいるおかげで私は退屈とは無縁でいられる。ただ時おり、ある種の実存的な苦痛に襲われるだけ——でもそうでない人なんているだろうか？

九月一五日　月曜日

クラブミート・サンドイッチもできたし、イチゴのヘタも取ったし、準備万端。これからキーツ*とマーガリート〔マーガリート・ハーシー。英文学者、教育者〕に会いにいく。ランチをつくって持っていくなんて、クリスマスの前以来、ほんとうに久しぶり——お祭り気分になれる日がやっとやってきた！空は曇っているけれど、気にしない。

威嚇音でリスを撃退する装置をつけたにもかかわらず、アカリスがまたこの家に戻ってきて、私の机の向かい側の壁のなかに——それだけでなくあちこちに——いる。気が変になりそうだ。

昨日の午後、タマスが特別な「お願い」があるときの鳴き方で鳴いた。目的は水でも餌でも、外に出ることでも家に入ることでもなく、散歩に連れていってほしいというのだ。そこで夕方近くの美しい光のなか、タマスといっしょに海に向かってゆっくりと歩く。岩壁まで来るとその縁に座って、深い青色の海と、砕け散る雪のように真っ白な波しぶき、そして波間を飛び交うカモメにしばし見とれる。ここまで来て海を眺めるのは、なんと久しぶりだろう——まさに生き返る思いだった。そしてタマスもここまで来ることは、最近ではめったにない。一方のピエロはといえば、半分ぐらい来たところで急に怯えてきびすを返し、小さな円丘の上の繁みのなかに飛びこんでしまった。帰りがけにその

＊　エラ・キーツ・ホワイティング。英文学者。ジョン・キーツは大伯父にあたる。訳者注。

近くを通ると、「迷子になったよー」という悲壮な声で鳴いたかと思うと、次の瞬間、稲妻のごとく飛び出してきて、草を刈ったばかりの野原を時速一〇〇キロの猛スピードで走っていった。ピエロがうらやましい！　でも家に入ると疲れ果てた様子で、私が夕飯を食べ終えるまでずっと寝ていた。まさに生命の贈り物のような散歩だった――心底から楽しんだ。

九月一六日　火曜日

キーツとマーガリートに会えてよかった。二人ともとても元気そうで、ランチも大成功。でも家に帰って休もうとしても、興奮がさめずなかなか休めない。手紙や書類を読んでなんとか頭を冷やすと、夕方の四時過ぎになってしまった。そこから眠ったら、変な夢を見た。今飲んでいる薬は消化器系に影響が出たときがつらいのだが、今はそれで体がちょっと消耗している。今日は実際、かなりフラフラする。頭を使わないでいいことをして過ごす――詩の朗読会で穿くつもりのスカートの幅を広げてもらいにいった。淡いグレーと白のチェックで、いくつかの上着と合わせられる。丈はすごく長い。でもそれが今年の流行だ。

夜は雨の音がうるさいほどだった。

九月一八日　木曜日

澄みきった快晴。空気はひんやりしている。フィル・パーマーが三時に来ることになっているので、朝からうきうきした気分。彼は古い友人で、年に一回会ってお互いの身に起きたできごとを話すのが恒例になっている。去年、彼は心臓発作で倒れ、何カ月も人に会うことができず、あげくに職も辞さなければならなかった――ずっと以前から本人が希望し、その前の年にようやく就くことができた職だったのに。まったく残酷な運命のいたずらだ。今は、ウォータービル〔メイン州南部の都市〕からそう遠くないところで小さな教会の牧師として復職している。さいわい彼の妻は、四〇キロ離れたオーガスタの職場まで車で通うことができる。医者からはあまり無理をしすぎないようにと忠告されているらしいが、本人はのんびり暮らすことなんてできないと。体の不調に見舞われたどうし、それまでのパワーが突然なくなったときどうなるかについて、いろいろ話しこむ。フィルは、それは神からの贈り物だと言う。でもそれは合理化であり、彼はそう信じたいと思っても、まだ受け入れていない――ということが伝わってくる。

私も彼と同じ「何もできない」状態にあったし、それが引き起こす欲求不満と抑鬱状態も同じだった。

疲れていたようだ。なにしろうまく言葉が出てこない奇妙な状態に陥り、ほかの言葉を代わりに使ったりしていた。脳梗塞の影響なのはまちがいない。

フィルがうらやましいと思うのは、月一回、周辺のメソジスト派教会の牧師三人と会合をもっていること。二人は新任の牧師で、片方は若い女性だという。フィルともう一人は、長く牧師をしている。その若い女性のように、独身の牧師の生活というのはとてつもなく孤独なものになりかねない。いい話も聞いた。フィルの息子とその妻も聖職にあり、二人でなんと六つも教会を担当しているという！　日曜日はさぞかしくたびれることだろう。

ベッドのなかでフィルのことを思い、どうしたら彼が体を休めるようになるかを考える。明らかに休む必要があるときに、本を読まなければ、とか、手紙の返事を書かなければ、などと考えずに、三〇分でもいいからあらゆることを忘れて横になるようにするには？　興味深いことに、私にはその問題はない。一時間でも長椅子に横になって移ろいゆく光を眺め、完全にリラックスすることができる。しかも、これはずっと前にわかったことだけれど、そうやってリラックスしているときこそ、詩や小説のアイデアがパッと頭に浮かんでくる——水中でパッと開く日本の紙の花のように——実り多い時間となることが多い。長椅子やベッドで体を伸ばすことと関係があるのかもしれない。

一時間半後にフィルが帰ったあと、ひどく疲れを感じたけれど、霜の予想が出ていたので外に出て花を摘むことにする。そうしたら夕食の準備中に二回も電話がかかり、夕食後にはリー・ブレアとペグにも電話。そんなわけで寝るときにはもうくたくただった。

でも、出たばかりのイェイツの書簡集の第一巻が待っていた。一八九〇年代の手紙を集めたもので、後年のような傲慢さは全然ないし、良い詩の条件は「明快さと簡潔さ」であると力説しているのは、うれしくなる。この書簡集と、ピエロが私の横で甘えていたおかげで、徐々に落ち着いてきた。

新しい心臓の薬は前の薬と同じく、私を痛めつけている。昼であれ夜であれ、ひどい腹痛に襲われるのだが、父が真夜中に胆石の発作を起こしたときに言っていたように、「笑って耐える」以外にない。

九月二一日　日曜日

金曜日は痛みがかなりひどかった。またこの症状が出てきたことが腹立たしい。でも予定がいろいろあり、なんとか痛みに耐えながらこなすことができた。朝一〇時にスタシス・オルファノスというギリシャ系の出版人が、ハンガリー人の友人といっしょに撮影にやってきた。数週間前に手紙で私の写真を撮らせてほしいと頼んできたのだ。写真を撮られるのは不安だったし、雨が降るのではないかと心配だったけれど、雲のあいだから白い光沢のある光が射し、太陽がさんさんと照るよりもよかったかもしれない。スタシスは情熱的な人物で、友人に家具をあちこち移動してもらいながら、一時間ほどかけて撮影に集中していた。宣伝用の写真が必要なのはたしか。ついこの前、アン・トリマーンが撮ってくれたのは悪くないし、彼女が見せてくれた写真に満足はしているのだけれど。この二人の男性の前ではとてもくつろいでいられた。私のところに来る前には、リチャード・ウィルバー〔アメリカの詩人〕と、オルバニー〔ニューヨーク州の都市〕に住んでいる作家のウィリアム・ケネディの撮影をしてきたという。ディック〔リチャードの愛称〕が六〇を過ぎてもとてもハンサムなので、うれしかった。でも、スタシスと友人が海に向かう小道を歩いていくのを見ながら、彼らに何か特別な親しみを感じるのは、二人がヨーロッパ人だからだということに気づく。いったいどんなつながりがあるのだろう？ ハンガリーとギリシャとベルギー――風景も文化も歴史も、何もかもまったく違うのに。よくわからない。もしかしたら共通の魂《ソウル》のようなもの、合理的な言葉で説明することはできない何かがあるから？

二人が帰っていったすぐあとに、〔元隣人の〕ヴィッキー・サイモンが来る。もう何カ月も会っていなかったので、やっとあの地獄のような六時間のあと、病室にラベンダー色のフリージアの鉢が届いていたときにどんなにうれしかったかを彼女に伝えることができた。ヴィッキーはチキンサラダのランチと、翌日（今日からみれば昨日）私が会いにいくことになっていたエレノア・ブレアのために、ジンジャークッキー一箱を持ってきてくれた。ヴィッキーが電話をくれたとき、撮影のあとだからきっとくたくたになっているのではと、少し心配だったけれど、考えてみれば彼女は――ジャニスとナンシーを除けば――ヨークに住む数少ないほんとうの友人の一人で、会いたいと思っていた。それで、どうぞ来てと返事をしたのだが、実際、積もる話を思う存分することができた。今、ヴィッキーの家族は夫が設計した家に住んでいて、二人の子どもは学校に通っている。彼女はソーシャルワーカーで、週に二〇時間ほど、虐待をうけた子どものケアに携わっている。ミネソタからメインに越してきた彼女は、仲良くしていた三人の女友だちと会えなくなって、とてもつらいという――その三人とはどんなことでも話すことができたのに、と。彼女の気持ちは痛いほどわかる。かつて私の母も、親しい友人は皆ベルギーにいるのに自分だけアメリカに来てしまい、故郷から切り離されたような気分だったからだ。夫の仕事の都合で住み慣れた土地を離れなければならなくなった女性たちの多くは、親しい友人との別れを、取り返しのつかない損失だと感じているにちがいない。

ずっと以前ミネソタに住んでいたころ、ヴィッキーはある週末に二人の友人と森のなかの小屋にこもって、メイ・サートンの本をお互いに交換しながら読んで過ごすという体験をしている。

最近の彼女のお気に入りは、アン・タイラー――これには私も心から賛成する。

ついさっきエレノアから電話で、ヴィッキーのクッキーは彼女の母親が焼いてくれたクッキー以来のおいしさだと言ってきた。皆がよく手みやげに持ってくるお上品な薄いティークッキーとは違って、「噛みごたえのある本物のクッキー」だからと。

昨日のエレノア訪問は、１２８号線のひどい渋滞を除けばすべて順調だった。九二歳のエレノアは血色もよく、数カ月前に骨折した左手首が治ったばかりなのに、去年の今ごろよりも調子がいいという。彼女の家に行くのはいつも楽しい。彼女が大切にしている物たち――生きることそのものを意味する物たちと再会できるから。しかもその日、彼女を喜ばせるニュースがあった。ちょうど私がいるときに出版社のローリアッツから電話がかかってきて、一〇年前に出た、ウェルズリー大学についての本――文章だけでなく、すばらしい写真も彼女のもの――がベストセラーになっているというのだ！

でも今日、いちばん書きたかったのは庭のこと。木曜日の夕方、フィルが帰ったあと少し息抜きをするつもりで、テラスの下の宿根草を切り戻した。穏やかな天気で、秋の匂いがあたりを満たしていた――あの独特のピリッとするような、少しかび臭い匂い。これまでこの庭にいったいどれだけ注ぎこみ、ほんとうにうまくいったものがどんなに少ないか――われながら、物好きもはなはだしい。

九月二二日　月曜日

とはいえ今、テラスの一角ではシュウメイギクが、優雅に咲いている。今回は場所が良かったのだろう。うまくいったものといえば――プラスの面を見ることにしよう――八本植えたボタンのうち五本。テラスの下のほうのボーダー花壇にある一本は、薄い黄金色の美しい花を咲かせている。色の濃い部分は紫に近い色で、おしべは黄色。去年の冬は寒さが厳しく雪が少なかったせいで、だいぶダメージをうけたのだが、六月にはいくつかみごとな花を咲かせてくれた。壁の近くの丸くて大きな黄色い花を咲かせるボタンは、これまでよく咲いていたが、今年は花が重くなりすぎて、家の裏手の一重のレモンイエローのボタンのような華麗さはない。そちらのボタンは半日陰の場所にもかかわらず、よく咲いてくれた。私のお気に入りの白い一重のボタンは、あまり元気はないものの、毎年一輪か二輪、神々しいほど美しい花を咲かせる。というわけで、いろいろやっては失敗ばかりしているけれど、なかにはうまくいっているものもある。

ほかにうまくいったのは、「ドゥ・ロスチャイルド」というアザレア。背が高くふんわり優雅な枝ぶりに、白、オレンジ、薄い黄色の鮮やかな花を咲かせる。白い花のひとつはクローブのような魅惑的な香りがする。アヤメもとてもよく咲いた。

でも「不死鳥」の彫刻の前にツルニチニチソウを繁らせようと思ったのも、ブランブルのお墓のところにミニシクラメンを咲かせようと思ったのも、失敗に終わった。

フロックスはうれしいことに、今年はうまくいった！　それからレイモンドが誕生日にプレゼントしてくれたデルフィニウムも。摘み取り用花壇ではアスターが咲いている。

九月二四日　水曜日

昨日は大忙しだった。まず、ずっと気になっていた手紙をなんとか書き、九時にミネソタのユニテリアン協会*の出版物のために電話インタビューをうける。ユニテリアンの信条――「私たちはイエスの精神において、神への礼拝と人への奉仕のために結合する」――は実にすばらしい。私は一〇歳か一一歳のころ、ケンブリッジのユニテリアン教会に通っていた。近所の友だちだったバーバラ・ランクルの家族が教会の信徒だったので、いっしょに行くことにしたのだ。バーバラも私も、サミュエル・マコード・クロザーズ牧師のことを心から尊敬した。クロザーズ牧師は白髪の聖人のような風貌で――光輪《ハロー》まで見える気がした！――静かな知恵にあふれたすばらしい説教をした。そのうちのひとつは少女の私に強い印象を残し、その後の私の人生を決定づけた。今もそのときの説教が聞こえてくる――「あなたの魂の奥の部屋に入りなさい――そして戸を閉じなさい」。「魂《ソウル》」という言葉のあと、牧師は少しの間をおいた。これを聞いた少女に啓示が訪れ、少女はそれをけっして忘れることはなか

＊　正式名称はユニテリアン・ユニバーサリスト協会。一九六一年にアメリカで設立されたリベラルな宗教団体で、統一の教義はなく、メンバーが自由に思想・信仰を決めることができる。訳者注。

った。

インタビュアーのマイケル・フィンリーはいい質問をしてきたが、正直いって九時半にはとても疲れてしまった。短時間にあまりに多くのことを凝縮して、明確に表現しなければならなかったから。

一〇時には、ナンシーの車で土砂降りの雨と霧のなかを出発し、ポートランドのウェストブルック大学まで行く。新しい図書館に「サートン・ルーム」というコーナーができるので、それを見に。これは「メイン州女性作家コレクション」の一環で、ほかにサラ・オーン・ジュエット、〔エドナ・〕ミレイ、〔ルイーズ・〕ボーガンなども入っている。

新しい図書館は古い体育館を改装して造られ、古い梁も一部は残されている。気の滅入るような土砂降りのなかでも、新しい建物は威厳とともに胸躍るような魅力を放っていた。外壁は美しいえんじ色で木部は白。なかは広々として、まるで天国のよう。今すぐ学生になって閲覧席に座りたくなった！　サートン・ルーム――ワクワクする！――は奥のほうの一角全体で、窓からは白い列柱に囲まれた小さな中庭が見下ろせる。いずれここには、花や木が植えられるはずだ。

誇らしげに目を輝かせて案内してくれたのは、〔英文学教授の〕ドロシー・ヒーリー。長年この大学の主導的役割を果たしてきた人物で、メイン州女性作家コレクションを創設した〔一九五九年〕のも彼女だ。いろいろ案内してもらったあと、ブラッド・ダズィエルが来て、図書館のオープニングのために貸す、サイン入りの詩集が入った大きな箱をナンシーといっしょに運んでくれた。これらの詩集は私が死んだあと、私の詩の蔵書とともにこの図書館に寄贈することになっている。

© Beverly Hallam

「サートン・ルーム」というコーナー

九月二五日　木曜日

やっと太陽が出た！　海は穏やかでキラキラと輝いている——気分も高揚する。でもまずは、ジュリエットに手紙を書いて、記憶についての「ニューズウィーク」の記事を送ってあげなければ。この記事は秀逸だったし、次の一行には思わずニヤリとしてしまった——「カタツムリは乱気流を嫌う」。この一文だけでも何時間も遊べる気がする。

ジュリエットからのいちばん新しい手紙にもこんな一文があった。「でも真実はとても危険な岩——書きもの机は、その上に置くことになる」

九月二七日　土曜日

木曜日の午後、ペトロヴィッチ医師の診察をうけにいく。心房細動が起きているのではないかと心配していたのだが、大丈夫だったのでほっとする。ウェストブルック大学に行った日はとても疲れたので、水曜日に体調がおかしくなってフラフラめまいがしたのは、そのせいだったようだ。

安心したせいもあったのか、昨日の朝日がさめると、やっと書きたかった詩——毎朝、街まで行く途中に見かける三羽のカモと二羽のガンについての——が浮かんできた。徐々に頭のなかで形になってくる詩を二時間ぐらいしてから書きとめ、昨日それに手を入れ、ほぼできあがった。この何カ月ものあいだ、ずっと考えつづけてきた詩だ。昨日の朝、ベッドのなかで「降りてきた」ものを書きとめたあと思ったのは、こういうふうに横になったまま頭に浮かんでくるものを待つというのを、もっとしたほうがいいのではないかということ。すぐに起きて、バタバタ忙しく動いてしまう前、家のことや動物の世話をしたり、仕事部屋のあのゾッとする机の前に座ったりする前に。

本格的な秋がやってきた。風が吹いて寒く、海は荒れて、まるで溶融銀のように光っている。木曜日に診察から帰ってきたときは穏やかで風もなく、すばらしい天気だったので、一時間ほど庭に出て宿根草を短くカットした。至福のとき。庭にいるときがどんなに幸せか、言葉では言い尽くせない。あたりにたちこめる匂い、最後のフロックスの上に時おり飛んでくるオオカバマダラ、作業している私のそばに――コメディア・デラルテ〔イタリアの仮面喜劇〕の役者のように――すごい勢いで飛んできては、またどこかへ走っていくピエロ、そしてカエデの木の下のいつもの場所にやってきて横になるタマス。ふと顔を上げると、海には帆船が見えたり。ところが、悲しいことがあった。手押し車に堆肥をいっぱいに載せて運んでいると、タマスとピエロが並んで立っている――遊んでいるのかと思うと、違った。驚いたことにタマスは口にウサギの赤ちゃんをくわえていて、ピエロが獲物をくわえて運ぶときと同じように、ウサギはだらんと垂れ下がっている。なんとかタマスの口をこじ開けて、傷ついたかわいそうなウサギを救い出した。でも、もう死ぬのは目に見えていたので、ガレージの棚の上にそっと置く。その目はまだ明るく輝いていて胸が締めつけられた。昨日、死んでいるのを確認して松葉の下に埋めてやった。

あのウサギは、ピエロが最初につかまえたものをタマスが取ったのだろう。自然界のできごとに感傷的になるわけにはいかないけれど、それでもあんな残酷な場面を見ると、胸の痛みをどうすることもできない。

九月二八日　日曜日

何ひとつ終わらせられないのに、時間だけが走るように過ぎていってしまう、そういう一日――私は走っていないのに時間だけが！　とても寒くて、高いところにある雲のあいだから時おり陽が射す。今この瞬間に、サン・ポール・ド・ヴァンス〔南フランスの村〕にいるアニー・コールドウェルに手紙を書かなくては。彼女からの手紙の日付は七月九日――信じられない。このところの問題は、知らない人からの手紙ではなく――そういう手紙は一日四、五通届き、今は返事をしないことも多い――古くからの友人たちからの手紙。病気で具合が悪かったときにそのまま放置していたものだ。こうした細い糸、日々織られていくこの友情のタペストリーを絶やすわけにはいかない。

九月三〇日　火曜日

気分よく目がさめ、さぁ元気でがんばろうと思う――ところがゴミを地下室に運んで、ちょっとした部屋の片づけをしているうちに、エネルギーがどんどんなくなってしまう。毎日同じことのくり返し。

その一方で、このところの暖かな秋の日、外に出るたびに夢のような野生のアスターの世界に浸っている。ラベンダーや白、紫の小花が、この家のあるゴッドフリー・コーブ通り沿いにいっぱいに咲き乱れている。ここを走ると歓びが湧き上がってくる。

一〇月一日　水曜日

蒸し暑い天気が続く。昨日は三〇度以上もあった。何カ月も前にインディアナポリス行きの航空券を予約してあったので取りにいったら、代理店が間違って、一〇月一〇日ではなく一〇月一日のチケットを取っていた！　もう一〇日は取れなかったのでそれより一日早い便になってしまったが、一日静かに過ごすのも悪くないかもしれない。なにしろ宿泊先はカルメル修道院〔観想を旨とするカトリック修道会の一つであるカルメル会の修道院〕なのだ。修道女といっしょにいると、いつもくつろいだ気分でいられるし、今回のインディアナポリス行きはとても楽しみ。招待してくれたことに感動している。注文してあった球根が届いた。でも植えるのは一〇月末にしようと思う。そうすれば少なくとも、地面が凍る前にシマリスに食べられないですむから。

一〇月三日　金曜日

午前中、病気をしてから初めての仕事の小旅行から帰宅。ダートマス大学〔ニューハンプシャー州ハノーバー市にある名門大学〕で行われた本と著者との昼食会《ブック・アンド・オーサー・ランチ》というイベントに出席した。田舎道に出るころにはあたりは霧がたちこめ、遠くの山にはまるで中国の絵画のように霧が渦巻き、あらためてニューイングランドの美しさに酔いしれた。一年近くも遠ざかっていたので、いま目にするものは何もかもが、とても新鮮に映る。やさしい黄色やオレンジに紅葉した木々のあいだに突然、真っ赤なカエデが現れ、山のなかにはひっそり隠れるように池や湖が点在している。そして柔らかな曲線を描く山々そのものの美しさ。ニューハンプシャーがなつかしくて胸がうずいた。

　久しぶりに公の場に出たが、無事終わってほっとしている。とはいえ最初は、最近私につきまとっている小悪魔《グレムリン》にまたやられたかと思った――このイベントに先立つ夕食会は木曜日だと思っていたら、実は水曜日だったのだ！　水曜日の夜、夕食の準備をしているとき、心配したナーディ・キャンピオンから電話があった――私が無事だと知って、彼女は胸をなでおろしていた。ありがたいことにナーディは怒ったりしなかったが、私は自分の頭がおかしいのではと不安になってきた。そのうえその夜は、ピエロが九時過ぎまでどこにも姿が見えず、馬鹿みたいに心配してしまった。毛が真っ白で夜も目立つから、何かの餌食になったのではないかと。しかもその前の日の明け方四時ごろ、ウサギの悲痛な叫び声が聞こえた。アメリカフクロウがカギ爪でウサギを捕らえて飛んでいくところだったにちがいない。でも昨晩の夕食会で、ノエル・ペリン〔アメリカの作家、ダートマス大学教授〕の話を聞いて安心した――彼によれば、フクロウは獰猛な大型の猫を狙ったりはしないだろうという。

　ノエルと再会できて歓びもひとしおだった！　髪はすっかり白くなり、最近は「ニューヨーク・タイムズ」紙などあちこちに寄稿していて、全米図書賞も受賞している〔一九七〇年に最終選考に残ったが、受賞はしていない〕。実に魅力的な男性。シャイだけれど弁が立ち、どこか不思議な美しさがあって、瞳はユーモアをたたえて輝いている。ずっとずっと昔、ブレッドローフ*で初めて会ったとき、彼とは同類の人間だと直感した。「僕たちはだいたい一二年に一回会うんだね」と彼は言う。会ってすぐに、まるで昔からの友人のように打ちとけられるのはすばらしい。彼は二度離婚している。そこでホテルまで歩いて送ってくれた道すがら、独り暮らしにはいいことがたくさんあるのよねと言うと、彼はこう答えた——自分にとって理想の結婚の形態は、独り暮らしと家族と暮らすのとを交互にすることだ、と。でも、そのあいだを行ったり来たりして切り替えるのは、簡単ではないと思う。

夕食はノエルにごちそうになる。私とナーディ・キャンピオンとその夫、そして私のファンだという口数の少ないダートマス大学の女性教授を招待してくれたのだ。彼女は保守的な外見で好感はもてたけれど、ひとこともしゃべらなかった。それはともかく、ノエルにとってはたいそうな大盤振る舞いだった。今日び、友人を五人もレストランに招待するなんて、億万長者でもなければできない——実際、〈ハノーバー・イン〉のある通りを少し行ったところにある〈ユンヌ・フレーズ〉というそのフレンチレストランでの食事は、豪華そのものだった。とくにすばらしかったのがデザート。私が頼んだのはクレーム・アングレーズで、上にいい香りのするフルーツのシロップ——もちろんリキュー

＊　正式名はブレッドローフ・ライターズ・カンファレンス。バーモント州にあるミドルベリー大学で毎年開かれる新進作家のためのワークショップ。訳者注。

ルも入っている——がかかっている。

本来予定されていたイベント前日の夕食会より、大変な一日が終わったところで夕食に招かれるほうがずっとよかった。ただ、ディック・エバーハートとベティに会えなかったのは、とても残念だったけれど。

昨日は朝の五時、まだ暗いうちにベッドからなんとか起き出す。車で二時間半かかるハノーバーに九時半までに行かなければならない。時間どおり到着するとまず、ジェーン・ブロディという「ニューヨーク・タイムズ」の健康問題の専門家から、ラジオ・インタビューをうける。インタビューがもうすぐ終わるというころ、ルイーズ・アードリック〔アメリカの小説家、詩人、児童文学作家〕がやってくる。以前のように自信をもって「仕事」をしている自分が、うれしかった。ブロディはとてもまじめに仕事に打ちこんでいて、好感がもてる。でも何よりうれしい驚きだったのは、アードリックに会えたこと。物静かで機知に富み、とても心が広い。彼女はダートマス大学の学生だったとき、ホプキンズ・センター〔同大学付属の芸術センターで、劇場やコンサートホールがある〕がどんなに自分にとって大切だったかを話した。アメリカ先住民チペワ族の血を引く彼女は五人の子どもの母親で、デビュー作の『ラブ・メディシン』*はいくつもの賞を受賞している。これは実にすばらしい作品だが、小説というより、いくつもの短編をつなぎ合わせたといった感じだ。だからといって問題があるわけではない。ただ、長編小説を組み立てるほうが、ずっと複雑で困難をともなうということだけ。ルイーズにはすっかり惚れこんでしまった。そして今回、尊敬する二人の女性といっしょに舞台に立てて、ゾクゾクするほどの興奮を覚えた。

一方、明後日コンコード〔ボストンの北西にある町。独立戦争発端の地〕で行われる詩の朗読会では、うれしいことに自分でその場の雰囲気やそこに流れる空気をつくることができる。会場は、はじめコンコード・アカデミー〔名門寄宿制学校〕の礼拝堂《チャペル》だったのだが、大きい講堂に変更になった。図書館司書によれば、「東海岸全域から問い合わせが来ていて……」とのこと。

一〇月四日　土曜日

空は灰色の雲で覆われている。水平線近くに太陽の光が漏れ出て、そこだけが明るい銀色の線になっている。空気は穏やか。世界はとても静かで秋の深まりを感じさせる。動物たちは家のどこかで眠っている。この日を独り占めできるのがうれしい。

一〇月五日　日曜日

ところが結局、昨日は「メイ」の日にはならなかった。八時に電話が鳴り、朝の瞑想が破られる。この時間はいつも、植木鉢に水をやりながら一日をどう過ごすかを考え、ベッドメークをし、その日やりたいことに少しずつ近づいていくのだけれど、そこに突然電話が鳴ると、自分のなかの創造的な

＊　一九八四年刊。ノースダコタの先住民居留地に暮らす二家族の歴史と運命を、三世代にわたって描いた物語。訳者注。

部分が、ガラスが割れるように砕け散ってしまう。その次には郵便のなかに、カレン・エライアスを全米人文科学基金に推薦してほしいという手紙があった。女性の心理について研究しているカレンがこの先、哲学的に重要な業績をあげることは確信しているし、彼女を推薦することもやぶさかではないのだが、その推薦状は今すぐ書かなければならない。お昼にそれを読んだときはかなりくたびれていたので、ちょっと昼寝をしてからまた考えようと思って脇に置いておいた。またしても、自分の生活をコントロールできないという思いにかられる。あまりに多くの人のために岐路に立たされる——というかなんというか——ことが多くて、もう限界を超えている。いつも誰か他人《ひと》の必要のためにやりたいことが中断させられ、自分のしたい生活をする自由がないのだ。人文科学基金への推薦状はなんとか書いたけれど、腹が立ち、何かちぐはぐな矛盾した気持ちに襲われる。

一方、今ピーター・ヒョンのすばらしい自伝『マンセー！——あるコリアン・アメリカンの物語』を読んでいる。日本統治下の朝鮮での少年時代の物語に、膨大な情報が詰めこまれている——と同時に、彼のひょうきんで勇敢で感性豊かな人物像が生き生きと描かれている。この魅力的な家族に迎え入れられ、まったく知らなかった歴史の一部に身をおくことで、すっかりこの物語に引きこまれて夢中になってしまう。でもこの本も、早く読んでピーターに手紙を書かなければならない——そう思うと、自分がロバになって「急げ！　急げ！」とお尻を叩かれているような気分になってしまうのだ。

ピーターは古い友人で、一九三〇年代に私がシビック・レパートリー劇団の研究生のリーダーだったとき、彼は劇団のメンバーだった。昨夏、ほんの短時間だったが彼に再会し、すてきな妻と娘にも会うことができた。とてもいい年のとり方をしている。

さて、もうあと数分で、コンコードに出発しなければならない。病気をしてから初めての朗読会だ。うれしいことに太陽が出ているので、透きとおった黄金や深紅に輝やく木々のあいだを縫って、すばらしいドライブができることだろう。

一〇月六日　月曜日

マサチューセッツ州コンコードのビクトリア朝様式の家を訪れ、そこに住むティム・ウォレンと妻のフィリスに会えたのは大きな歓びだった。ティムはジュディ〔本書六ページ参照〕の甥で、彼らは今や私にとってほんとうの「家族」のようになっている。唯一足りないのは、「グランプ」ことキース・ウォレン——彼は今、老人ホームで暮らしている。それからソファでいつもキースと私のあいだに座っていた黄色い猫。キースはとうに九〇歳を過ぎているが、今でも頭に浮かんだことをテーマに、魅力的な短いエッセイを書いている。目はもうほとんど見えないけれど。昨晩はキースの部屋に泊まり、壁にかかっているたくさんの家族写真に心温まる思いだった。写真に写っているのは彼の愛妻バーバラ（ジュディの姉）といっしょにいる孫たち、そして三人の子どもたち。白髪で気品のあるティムは顧問の仕事を次から次へと引き受けていて、まさにコンコードの模範市民。そこで私は、この一家はコンコードの「王族」ね、とからかった。

昨日はお昼を食べてちょっとひと眠りしてから着替え、コンコード・アカデミーの美しくモダンな講堂へ向かう。二時四五分に着いたときには、すでに会場はほぼ満席だった。二列目にキーツ・ホワイティングの姿をみつけて感激。つい先日九〇歳になった彼女は〈カールトン・ビレッジ〉という高齢者用住宅にいて、ふだんは外出はいっさいしないのに、今回はアン・トリマーンの車で、ほかの何人かの居住者といっしょに朗読会を聴きにきてくれたのだ。

そんなわけで、会場は私を受け入れてくれる明るい雰囲気に満ちていた。スーザン・シャーマンは最前席にいて、鮮やかな赤と白のアネモネの花束を贈呈してくれた。でも正直にいうと、まだ体は相当ぐらついている。緊張からではなく、あくまで身体的なもので、朗読を始めるときには踏んばらなければならなかった。

朗読はうまくいったと思う——ただ、最初に読むはずだった「ガチョウのフランツ」を読むのをすっかり忘れてしまい、夜中に初めてそのことに気づいた。朗読は半分終えたところで休憩をとり、しばらく椅子に座っていたので、かなり助かった。自分がこんなに弱くなったのかと思うと奇妙な気がしてならない。

朗読会のあとは図書館に場所を移し、シャンパンとおいしそうなペストリーやオードブルがふるまわれた。でも私の口には入らず。本にサインしてもらうために、何百人かとも思う人が長い列をつくっていたから。私と何か関係のある人もたくさんいた。大昔にこの学校で、私が『ウェルズ座のトレローニー』という劇を演出したとき、衣裳を担当した女性とか——一九四〇年のことだ。

ジェイミー・ホーキンスと彼女の友人は私がサインしているあいだ、隣に座っていた。ジェイミーは具合が良くないのに、二人ははるばるボストンから来てくれたのだ。まるでなつかしい同窓会のような雰囲気で楽しかった——けれど一時間後には、もうへとへとになってしまった。

よかったのは、人前でのパフォーマンスがなんとかこなせるとわかったこと。これで、数日後に迫ったインディアナポリスでの朗読会にも自信をもって臨める。

お土産に、いろいろな花とハーブが入った、一八世紀の花束のようなバスケットをもらった。添えられたカードにはこんな言葉が――

バラは愛
ローズマリーは思い出
ミントはいつまでも爽快に
オレガノは財産
バーベナは繊細な感受性
サントリナは悪を遠ざける
ジニアは不在の友への思い

一〇月七日　火曜日

昨日はとても重要なできごとがあった。ダーリーン・デイヴィスによるペンシルベニア州立大学ハリスバーグ校の修士論文「ヨハネス・フェルメールとメイ・サートン――共通する美学」を読んだことだ。私が追い求めているものをこれほどよく理解し、それを比類なきフェルメールの作品と説得力をもって関連づけた人がいることを知って、ただただ驚いた。論文では主として、フェルメールの『天秤を持つ女』と私の『総決算のとき』が対比されている。

彼女によれば、フェルメールと私に共通する美学は、①光――フェルメールの魔術の真髄をなすもので、私の作品でもたびたび言及される、②一人でいる女性、③普通の生活、家のなかの「普通」の仕事を「神聖化」すること、だという。うれしくて胸がいっぱいになった。くり返しが多い面もあるが、『ミセス・スティーヴンズは人魚の歌を聞く』など多くの資料を使い、詩も上品で知的なかたちで使っている。さっそく彼女に手紙を書いてお礼を言わなくては。

一〇月九日　木曜日　インディアナポリス、カルメル修道院

［カルメル修道院に宿泊したことは途方もない冒険だった――そしてなんと幸せだったことか！　いまだに幸福感に満ちた驚きからさめやらない。

でも友人のラスティ・モウに修道院まで送ってもらい、一人になったときにはいささか緊張した。中世の要塞のような建物の入口の前でしばらく待っていると、威圧感を感じさせるオークの扉がゆっくりと開き、感じのいい女性が出てきて、「ジーン・アリスです。ようこそ、メイ」と言った。こんな自然な優雅さをもって出迎えられるとは思ってもいなかった。ブラウスにセーター、スカート姿の彼女はまるで大学の教員のような雰囲気。そのあとすぐ、この修道院の院長だとわかり、驚いた。ドアが閉まってラスティ・モウも外の世界も見えなくなると、まるで幸せな夢のなかにいるような気分

になった。

ジーン・アリスが私の荷物をカートに載せて押してくれ、私たちは二人だけで石の廊下を歩いていった。壁に埋めこまれた小さな窓からは庭や修道院の建物が見える。閉まっているドアの前もいくつも通ったが、おそらく修道女たちの部屋なのだろう。そしてチャペルの前ではちょっと立ちどまった——これは毎日の礼拝に使う簡素なチャペルで、もっと大きい正式なチャペルはこのあと見せてもらった。私が泊まるのは医務室に使われている部屋で、庭に咲いている花が飾ってあった。あとからわかったのは、ジーン・アリスも私と同じく、庭仕事が大好きだということ。カタログが届くと、苗や種をいつも注文しすぎてしまうところも同じ。でもすぐに、彼女が他人のニーズにとても敏感な人であることがわかった。部屋に着くと、六時少し前に迎えにきて夕食の場所にお連れしますから、と言って去っていった。

医務室は広いバルコニーに面していて、観音開きのガラス格子の扉から出られるようになっている。両側には窓があり、まるで木々に囲まれた、平和で美しい安息の地にいるようだ。荷ほどきをしてベッドに横になり、静けさに耳を澄ましていると、あっというまに眠りに落ちた。二時間たっぷり眠ったあと、夕食までの時間、日曜日に朗読する詩の順番を入れ替えたりの作業。近くでショウジョウコウカンチョウが鳴く声が聞こえ、窓から見下ろすと大きな犬が歩きまわっているのが見えた。修道院はまわりを高い塀で囲まれてはいるが、植栽はごく自然な感じなので公園にでもいるような感じがする——少なくとも私のいる部屋の外を見るかぎりでは。ただ、ここが外界から遮断された、閉じられた場所だということも肌で感じられる。

あとでわかったのは、このような修道院内部の神聖な場所に入れてもらえたのは、特別な待遇だということ。修養会の期間でも、外来者がここに入れることはめったにないという。事前に、ジーン・アリスは修道院の写真入りの絵葉書を送ってくれたのだが、その裏には「一九三二年にジョゼフ・チャートランド司教により開かれて以来、この修道院は永久に一般には非公開とされている」との文字があった。ジーン・アリスは「永久に」というところにアンダーラインを引き、「時代は変わりました！」と書いてくれていたのだ。

私が温かいもてなしをうけたのには理由がある。ジーン・アリスはこう書いてきた。「あなたの作品を長年愛読してきた友人が、一〇年ほど前に『独り居の日記』を贈ってくれました。それ以来、あなたの作品はこの修道院での読書と内省には欠かせないものとなっているのです」。私が友人として、やさしい思いやりをもって歓迎されたのは、そういうわけだった。」

一〇月一〇日　金曜日　カルメル修道院

［修道院のなかはシーンと静まり返り、迷路のような廊下やたくさんのドアの秘密めいた雰囲気に最初はとまどってしまい、ジーン・アリスの案内なしには、一階にある広い食堂までたどり着くことはできなかっただろう。食堂では一六人の修道女のうち一〇人に紹介され、大きな四角いテーブルを囲んで座った。それぞれの席の前にはロウソクが置かれている。食前の祈りが終わると、修道女たちはいっせいに話しはじめ、賑やかなおしゃべりは食事のあいだじゅう続いた。私は作品について質問

攻めに遇い、なかには数多くのサートン作品を読んでいる修道女もいるようだった。年齢はいろいろだが、皆とてもしっかりしている。恐れ多くてこちらからはあまり質問しなかったが、料理は当番制で、全員が一週間ずつ交代でやっているということはわかった。その日のメニューはナスのスフレ、ニンジンとグリーンピース、そして軽いクリームのようなデザートで、飲み物はロゼワインか白ワインが選べる。魅力的な修道女たちは、無垢でありながらとても深みのある雰囲気を醸し出す。これほど的を射た質問をうけるなんて、めったにないこと！そしてこんなにくつろいだ気分になれるのも——レーガンの対南米政策についての強い嫌悪感を共有できることも含めて——稀なことだ。ニカラグア*のことについて、一人の修道女は熱のこもった調子でこう言った——「迫害者はアメリカのほうですよ！」

八時にはベッドに入った。とても豊かな体験ができた一日だったし、このような安息の地にいられることに心から感謝した。まだ体調は万全ではないし、朗読会を控えて少しばかり不安もあったからだ。」

午前中は、『今かくあれども』のどの部分を朗読するかを決める作業に精出す。来週火曜日に、インディアナ大学で行われるパッテン財団レクチャーで、講師の一人として朗読することになっているので。［父が三一年前、一九五四－五五年のパッテン財団レクチャーで講演していて、今回その父に

＊　当時のレーガン政権は、イランへの武器供与によって得た収益の一部をニカラグアの反共ゲリラの支援に流用していた。訳者注。

続いてここで講演できることに感動している。父はブルーミントンに一カ月滞在し、ルネサンス期の科学者六人についての講演を六回行った（のちに『六つの翼』という本にまとめられた）。それに比べれば私の講演はささやかなもので、要望のあった『今かくあれども』と、詩を何篇か朗読するだけ。それでも『今かくあれども』の朗読は緊張感のあるドラマチックなものにしなければならないから、ちょっと怖じ気づいている。」その大仕事を終えれば、たぶん気分も良くなっていることだろう。

午前中には、ハーミテージで行われる朗読会の準備もした。読む詩がすぐにみつかるよう、それぞれのページにラベンダー色の付箋をつけた。とても穏やかな時間がもてて仕事もはかどり、いい調子だ。

そのあと中世の世界をいっとき離れ、アン・ソープの姪のヘレン・ノウルズ・グランシーの車でランチへ。ヘレンはとてもチャーミングな女性で、『すばらしきオールドミス』——おばのアン・ソープが主人公のジェーン・リードとして登場する——についての質問をたくさんしてきた。彼女がこの本を気に入ってくれて、出版されたことを親戚に知らせてくれたようなので、とてもうれしかった。グリーニング島〔アン・ソープが住んでいたメイン州の島〕の写真や、アンが亡くなったあと三日間、家族全員が集まったとき（おそらく遺品を分けたり、彼女が住んでいた家をどうするか相談したりするために）の写真のアルバムも持ってきてくれた。修道院に戻ったときにはもう消えてしまった世界へのなつかしさで胸がいっぱいで、涙があふれそうだった。

ジュディと私は一七年間、毎夏一〇日ほどをグリーニング島で過ごした。島に滞在しているあいだは、生きることの義務や責任から逃れて、一種の避難所《シェルター》にいるような気分だった——ちょうど今、このすばらしい修道院にいるのと同じように。修道女たちは、秩序と平和に根ざした修道院の生活を守るために日々尽力している。私はその恩恵を、一身にうけて過ごしているのだ。

チャペルはとても簡素な造りで、真ん中にある丸いテーブルのまわりに椅子が並べてあり、リビングルームのようなくつろいだ雰囲気。派手なものは何ひとつなく、神との親密さだけが感じられる。ここなら、ただ光の変化だけを見ながら何時間でも座っていられる気がする。今日は快晴。まだ紅葉していない緑の木々の葉を通して、太陽の光が射している。

一〇月一二日　日曜日　カルメル修道院

［朝、私のいる部屋の向かい側にあるチャペルで行われるミサに参列する。この小さなチャペルのすぐ近くに医務室が置かれているのは、病気の人も礼拝に参加できるようにとの配慮からなのはまちがいない。日曜日の聖餐式には外部の信者も参列できるので、何人かの男女が座る場所を探している。ジーン・アリスが近づいてきて、どうぞ聖体拝領をなさってください、と耳元でささやいた。目の奥に涙がこみ上げてきた。真の宗教的体験に飢えていたからこそ、自然に涙があふれてきてしまったのだ。隅のほうの席に一人で座ったときは少し緊張していたけれど、すぐにふつうでは考えられないほどオープンなミサに引きこまれた。神父はどこにでもある椅子に座っていて、説教をするときはただ立ち上がるだけ。そして歓びにあふれた音楽がチャペルを満たす。レスリーがバスビオール（ビオラ・ダ・ガンバ）を、もう一人の修道女がギターを演奏し、全員の合唱ではジーン・アリスのソプラ

ノがひときわ高く響きわたる。あんなに小柄な女性が澄みきった、自意識のかけらもない声で鳥のように歌うことに、ただただ驚くばかり。ラスティ・モウもハーミテージからやってきて、聖書を朗読した。真っ赤なセーターに白いシャツ姿の彼を見て、とてもくつろいだ気分になった。新約聖書からの朗読は、らい病を患っている一〇人の癒やしに関する部分〔ルカによる福音書17章11－19節〕。一〇人のなかで外国人であるサマリア人だけが戻ってきて、イエスに感謝したというくだりだ。神父の説教はこの逸話をもとにしたものだった。

説教が終わると神父は腰を下ろし、しばしの沈黙をへて、皆、聖霊に動かされるようにして語りはじめる。この時点でクエーカー教徒の集まりにとても似たものを感じた。何人かの修道女が興味深い発言をしたが、いちばん驚いたのはジーン・アリスが静かな声で「私の手は神の手です」と言ったことだった。その言葉は集まった人びとのあいだで反響し、長い沈黙が流れた。

いろいろなことを考えながら部屋に戻って休憩し、その日の午後に予定されているハーミテージでの詩の朗読会の準備をする。修道女も何人か来ることになっているので、うまくやらなくては。

ベッドに横になり、窓の外の木々を眺めながら、自分がここで経験してきたことを考えていると、修道院での生活に強く惹かれるものを感じる。でも、私のようにその生活のほんの一端を見ただけの人間には、修道女たちの生活がどんなに大変なものかはわからない。ここで生活している修道女たちは、宗教書の植字をして生計を立てている。その作業が行われる、コンピュータやプレス機が置かれた大きな部屋も見せてもらった。修道女たちは毎日その仕事に従事しているが、そのほかにも食事の用意や片づけ、洗濯などさまざまな日常的な仕事がある。食事は当番制になっているが、誰が、どこまでも続く廊下をピカピカに掃除したり、家具をワックスで磨いたりするのだろう？ そしてもちろん、修道院での本来の仕事は祈りと瞑想にある——カルメル会はそのために存在するのだ。一見したところ、平和そのもので、整然とした修道院だけれど、それは日々の大変な重労働によってしか手に入らないものだということがわかってきた。それは聖霊の賜物《カリスマ》だということを、ゲストとして招かれた私は肌で感じた——なぜなら、一六人の修道女たちはそれを私に、労せずして得る贈り物として授けてくれたからだ。」

忘れないうちに、一昨晩と昨晩のこと——一昨日はスキップ・ソヴァンの家で、昨日はラスティ・モウの家で過ごした——を書いておこう。ラスティは超教派のキリスト教宗教センターであるハーミテージのセラピストで、今回、私をハーミテージの後援で招んでくれたのは彼だった。ハーミテージのことは何年か前から——最初は私のファンとして、やがては友人として——知っている。

スキップは庭づくりの名手。母親譲りだというが、庭への愛は代々受け継がれることがとても多い！ こじんまりした家の裏手に庭があり、かわいい太っちょの犬がいる——いくつかの品種が絶妙に混じっているとのこと。ラスティの家は高台に建つ、色にあふれた豪華な雰囲気の邸宅で、高い木々のあいだから川（小川なのかも）が見下ろせる。野菜と肉の入った濃厚なシチューをごちそうしてくれたのだが、最初に彼から「これから家に帰って野菜スープをつくるけど、夕食はそれとパンでいいですか？」と訊かれたとき、失礼な反応をしてしまった。てっきりキャベツとジャガイモが申し訳程度に入ったスープなのかと思い、遠路はるばるやってきたのにたったそれだけ……と不満そうな顔をしてしまったのだ。

でも、暖炉の火の前でたっぷり会話を楽しみ、夕食にはすばらしくおいしいシチューをごちそうになって、恥じ入るばかりだった――そして「夕飯は野菜スープだけ?」と思った私の早とちりに皆で大笑いした。

一〇月一三日　月曜日　ブルーミントン

なんて馬鹿なんだろう――今日の午後、パッテン財団レクチャーで着ようと思っていた白のタートルネックのセーターを、修道院に置いてきてしまった。いつか、かならず取りにいかなければ……置いてきたということは、そういう意味なのかもしれない。

今回もまた雨。二年前に、ここインディアナ大学で朗読会をしたときも大雨になり、誰も来ないのではないかと心配した――ところがあにはからんや、会場は満席だった!

昨日のハーミテージでの朗読会はとてもうまくいった。温かく愛情にあふれた聴衆。ラスティがしてくれた紹介もすばらしかった。彼は母の手紙を朗読したのだが、なんと、その時点で涙があふれてきてしまった。そして演壇に立つと、熱い歓迎の気持ちのこもった拍手がいつまでも続いた。体が途方もなく弱っている今の状態では、もうその場にくずおれそうになってしまったほど。でも、しばらく椅子に座ってなんとかその場をしのいだ。

一〇月一四日　火曜日　ブルーミントン

昨日はハードな一日だった。カルメル会の修道女たちに別れを告げるのもつらかった《ハード》。そして夜、長い一日を終えて八時過ぎにベッドに入ったときに振り返ってみると、ほぼ五時間ずっと誰か人といっしょにいたことに気づいた。最初はハリエット・クレアが、大学まで運転していってくれる。あいにくの雨のなか、開けた田園地帯を一路ブルーミントンへ。ハリエットはブルーミントンとインディアナポリスの二カ所でフェミニスト・ブックストアを経営していて、今回、サイン会の手配もしてくれた。書店の名前は〈ドリームズ・アンド・ソーズ〉（エイミー・ローウェルの言葉「本は夢《ドリーム》か剣《ソード》のどちらかだ」から）という。昼食の前にブルーミントンの彼女の店に案内してくれた。女性関連の本ばかり集めた店内はとにかく最高。読みたかった〔イサベル・〕アジェンデの分厚い小説も置いてあるし、出たばかりのマーガレット・アトウッドの短編集は送ってもらうように頼んだ。とても入りやすいオープンな雰囲気で、奥のほうには朗読や講演に使える小さな部屋もある。

そのあと彼女のマネージャーのシド・レイザーと、以前会ったことのあるジャーナリストで詩人の女性といっしょにランチ。

そして四時半に迎えが来て、この大学で新設されたばかりの「女性とアート」の講座のためのパーティに出席する。そこで何人かの画家と話をしたのは楽しかった。そのうちの一人は目下、『愛のかたち（*Kinds of Love*）』〔一九七〇年のメイ・サートンの小説〕を夢中で読んでいると言い、彼女の夫はこの大学で比較文学の学位を取ろうとしているそうだ。女性学のトップを務めるメアリー・エレン・ブラウンは昨日、ユーゴスラビアでの会議から戻ってきたところだった！

アカデミックな雰囲気とはどんなものか、すっかり忘れていたので、自分が場違いのところに来てしまったような気がした。そして今日の夜は、『今かくあれども』の朗読という大仕事が待っている。紹介をしてくれるのはスーザン・グーバー。

昨晩はとびきりの中華料理のディナーを食べながら、笑いの絶えない、楽しくリラックスした時間を過ごした。学部長のアナ・ロイスも同席した。

笑いといえば思い出すのは、日曜日の夕食後、カルメル会の修道女たちの前で詩を朗読したときのことだ。修道女たちの知的な温かさと愛情に包まれた、実に楽しい朗読会だったのだけれど、ある詩を読んでいるとき、全員がドッと大笑いした瞬間があった——そして私もつられて笑ってしまった。それは「スクラブルへの挽歌」という詩の、次の一節だった。

さようなら、いとしいスクラブル
おまえはたくさんほしがったけれど、与えてくれたものはほんの少し
でも、もう一度そこを読んでから次を読むと、彼女たちは——もちろん——ちゃんと理解してくれた。
でもだからこそ、おまえはあんなに

皆が笑ってくれたのはうれしかったけれど、一瞬、面食らってしまったのもたしか。

つらい別れを終えた今、前回と同じエリス・ロテラの家での滞在を楽しんでいる。同居人のジョージ、幼い甥のマーク、それに二匹のコッカスパニエルと。ぽっちゃり型で黒いカーリーヘアのエリスは、陽気そのもの。アカデミックな世界でこんなに生気にあふれた人間は見たことがない――どこを取っても彼女らしさに満ちている。エリスは経済学者で、大学のフェミニズム・グループでも活動している。教壇に立つときもヨレヨレのズボンにシャツというでたちで、見た目は教授というより学生。彼女とジョージはこのうえもなく親切にしてくれていて、私の部屋はまるで自分の巣のように居心地がいい。ひとつの場所から別の場所に移動すると、いつも寂しくて寒々とした気持ちになるけれど、今、この部屋の整理ダンスの上にはタマスとサートンちゃんがいっしょに写った写真が飾ってある。万事は順調だ。

一〇月一五日　水曜日　ブルーミントン

昨晩の朗読会は上出来だった。これで肩の荷が降りたので、残りの三日間は心ゆくまで楽しめる。会場は満席ではなかった。前回は土砂降りの雨にもかかわらず満席だった。でも今回は、同じ時間にサンアントニオ〔テキサス州南部の主要都市〕のヒスパニック系市長の講演会が行われていたのだ！　朗読会の聴衆は、おそらく二五〇人から三〇〇人はいたと思う。私が力強い声で――ありがたや！――朗読するあいだ、会場はシーンと静まり返り、咳払いひとつ聞こえなかった。長い時間をかけて『今かくあれども』を要約したりカットした甲斐があった。ただ、ギリギリのところまでカットしたので、激しい苦悩と、ひと息つく部分とのバランスは崩れてしまった。スーザン・グーバーの紹介は、よく練られた、気持ちのこもったものだった。彼女にはとても好感をもっているし、尊敬もしている。朗読会の前、エリスの家で夕食をいっしょに食べたのも楽しかった。エリスは料理上手で、ラザニアをつくってくれた。しかも彼女はどんなことでも楽々とやっているように見えるので、ピリピリした感じはまったくない。

一〇月一六日　木曜日　ブルーミントン

今晩行われる朗読会「試練とひらめき」で読む詩を選ぶのに、さんざん苦労している――もっと簡単に選べると思っていたのに！

忘れないためのメモ――

〈ル・プティ・カフェ〉で警笛を鳴らしながら通り過ぎる列車を見た――なんとノスタルジックな！

昨日、詩や小説を書いている五人の大学院生といっしょにランチ。魅力的でワクワクするような話ができた。こんな粒ぞろいの才能の持ち主と話をしたことはめったにない。そのうち二人は、初めての詩集をもうすぐ出すところ。

昨日の公開討論の場で、ある教授がいい質問をした。

ブルーミントンの街の雰囲気、広々とした庭のスペース、美しい木々、そしてクラシックな裁判所。

昨日のユニテリアン教会でのサイン会に来た人は、ごく少なかった。でもその分、ふだんよりプレッシャーが少なく楽しめた。ローレル牧師ともまた話す機会があってよかった。

その後のこじんまりとしたディナーパーティも楽しかった。

一〇月一七日　金曜日　ブルーミントン

昨日は一日雨だったけれど、今日は秋晴れ。でも紅葉はまだ始まっていない――街も大学も木が多いので、紅葉すればさぞみごとだろう。

昨晩の朗読会はうまくいった。今回はほとんど満席。ただ、詩の選択がいまひとつだったようで、思っていたよりも重苦しい雰囲気になってしまった。それでも終わったときには皆立ち上がって、温かい拍手をしてくれた。今回、三回の朗読会のうち二回はこれまでに劣らない出来だったと思うし、それはとても励みになる。来年四月には、カリフォルニアでの朗読会に挑戦してみようと思う。

昨日はマリアン・アームストロングが主催する昼食会があり、図書館のスタッフや図書館司書養成所の人たちが集まった。ここもまた魅力的な建物だったけれど、いちばん感動したのはマリアンの曾祖父の農場の話だ。その農場は今も、彼女の姪たちと甥たちが共同で維持していて、農場には誰も住んでいないけれど、皆が維持するために力を出し合っている——しかも幸運なことに、それぞれが違うスキルをもっている——という。夢のような話！

もうひとつ書いておきたいのは、絶品のデザートについて——柿のケーキの上にアイスクリームが載っているもので、今まで食べたなかでも最高のデザートだった。インディアナで柿が採れるとは知らなかった。柿は父の好物の果物で、ケンブリッジに住んでいたころ、感謝祭の時期にはかならず一個か二個は食べたものだ。でもとても高価だった——今でもメイン州では高い。

一〇月一九日　日曜日

家に帰ると、青い海と紅葉真っ盛りの木々が待っていた——ああ、なんと美しい！　でも、いつものように家に着いたとたん、雪崩のように届いていた手紙の山——たった八日か九日、留守にしただけなのに——に打ちのめされる。旅を振り返る時間がほしい。海に浮かぶヨットが通り過ぎていくのを眺めたり、夕暮れの野原に縞模様をつくっている影——こんな形の影はこれまでの秋に見た記憶がない——を眺めたりする時間がほしい。

ブルーミントンでは紅葉はまだ始まったばかりだったので、なおさらここの紅葉が鮮やかに感じられる。もっとも最終日の午後、エリスが周辺の田園地帯にドライブに連れていってくれたときには、そこここでオレンジや黄色の葉が夕陽に映えていた——静かな湖面に紅葉した木々が映ったさまは、まるで夢の世界。

山のような手紙のなかに、愉快な手紙をみつけた。差出人は知らない人だが、あんまりおもしろいので、その部分をここに書き写そう。場所はケンタッキー州のある町、名前は伏せておく。

この町は、企業の管理職にある独身女性という存在をまだ受け入れられないようです。六週間もかけて庭仕事に精出したあと、隣の家の人がやってきてこう言ったのです。

隣人——こんにちは。お宅のご主人、お庭をとてもきれいになさって。そのことを言いたくて来ました。
私——ありがとうございます。
隣人——ところで、ご主人をあまりお見かけしませんけど。
私——ええ、私も。
隣人——ご主人、どんなお仕事なさってるの?
私——私、結婚してないんです。
隣人（驚いて息をのみながら）——まぁお気の毒に、あなた、満たされない女性だったのね!

比較的年齢の若い私でさえ、「傷もの」と見なされてしまうのです。

一〇月二二日　水曜日

ここのところ、自分でやることを選ぶのではなく、やることのほうから選ばれている感じ。家に帰ってきて三日のあいだにあったこと、やったことは次のとおり――日曜日は洗濯をし、仕事部屋に上がってきて手紙の山に取りくみ、優先順位をつけようと奮闘、今回自信がついたので春の朗読会の計画を立てはじめ、セーラム大学のロッド・ケスラーに電話して三月なら行けると話し、昨日向こうから電話があって日程を決める。友だちにも片っ端から電話――リー・ブレア、アンとバーバラ、マギー・ヴォーン。それからミラノ大学で、私の作品研究で卒論を書いているロベルタ・スカラベリから電話があり、びっくり仰天。ずっと前、一〇月にそちらに行きたいと書いてきたのに、具体的な日程は知らせてこないままだったから、昨日の電話はまったくの不意打ちだった。やることが山のようにあり、まさに時間との競争という状況なので、かなり腹を立ててしまった――いやはや。ここには「ほんの一時間」だけいられれば十分だと言うが、そのためには彼女が〔ボストンから〕ポーツマスまでバスで来て、私がポーツマスまで迎えにいき、三〇分かけて家まで連れてきて、またポーツマスまで送っていくことが必要。パットが来る前の二日間は、ただでさえ大忙しなのに、そのうえにそんな暇があるわけがない。

そのあとしばらくたって、コネチカットから、月刊誌「ダウン・イースト」のインタビューについての電話がある。インタビューは一一月一日の土曜日の予定だが、その日はオロノから帰ってきた翌日――めちゃくちゃだ！　そして月曜日にはアルバカーキ〔ニューメキシコ州の都市〕での朗読会を企画したキャロル・ボスから電話で、今メインに来ているので、友人二人といっしょに会えないかという。火曜日の一一時に美容院の予約があるので、そこまで来てくれれば、私がどこかランチに連れていくと話す。それが昨日のことで、三時にはパットが到着することになっていたのだ！　少なくとも、これだけのスケジュールをこなすことができるという証明にはなった。

　昨日の朝は、家のなかの花を活けなおし、水を替えた。花屋の〈フォスターズ〉から、薄い黄色に赤の縞が入ったみごとなパロット咲きのチューリップ二〇本の贈り物が届いた。そのうちの何本かをナンシーにあげる。彼女は医療保険の申請書類を書くという面倒な仕事を引き受けてくれたので、そのお礼として。苦労が実を結び、先日、かなりの額の小切手が二枚届いた。

　やることが山積みなのは、いつもの雑用に加えてアルバカーキとサンアントニオ、そして今、計画が進んでいる春の朗読会、それからクリスマスのための準備もしなければならないから――というのも、〔一一月はじめにアルバカーキから始まるツアーに出かけて〕最終的に家に戻るのが一二月四日になってしまうのだ。

　ジュリエット、ポーリーン・プリンス、そして修道院の院長ジーン・アリスには、ちゃんとした手紙を書くことができた。そう、それから私の本を一〇冊あまり、修道女たちに贈呈するために包装して郵送する。というわけで、毎朝片づけなければならないことが山ほどある。いつになったら、カルメル会修道院での体験についての詩に取りかかれるのだろう？

　申し分のない日――六時に太陽が顔を出し、巨大な赤い球体が薄青色の静かな海の上に昇った。

一〇月二三日　木曜日

昨日はパットを〈ニューイングランド・センター〉ホテルのレストランに連れていった。こんなに美しいレストランは、世界中探してもそうはないにちがいない——とくにこの錦繍《きんしゅう》の季節には。両側に氷河に削られた崖がそそり立つ深い峡谷に建っていて、周辺にはさまざまな種類の巨木が生い茂っている。レストランは、高さ一五メートルはあろうかという大きな窓に囲まれた八角形の空間で、テーブルからは木々の全体が——いちばん根元から天辺まで——見える。光が梢《こずえ》に降りそそぎ、はるか下方の低いブナの木まで照らし出す。

たまたまその日はパットの五四歳の誕生日だということがわかり、すばらしくおいしい海老の甘酢炒めと、ベークドアラスカのデザートでお祝いした！　アイスクリームをメレンゲで包んで焼き目をつけた、このワクワクするデザートを食べたのは、たぶん四〇年ぶりぐらい。

行きがけにポーツマスに寄って、鳥の餌と猫の砂、そしてペーパーホワイト〔スイセンの一種〕の球根を買う。球根はさっそく二つのボウルにセットした——感謝祭のときにイーディスが留守番にきてくれるころ咲くはず。

餌やり器にエボシガラが来ている——今年見るのは初めて。

信じられないくらい穏やかな天気で、そろそろ木々の葉が散りはじめた——一枚、また一枚と黄金色の円盤が舞い落ちていく。

一〇月二五日　土曜日

木曜日にはパットと二人で、ノース・パーソンズフィールドのアンとバーバラの農園に出かけた。まずロブスターを買ってから出発。もやのかかった穏やかな天気で、雲の合間から太陽が射し、パットも私も思わず「コンスタブル〔一九世紀前半のイギリスを代表する風景画家〕の世界だ」とつぶやく。気温も高めでとても心地よく、農園ではしばらくのあいだ外の椅子に座って、二年前にアンが助けたルリツグミの話を聞く。そのルリツグミは元気を回復すると、毎日夕暮れに飛んできて餌を食べるようになった。やがて渡りの季節に、カエデの木で鳴き声がするので見ると、そのルリツグミが別れのあいさつに来ていたという！　なんと忠実な——野生のルリツグミなのに。五羽の仲間もいっしょだった。でも、畑にかけてある巣箱には巣づくりをした形跡がない。アンによれば、この夏はタカがずっとこのあたりにいたからではないかという。

大きな茶色のウサギのメジャーは、ひとまわり大きくなった新しいケージにいた。寝床にしている大きな段ボールの箱の上に乗って、段ボールを噛んでいる。でも、人間に撫でてもらう気分ではなかったようだ。

農園に着いたとき、三時には出なければならないと言ってあった。家では動物たちが待っているし、このところ忙しくて休む暇もなかったので、少しゆっくりして体力温存を図らなければならないからと。ところが、三時一五分前にパットの手土産のケーキを食べ終わったところで、アンとバーバラがパットに見せたいものがあると言い出した——林の向こうに池を二つと、ムース（ヘラジカ）とシカの通り道を苦労して造ったので、見てほしいというのだ。私がもう帰る時間だと言うと、バーバラはほんの数分あれば行けるからいいでしょう、とやさしい口調で私を説得しようとした。それが耐えられないほどのプレッシャーに感じられ、私はワッと泣き出した。そして我を忘れて外に飛び出て、車に逃げこんだ。

あとでパットが、本質を突いたことを言った。「さっきは怒りに駆られて悲痛そのものの顔をしてたけれど、ほんとうはあのとき「ノー」と言うべきだったのよ」。それが当たっているのは、ついこの前も同じことがあったからだ。インディアナから帰ってきたとき、ロベルタ・スカラベリから電話があり、一時間でいいから私に会いたいと言ってきた——彼女はミラノ大学で『傷は誠実さの証』についての論文を書いている。でもパットが来るまでもう二日しかなく、そのあいだになんとか落ち着いた生活に戻らなければならなかったので、ロベルタに会うのは無理だった。彼女は車もないから送り迎えもしなければならない。ともあれ、自分のことを前より理解できるようになって助かっている。その後ロベルタからはまた電話があり、長く話をして、そのあと手紙も届いた——そこに書いてあった一〇の質問には、かならず答えると約束している。ロベルタが電話してくれてホッとしたけれど、電話で話した時間は一時間どころかもっとずっと長かった！

トム・バーンズがすばらしい論文を送ってきてくれた。ニュージャージー州プリンストンの心理療法士、キャスリン・ノース博士が書いた「創造的孤独」（スピリチュアルライフ研究所発行の「デザート・コール」誌一九八六年秋号に掲載）という文章で、そこにはまさに私の存在にかかわることが書かれている。私にとって大切な孤独をノースがどう考えているか、そしてなぜ私が私であるのか――それを読むことができたのは、大きな歓びだった。

もうひとつのできごとは、『すばらしきオールドミス』とマーガレット・アトウッドの『侍女の物語』の二冊合同の書評が出たこと。書評のタイトルは「二人の侍女の物語」で、おもに価値観について書かれており、「ケニヨン・レビュー」誌の一九八六年秋号に掲載された。

一〇月二八日　火曜日

パットがここにいるあいだは――彼女がイギリスに帰る前に、もう一度ここで会えたことで、友情を確認できたのはよかったけれど――午後、自分の机の前に座ることはほとんどできない。ということはその日に届いた手紙の整理は、翌朝大急ぎでやることになってしまう。

それでも毎日、午前中にがんばってやってきた、ロベルタ・スカラベリからの質問――『傷は誠実さの証』についてのややこしい一〇の質問――の答えが、やっと終わった。もともと今はそんなことをしている時期ではないし、今日最後の仕上げをやって、くたびれ果ててしまった。今、ナンシーがタイプしてくれている。当時、あちこちの大学の教授――マーク・ショーラーもその一人――から受け取った手紙のカーボンコピーが四ページ分も出てきたのは、さいわいだった。皆にこんなにほめてもらったとは、すっかり忘れていた。

例外はハリー・レヴィン――自分が作品中のゴールドバーグのモデルであると思いこんでいた――

で、彼のせいでハーバードでの心証が悪くなったため、私がハーバードに招かれて講演や詩の朗読会をすることは、たとえ今でもありえない。実のところ、ゴールドバーグのモデルは、一度ある会議で会ったことのある男性だった。それにしても、あまりに年数がたちすぎていて、あの本のことを思い出すのはむずかしい。出たのが一九五五年だから、もう三〇年以上昔だ！

晴れて暖かかった日に、パットが球根を植えるのを手伝ってくれたが、今日の午後、パットが帰ったあとにまた少し植えようかと思っている。いっしょに庭仕事をするのはとても楽しかったけれど、一昨日と昨日は雨——でもずっといいお天気だったので、雨が降ると落ち着く気がする。ノスタルジックな秋の日々を楽しんでいる。

明後日はオロノまで行く。

一一月一日　土曜日

木曜から金曜にかけてのオロノへの小旅行ではまたとない、いい時間が過ごせた。行きと帰りの四時間ずつのドライブは、すばらしい休息となった。野原や林の景観を楽しみながら、人口の密集した沿岸部から田園地帯へと車を走らせていくと、ヤギの群れやメウシ、そして黒と白のオウシもたくさん目にした。二時間も走ると、ヨーク周辺に多いストローブマツのほかに、いろんな種類のモミが立ち並ぶ「とんがりモミの国」*に入る。空に突き刺さるようにそびえる優雅なモミの木の姿には、いつも心を動かされる。天気は快晴で風はなく、木々は黄金色——でも北へ向かうほど、木の葉は残り少なくなっていく。ほとんどの人はこの広大なメイン州内陸部――その大きさ、その手つかずの自然――について知らない。もちろん自然だけではなく、バンゴーには巨大なショッピングモールもあって、そこに寄ってクリスマス用の包装用品を買う。すっかり気分は祭日だった。

オロノで泊めてもらうロブとコニー・ハンティング夫妻の家に到着する。何度も来たことのあるなじみのある家。キッチンの居心地があまりにいいので、お客はいつもキッチンに集まってストーブで燃える薪を眺める。コニーはまだ帰ってきていなかったので、失礼して二階に上がり、ひと休みする。今回はスピーチもしなくていいので、リラックスして眠ってしまった。

今回、私が出席したのは、メイン大学のできたばかりの壮大なアーツ・ビルディングで行われた、第一回メアリアン・ハートマン賞の授賞式。この賞はこれから毎年、メイン州の卓越した女性三人に授与されるという。やっとベレニス・アボットと会うことができて、最高にうれしかった。それから キャサリン・カトラーとも――彼女は家族関連のNPOがやっているブドウ園や、そのほかの地域活動でいい仕事をたくさんしている。ベレニスはその外見――魅力的な紫のソフトな服から黒の頑丈そうなモカシンまで――をひと目見ただけで、すばらしい女性であることがわかる。薄い白髪の下の青い瞳には、あらゆるものに対する鋭く陽気な、知性あふれる意識が宿っている。授賞式では、私たち三人は演壇の上で何も話すこともなく、ただ長時間座っていなければならなかった。聴衆は良かったのだが、問題はまずメアリアン・ハートマンという人物についての長々しいスピーチがいくつもあっ

＊　メイン州出身の作家セーラ・オーン・ジュエットが一八九六年に発表した小説の題名。訳者注。

たこと。それから三人の受賞者についての紹介があって、次には一九世紀フランスの女性作曲家ルイーズ・ファランクのチェロとフルート、ピアノの三重奏が演奏されたのだが、これもまた長かった。

私たち三人はそのあいだじゅう、聴衆の視線を浴びながら、直角の背もたれの硬い椅子に座っていなければならず、音楽を集中して聴いている「フリ」をするのはとても疲れるということがわかった。それでも、他人についての話ばかりが続くなかで、その場で何かが実演されるのはいいことだった。うれしい驚きもあった。受賞者に渡されたのは、通常のような表彰盾ではなく、青いベルベットの宝石ケースに入った、とびきりきれいな金のピンブローチだった。うっとり。

カレン・ソームが来てくれたので、ちょっとした会話とハグを交わした。夢だった古い農家を手に入れ、そこに引っ越したそうだ。

その後

でも私にとって最高のお祝いは、ロブとコニーといっしょに「家で」ゆっくりと夕食を楽しんだこと——家に着いたのは七時ごろだったけれど。とびきりおいしいサーモン、それにロブ手づくりのワイン。これが絶品だった。

ロブは退職して、落ち着いた暮らしを幸せそうに送っている。毎朝の日課は、隣の教会まで猫といっしょに歩いていき、時計台の時計のネジを巻くこと。猫の名前はシャー。グレーの毛に黄金色の瞳をしたペルシャ猫だ。そのあとは、隠れんぼうをして遊びながら帰ってくる。彼らの家には薪ストーブが二つあり——台所のストーブは私が来たことを記念して、今年初めて火が入った——、ロブとコ

ニーはそのために、せっせと薪を集めては割っている。だからガレージには二台の車だけではなく、薪が天井までぎっしりと積み上げられている。ちょっと前には、ロブはコニーが窓際のベンチに寝そべって、クッションにもたれかかりながら本を読むときのために、明かりを取りつけた。ベンチには鮮やかな色の花の刺繡を施したクッションがいくつも置いてある。それを見ていると、コレットが晩年、関節炎で手足が不自由になっても、花の刺繡をしたという話を思い出した。でもこの家のクッションは手づくりではなく、誰かが捨てようとしていたのをコニーが拾ってきたものだという。

家のなかの壁のペンキも、前回私がここを訪れて以来、ロブがほとんど塗っている。

家のことはなんでも、自分たちの創意工夫でやってしまうニューイングランドの人たちの才覚を見せつけられて、すっかりうれしくなる。七二歳の元大学の英文学部長である彼が、こんなにいろいろなスキルをもっているなんて、ほんとうにすてきなこと。のんびり暮らすどころか、毎日朝から晩まで、まるで一八世紀の一家の「家長」のように忙しく働いている。

今回のメイン州内陸への旅で長く印象に残ると思うのは、授賞式でのコンサートの最中にふと目に入った、観客席にいたコニーの顔。てきぱきと機敏に反応するいつもの彼女とは違う、明晰でどこか高潔さを漂わせた表情に、突然美しさを感じたのだ。貴重な瞬間だった。

帰りはノンストップで走ったので三時間半でヨークに着く。留守を守ってくれたイーディスと〈パイパーズ〉でランチ。ここは、お気に入りだった〈スパイス・オブ・ライフ〉が閉店してそのあとにできた店だ。それからちょっと横になって、そのあと一時間、外に出て球根を植える。四時には暗くなってしまうので。でも、どちらにしても庭仕事は一時間が限度だから、ちょうどよかった。

一一月四日　火曜日

オロノから帰ってきてからはバタバタした生活。土曜日の午後、残っている球根を植えにかかり、小さいものはほとんど植え終わる。その前には三時間、「ダウン・イースト」誌のインタビュー。デイヴィッド・フィリップスはくつろいだ雰囲気ながら、なかなか鋭い。はたしてどんなインタビューができあがるか、楽しみ。三時間も時間をとる余裕はなかったのだけれど、それでも終わってから昼寝をして、一時間庭仕事ができた。四時には暗くなるのでピエロを呼んで、家に入れなければならない。暗くなっても外にいると、ピエロはどこかに姿を消して猫からトラになってしまう。そうなると何時間も帰ってこないのだ。

久しく会っていなかったジャニスが、ブランチをいっしょに食べるためにやってくる——新車のシルバーのオムニに乗って。美しい車。ザーザー降りの雨のなか、車で走り出すと、若いメジカが果樹園を駆け抜けていくのが見えた——息をのむような瞬間。今は狩猟シーズンなので、夕暮れになるとズドンという不吉な銃の音が聞こえてくる。一度など、一回に五発連続で弾が発射された。あの音を聞くと気分が悪くなり、骨の髄までゾッとする。このところ、またしても戦場が復活している。

ガンロビー〔銃規制に反対する圧力団体〕がなぜサタデーナイトスペシャル〔低品質・低価格の小型拳銃の俗称〕のような銃まで支持するのか、理解できない。動物ではなく人間を殺すために造られた銃なのに。世界はまたしても戦場《キリングフィールド》と化している。

どうやら小悪魔《グレムリン》が活動期に入ったようだ。高い棚にストックしてあったトイレットペーパーがネズミにボロボロに引き裂かれ、昨日は電球が二個――寝室と仕事部屋で――切れた。今朝は朝食を載せたお盆を持ったまま転んでしまい、食器はほとんど割れ、床にはこぼれたものが飛び散って掃除が大変だった――今日の朝食はクリーム・オブ・ウィートだったので。イーディスにもらったアンティークの青いボウルは、木っ端みじんに割れてしまった。

でも最悪なのはタマスの具合が悪いこと。何も食べようとしない。昨日、獣医に連れていったら、肝臓が悪いのかもしれないと言われる。でも昨晩、チーズをほんのちょっぴり、指先ほどの量を食べただけで吐いてしまったので、喉がつかえるのではないかと思い、今日の一〇時一五分にもう一度医者に連れていく。

というわけでまた午前中がつぶれる――かなり切羽詰まってきた。

でも今日はナンシーの誕生日だし、中間選挙の投票日でもある――そこで食事は家でピザを取ることにする。彼女の存在がどれだけ助けになっていることか。鳥の餌やり器に餌を入れることから、ファイルのなかから必要なものを探し出す途方もない離れわざまで、彼女が私のためにやってくれていることをすべて語り尽くすことは不可能だ。少なくとも言えるのは、彼女の領域ではすべてが秩序立っていて、私の領域ではすべてがカオスだということ！

一一月七日　金曜日　アルバカーキ

四〇年ぶりにニューメキシコに戻ってきた。今晩はここで朗読会をする。宿泊先はルー・デュフォーとルネ・モーガンのところ。ルネは毎年冬はここで過ごしている。でも真っ青の空とは裏腹に、心には暗い影が差している。

昨日の朝、ビークマン医師から電話で、タマスが前日の夜に死んだとの知らせがあった。九時半にはイーディスが来て、私を空港まで送ってくれることになっていた。さいわい、その時点では荷造りが終わっていたのだが、ショック状態に陥る。予定ではタマスをボストンのエンジェル・メモリアル動物病院に連れていき、そこで食道の奥深くに刺さった骨を取り除く手術をうけることになっていた。ビークマン医師はやれるだけのことはやってくれた――医学博士の手を借りて内視鏡検査までしてくれた。

タマスがもう永遠に戻ってこないなんて、いまだに信じられない。今朝は泣きながら目がさめた――でも悲しみをなんとか抑えて、その波に呑みこまれてしまわないようにしなければ。タマスのためにはこれが最善の結果だったと思う。ここ数週間、ひどく足が弱ってしまい、歩きたがらなかった。まわりの誰もが、もう今までのようなすばらしい〝犬生〟を楽しめなくなる日が近いことをわかっていた。

私の具合が悪くなり、夜、タマスをおだてながら寝室までの階段を上らせるエネルギーがなくなったときには、私たちのあいだにあった親密さはどこか薄れてしまった。しばしば失禁もするようになったので、もう私のベッドには入れてやれなくなった。ベッドにいっしょに寝ていたときには、私が寝返りを打つと小さな歓びの唸り声をもらし、朝まで微動だにせず横になっていたのに。

そうやって夜のあいだ、タマスの肉体を――ダニがいないことを確認したうえで――肌で感じることができた。それが階段の下で寝るようになってから――もう何カ月にもなるが――、奇妙なかたちでタマスと切り離されてしまった気がしていた。

でもタマスの体が徐々に不自由になっていったこと――それが老齢のなせるわざであるのは火を見るより明らかだった――が、老いつつある私自身に影響をあたえたことはまちがいない。少し前まで、私は自分とタマスは両方とも、老いぼれどうしだと思っていた。ところが私はまた元気になり、もはや今年の春から夏までのような、よぼよぼの犬と暮らすよぼよぼのお婆さんではなくなった。ということはある意味で、タマスがいなくなったことは、悲しみと不安からの解放を意味するのかもしれない。

それにしても、タマスの死を知らされた直後、この家がなんとがらんとして寂しく感じられたことか！ もうテーブルの下に寝ころぶタマスはいない。白い前足の上に鼻をのせて、あの黒い瞳で私のことをじっと見つめるタマスも、もういない。

思えば、ほんとうにやさしい犬だった。生後六カ月の赤ん坊がこの家に来たときには、タマスはその前に座ってただただ崇敬の目で見つめていた――あのとき、タマスに赤ん坊をプレゼントしてあげたいと本気で思ってしまった！ それからジェイミーがここで発作を起こし、出窓のそばの床に友人

の腕に抱かれて横になっていたとき、心底から心配そうな顔で眺めていたタマスは、やおらその友人の腕の下に頭を突っこんで、ジェイミーの顔を舐めた――すると彼女は目を開いたのだ。

ヨークに引っ越してきたころ、林のなかを散歩したことも思い出す。タマスが先頭に立ち――キジが通ったことを嗅ぎつけると急に興奮してワンワン鳴く！――、次に私、そして遠慮がちに距離をおいてブランブルがついてくる。三人は家族だった。こんなにつらいのはそのためだ。ピエロが若くて、まだここにいることが救い。

タマスは小犬のころから超のつく繊細な犬だった。ブランブルに向かって吠えてはいけないことも知っていた。ブランブルはタマスが初めて家に来たとき、しばらく家に寄りつかなくなってしまった。ある日、戻ってきたブランブルをタマスが見て吠えようとしたのだけれど、それをグッとこらえるのを私は見た。そのあと、こっちにブランブル、こっちにはタマスが座って、お互いにしばらくにらみ合った末に、二匹は和解して友だちになったのだ。

タマスは人間が大好きだったから番犬にはならなかった。でも相手が犬となると、自分の縄張りに入ってきた犬には尻尾をピンと立てて怒りを表し、首のまわりの毛を膨らませて激しく唸ったり、吠えたりする。その剣幕に、侵入を試みた犬はすごすごと立ち去ってしまう。

でもあのやさしい心の持ち主はもういない。タマスの死によって、私の人生という織物に巨大な穴が開いてしまった。私にとってたった一匹の犬だった。喪失感のなかには、決して完全に消えることのないものがある――もう一年近くになるブランブルの死で知ったことだ。

先週、ペギー・ポンド・チャーチ〔一九〇三年、ニューメキシコ州生まれの詩人〕が亡くなったことを聞いた。

もう一回会いたかったけれど、目がほとんど見えなくなり、ひどい鬱状態に陥ったときに手紙をくれた。だから彼女にとっては、これが最善の結果だったのかもしれない。

数週間前に彼女が送ってくれた、胸を打つ最後の詩。

私は年老いたヤナギの木
鳥はみな飛び去り、
枝はもう樹液を吸い上げることもない
さあ私自身の空席を待ちうける空気にあずけよう

一一月八日　土曜日　アルバカーキ

昨晩、キモ・シアターでの朗読会には大勢の聴衆が集まり、想像をはるかに超える歓迎をしてくれた。熱意あふれる女性たちのサポートグループが私を呼んでくれて、かならずたくさん集まると請け合ってくれていたにもかかわらず、はじめは誰も来ないのではないかと不安だった――でもほんとうに大勢の人が来てくれたのだ！　私を紹介してくれるキャロル・ボスがカーテンを開け、彼女のあとについてステージに出ていくと、会場からは大きな歓声があがり、笑い声とともに拍手が鳴りやまず、ついには全員総立ち。まるでスポーツのスター選手にでもなった気分だった。気の毒に、キャロルは静かになるまでかなりの時間待たなければならなかったが、とてもすばらしい紹介をしてくれた。陽気な歓迎の波に押し上げられるように私の気分も高まり、朗読もいつものようにうまくいったと思う。ただ半分終わったところで短い休憩をとるために、背もたれのついた椅子（頼んであった）まで歩いていくとき、膝がガクガクしてしまった。それでもなんとかやり終えた。二カ月前だったら、昨晩のようなことはとうてい不可能だったろう。

その日の昼間には、ルーとルネが街の周辺を車でまわってくれた。視界にはつねに、荒々しくそびえる巨大なサンディア山がある。半分ほど雪で覆われ、そのあいだから荒涼とした紫がかった岩肌がのぞいている。無慈悲な神。非情な山といった風情だ。

そのあと〈マリオット・ホテル〉でランチ。シャンパン一杯を飲みながら極上の時を過ごす。

数日間この家族の一員として過ごせたのは、最高の体験だった。ルーとルネは力を合わせて、この家を世界でも稀なほど客を温かくもてなす場所にしている。ルーの姉妹の一人がフランシスコ女子修道会の会長で、ローマに住んでいる――カトリックの世界を変革しようとしているリベラルな修道女の一人だ。そのためルーの家には、さまざまな修道会の修道女たちが入れ代わり立ち代わりやってくる。私の友人で「マリアの聖心の信者」のメンバーであるアメリー・スターキーも、朗読会の前の夕食に温かく迎え入れられた。彼女はデンバーからやってきて、一〇日間ここで活動することになっていた。

アメリーは現在失業中だが、デンバーで恵まれない子どもたちを助ける活動を続けるための資金を得ようとしている。実際には週に一回しか活動できないのだが、あふれるばかりの情熱と揺るぎない信念に支えられた彼女に再会できて、ほんとうによかった。首にかけているのは、彼女が何度か行ったことのあるエルサルバドルの受刑者が、鶏の骨でつくったという小さな十字架だった。

書き忘れていたけれど、ニューメキシコ大学の若い英文学教授のジョエル・ジョーンズが『傷は誠実さの証』を持ってきて、サインしてほしいと頼んできた。彼はこの本がやっとペーパーバックになったことを喜んでいた——これで授業に使えます、とても重要な本ですから、と。これを聞いてとてもうれしくなった——もう三〇年も前の本なのに、今でも読む価値があるというのだから。

今朝はキャロル・ハイルブランに電話して、タマスのことを話す。彼女はタマスがまだ生まれたばかりの子犬だったとき、フレンチ家にいっしょに行ってタマスを見たときのことを思い出させてくれた。母犬はとても小柄なシェルティで、まるで妖精のような優美な姿をしていた——そしてそのそばにはタマスと三匹のきょうだいがいた。その後、三カ月になったタマスを家に連れて帰ってきたとき、仕事机の脇にサークルを置いてそのなかにタマスを入れ、いつも見守っていられるようにしたことも、キャロルは憶えていた。タマスはとても賢い子犬だった——悪いことや粗相をしたことは一度もない——そして最初の晩から、私のすぐ横で寝た。ふわふわの柔らかい毛の気持ちよかったこと。

エレノア・ブレアにも電話する。彼女の声を聞いて慰められた。

一一月一一日　火曜日　アルバカーキ

日曜日にはルーとルネの車で、サンタフェの街の、なじみのある月世界のような景観のなかを走る。四〇年の年月をへて、またこの景色を見るとは思ってもいなかった。四〇年間ずっと、サンタフェは私にとって詩の世界だった――「豹の土地」と名づけたのは、黄褐色の大地にジュニパー（西洋杜松《ネズ》）やピニョンマツが点々と散らばるように生えているから。そしてまぶしいほどの青空のもと、雪を頂いた荘厳なサングレ・デ・クリスト山脈の穏やかな山並みも変わらずそこにある。「クリスタル」な空気も昔のままだ。

　昨晩、アドビ建築のアスプルンド宅から、きらめく街の灯を見下ろしていると、月の両側に火星と木星が輝いているような華やかな光の群れに、サンタフェで親しくしていた友人たちの姿が重なった――そのほとんどは「みな光の世界に行ってしまった」〔一七世紀の詩人ヘンリー・ヴォーンの詩の一節〕。彼らの名前を長い祈りのように口にしながら眠りについた。アリスとハニエル・ロング――一九四〇年に私が初めてサンタフェを訪れたのは、ハニエルが『シングル・ハウンド（*Single Hound*）』〔一九三八年に出版されたメイ・サートンのデビュー小説〕をいたく気に入って、私に手紙をくれたことがきっかけだった。それ以後ずっと、彼は私にとって代父《ゴッドファーザー》のような存在だった。マリー・アルマンゴー、バウマン夫妻、ドロシー・ステュワート――ドロシーはこの土地についていろいろ教えてくれ、アグネス・シムズといっしょに、私を初めてのインド舞踊鑑賞に連れていってくれた。マルガリータ・ディートリヒ、ウイター・バイナー、ドロシー・マッキビン、ジョン・ミーム、アーナ・ファーガソン、そしてもちろんペギー・ポンド・チャーチ――天国に旅立ってしまったもう一人のスターだ。

　サンタフェでの初日の夕暮れ、アスプルンド夫妻の車でサントゥアリオ教会に向かう。そこでロウソクを――とくにジュディのために――灯したかったのだ。初めてジュディと会ったのは一九四五年、サンタフェを三度目に訪問したときだった。二本の背の高いハコヤナギとともに谷間に建つこの小さな教会に、二人でよく足を運んだ。

サンタフェにまつわるたくさんの思い出が甦り、いろいろ変化はあっても消えることのない、その魔術的な魅力を発見する歓びが湧き上がってくるなか、アグネス・シムズとも再会することができた。アグネスは手紙を書かないので、もう長いこと音信不通だったのだ。アグネスはひどい腰痛を治すための手術をうけたという。とても心が痛んだ。というのも彼女はアーティストとして、みごとな目的意識と技術をもって創作に取りくみ、まじりけなしの力強い存在感を発揮していた——いつもステットソンの黒い帽子を被り、大股で歩くさまは、少年のような天使といった風情だった。その彼女が歩くのに不自由しているのを見るのはつらかったけれど、話ははずみ、以前のような同志としての感覚が甦った。アギーは大型犬を三頭飼っていて、家に帰ったらいっしょに昼寝をするのだという。

ハニエル・ロングの誘いをうけて初めてサンタフェに来たとき、彼のはからいで泊まったのが、キャニオン通りにあるベリルとテッド・アスプルンド夫妻のこじんまりした家だった。そして今回、丸二日間滞在して、二人がちっとも変わっていないことがわかり、こんなにうれしいことはない。彼らは今は大きな美しい家に暮らし、広々としたリビングルームは花と本であふれんばかり、そして三匹のかわいい猫もいる。そんな二人の家で心からくつろぎ、共通の友だちを一人、また一人と話題にしては、冬のピクニックやプエブロ〔ネイティブアメリカンの集落〕でのダンスパーティの思い出話にふけった。

テッドは現在、友人といっしょに小さなブドウ園をやっていて、毎年一五－三〇ガロン〔五六－一一三リットル〕のワインを生産している。もともとは腕利きの自動車修理工だったのだが、そこから浮かぶイメージとはほど遠い。大のフランスびいきで読書家、そして強い信念と、たくさんのスキルの持ち主でもある。私が居心地よく滞在させてもらった客室部分は、彼が自分で建てたものだ。ベリルはこれまで、女性有権者同盟や自然保護団体「ネイチャー・コンサーバンシー」、それにサンタフェ旧市街の保存活動を行ういくつもの団体の理事を務めてきたが、八〇歳になってそれらの仕事をやめ、今は悠々自適。読書をしたり、乗り心地のいい年代もののベンツであちこちにドライブしたりの生活だ。昨日も最高に気持ちのいい朝、アビキューまで車を走らせ、紫や赤の巨大な崖や、ペトラ〔ヨルダンの遺跡〕かと見紛うばかりの、風雨に浸食された奇岩を時間をかけて見てきた。ジョージア・オキーフはこの荒涼とした風景に魅せられて、アビキューに移り住んだのだ。オキーフはここに自分の景色を見出したけれど、ここに住む人間のなかには、そうではない人――この場所に根づいて仕事をし、自分らしさを発揮できない人もきっと多いのではないかという気がする。

驚いたことにアビキューの少し先には人工湖があり、そこで車を止めてひと休みした。なぜだか、水があることがしっくりこない――真っ青に輝くのは、空だけでなければならない気がする。空は紫色の岩にこそ影を落とすべきであって、きらめく水面に空が映るのは、どう見ても不自然に思えてならなかった。

一一月一二日　水曜日　サンアントニオ

アルバカーキとサンタフェでは最高の天気に恵まれたので、ここの悪天候には文句はいえない――

昨晩は凍りつくような雨と霧だった。ダラスで乗り換えてサンアントニオに向かったのだが、なかなか着陸できずに一時間近くも上空を旋回。やっと三時ごろに着陸し、ブレッドローフ・ライターズ・カンファレンス時代の古い友人であるジョン・アイゴー、サンアントニオ・カレッジのキャシー・アームストロング、バーサ・アン・パチェコ、そしてメアリー・クローニンの温かい出迎えをうける。ただここで、私はもちろん出迎えの人たちもイライラする事態が発生。アルバカーキを出るとき、土曜日に乗ることになっているダラス－ボストン間の航空券が、旅行代理店で破られてしまっていることが判明し、それをなんとかする必要があったからだ。さいわいサンアントニオ空港のアメリカン航空の職員がとても親切で、ポーツマスまで電話をかけて策を講じてくれ、結局アメリカン・エキスプレスのカードで一八〇ドル払うだけですんだ。そしてようやく悪天候と寒さのなか、年代ものの大きなホテル、〈ガンター・ホテル〉に落ち着いた。

一一月一五日　土曜日

ここでの滞在には、アルバカーキとサンタフェのような輝かしさはない――理由のひとつはひどい天候にあるのだけれど。朗読会が行われた水曜日は、ひどい雨と寒さのせいで聴衆の数も少なく、がらんとしたうすら寒い講堂に集まったのは二〇〇人ほど。ジョン・アイゴーはすてきな紹介をしてくれたが、そのあとでも聴衆との一体感はなかなか感じられず……。はるか遠くに寒さに凍えた人たちの顔がぼんやり見えるだけで、笑いも起きず、少々落胆する。

異常な寒さは木曜日まで続き、市内を流れる有名なサンアントニオ川と、川沿いに並ぶレストランやお店を探訪するという、私のたっての願いを実現するのはとうてい無理だった。

［川は見られなかったけれど、はるばるシアトルから朗読会を聴きにきてくれたジーン・アンダーソンとは初めて会うことができた。古くからの友人のような気がしていたが、実は文通しかしたことがない。私の具合が悪いとき週に一回以上、きれいなお見舞いのカードを送ってくれて、つらい時期にとても存在感があった。ジーンは音楽家で、合唱団やその他の演奏集団の指揮と指導をしている。外は雨が降りつづくなか、何杯も紅茶をおかわりして話しこむ。ゆっくり話せてうれしかった。］

昨日は、トリニティ大学〔サンアントニオに本部をおく名門私立大学〕の英文学教授で新入生学部長でもあるコリーン・グリッソンが短い散歩に連れていってくれたので、やっとサンアントニオ川を見ることができた。太陽は出ていなかったけれど、とても楽しかった。

それとは別に、キャシー・アームストロングと彼女の助手のバーサ・アンが車で街を「案内」してくれて、おいしいランチも二回、いっしょに食べた。キャシーとその夫は赤ちゃんを養子にしたそうで、二歳になったその子の話をいろいろ聞かせてくれた。

木曜と金曜にはインフォーマルなかたちで話をする。一日目は小説を書くこと、二日目は日記を書くことについて。サンアントニオ・カレッジの天井が低くて感じのいい部屋は、口コミで集まった人たちで満席となり、朗読会のときと比べてずっと話しやすい雰囲気だった。テーブルには花も飾られていた——その効果たるや絶大！

サンアントニオ・カレッジは、高卒の資格があれば誰でも入れる二年制のコミュニティカレッジで、就職に必要な能力を身につけさせるという、困難だけれどやりがいのある教育活動をしている。優れた教育者として評価の高いジョン・アイゴーは、彼の教育法について熱く語ってくれた。私が小説について話しているあいだ、彼のクラスのひとつは直された自分のペーパーを見直す作業をしていた。ジョンはまちがっている箇所に印をつけて返すのだが、それがどんなまちがいかは、学生が自分で――互いに助け合いながら――みつけなければならない。その様子をこっそり見たかった！

口コミで広めたのはコリーン・グリッソンで、大勢人が集まったのは、ひとつには彼女のおかげだったようだ。私の知るかぎり、チラシの類はなかったし、新聞にもお知らせはほとんど載らなかったから。

昨晩、川沿いを散歩したあと、コリーンがトリニティ大学に連れていってくれたが、二つの大学のコントラストは示唆に富む。トリニティ大学の美しいキャンパスにはあちこちに噴水やオークの木立があり、船の形にデザインされた荘厳なチャペルが建つ。バーバラ・ヘップワースやヘンリー・ムーアの彫刻も置かれている。ここにはお金と特権がある。サンアントニオ・カレッジとの違いは明々白々だ。

そのあとコリーンが自宅に案内してくれ、元気いっぱいそこらじゅうを跳びまわる二匹の黒いミニチュア・プードルとも会えた。一匹は私の膝に乗ってきて顔をペロペロ舐めた。一方、猫のほうは近寄ってきてくれなかった。

夕食のお客が来る前に、少し休憩。お客がやってくると、皆で飲み物を片手に暖炉の火を囲み、そのあとエレガントなフレンチレストランへ。楽しい会話と、とびきりの料理を堪能し、今回の旅の一章——きついことも多少はあった——の華やかなフィナーレを飾ることができた。

一一月一八日　火曜日

先週土曜日に家に帰ると、届いていた郵便を読むだけで、夜の九時から午前一時までかかってしまった。たった一〇日間留守しただけなのに、まるで渦の真ん中に放りこまれたような気分！　しかも対応が大変なのは、私に求められることが実にさまざまだから。老人ホームの現状を知ってほしいと訴えてくる高齢女性がいるかと思えば、今日、大きな手術をうけると言ってくる友人もいる。プレゼントとカードを送らなければならない誕生日が二つもあるかと思えば、ユニオン・カレッジの博士論文審査委員になってほしいとの要請もある——どれも拒否するのはむずかしい。そのほかに個人的な手紙もあれば、仕事の手紙もある。そしてこれらの要求に応えるだけでなく、まずはアルバカーキ、サンタフェ、サンアントニオで受けた数々の歓迎やもてなしを、感謝の念をもって振り返らなければならない。というわけで日曜日の大半は、本を梱包したり、お礼状を書いたりすることに費やした。

あまりにもやることが多すぎて、タマスの死を悼む暇もないのはつらい。それでも昨日、タマスの遺灰を受け取り、驚くほど重い箱を胸に抱きしめた。ブランブルのお墓のそばに埋めるつもり。旅の途中で誰かが、犬の死について書かれた新聞の切り抜きを渡してくれた。そこにはバイロンが亡き愛犬の墓に刻んだ墓碑銘の一節が引用されている。

ここに眠るのは
美しかったが虚栄の心をもたず
強かったが傲慢ではなく
勇敢だったが凶暴ではなく
人間にそなわるすべての美点をもちながら
その悪徳とは無縁だったものの亡骸である。
人間に向けられたものであれば
無意味なへつらいになるであろうこの称賛は
ボースンという犬に捧げられた正当な讃辞である。

家に帰って読んだ手紙のなかに、アメリー・スターキーがタマスに宛てたものがあった。ここにその一部を紹介しよう。

心やさしき見張り番よ、きみがいなくなってとても寂しい。ベッドの脇のきみの写真を見ると、悲しみが襲ってくる。きみとメイが過ごした一五年は歓びと忠実さに満ちていた――誰でも迎え入れるやさしさ、けっして意識はせずに。

あの復活祭の日、私がドアに近づくと、きみはうれしそうに吠え、足を引きずりながら走ってきて私を迎えてくれた。その歓迎と歓びを味わい、そして高ぶった神経が鎮まるまでに少なくとも五分はかかった。

いま思い出すのは、きみが愛情あふれるブランブルの弟として、彼女がいつ家に入りたがったり外に出たがったりしているか、よくわかっていたということ。足を引きずるきみを、メイがなだめながら階段を上らせるのを見ながら、私はこう思った――タマスは痛みに耐えながらメイを慰めようとしている――そして訪れた人誰しもを慰めようとしているのだと。人を歓迎するとはどういうことかを、きみは教えてくれた。心やさしき見張り番よ、きみを心から称える。そしてきみがいなくなってしまったことを心から悲しむ。

アメリーの言うとおり、タマスは初めて会うお客と私とのあいだの、すばらしい架け橋となってくれた。出会いのむずかしさを和らげてくれた。

一一月一九日　水曜日

夜のあいだにかなりの積雪――一五センチは積もっただろうか。でもピエロは知らん顔！　ブランブルは雪が大好きだったのに。まっさらな雪に大喜びで穴を掘り、尻尾をピンと立て、すごい勢いで木に登った。ブランブルもタマスも雪のなかで遊んだ。タマスは雪の上に半分寝転んで、鼻先を雪に突っこみ、左右に動かしていた。

雪は陰鬱な一一月を明るくしてくれる。昨日、ナンシーとコピー機を買いに出かけたときにも、なんて陰鬱な天気なんだろうと話したばかり。コピー機は無事、買うことができた。高価な買い物だったので懐が寂しくなったけれど、これでなんでも必要なものはすぐにコピーできるようになる。万々歳だ。

そこで、ポーツマスのフレンドリーなギリシャ料理レストラン〈ルカス〉でお祝いのランチ。イチゴのショートケーキのデザートまで！

スーパーの〈A&P〉で完熟の柿をみつけて買い、昨日の夜、柿が大好きだった父のことを思いながら食べた。プルーストの「マドレーヌ」を思い出す——失われたチャニング・プレース〔メイ・サートンが両親とともにケンブリッジで暮らした家のある通り〕の世界を蘇らせるのはマドレーヌではなく、柿。

なんとか美容院にパーマをかけにいこうと思っている。このあたりはまだ雪かきがまったくされていないのでリスクはある——けれど楽しくもある。

一一月二三日　土曜日　ルイビル

真っ白の毛皮を被って静まり返った林のなかを無事、抜け出ることができた——そして髪もきれいになった。でもそれは水曜日のことで、その後の二日間は、やり残したことにいつもほど苦しめられないように、ひたすら手紙書きに集中。その結果、先週、七五通の手紙を書き、これまでのように「終わっていない」ことが山のようにあるという状態ではなくなった。

昨日の朝五時に窓の外を見ると、朝焼けの空の真ん中、玉虫織のような青灰色の海の上に巨大な金星が輝いていた。次なる冒険の旅に出発するのにふさわしい、絶好のお天気になった。

空港には長い行列ができていてびっくり。感謝祭で故郷に帰る人たちが、もうこんなに大勢いるのだ――たくさんの赤ん坊や幼児《トット》――「トット」とはなんておもしろい言葉だろう――、そしてラクダのように大きな荷物を抱えた若い男女。飛行機もだいぶ混んでいて快適とは言いがたかった。

デイトンで乗り換え。飛行機が高度を下げていくと、小さな農場の四角く区切られた畑や林が見えてきて、うれしくなる。白いサイロに白い納屋と家々を見ると、このあたりの農地は差し押さえや災害を免れているのかしらと思える。

デイトンで乗り換えたルイビル行きの飛行機は半分が空席で、ひとつおいた隣には、搭乗する前から気になっていた品のいい紳士が座っていた。見覚えのある白い表紙の分厚い本を読んでいるのだが……あれはなんの本だっただろう？　その後、シルヴィア・タウンゼント・ウォーナー〔イギリスの作家、詩人〕の小説四篇を収めたペーパーバックだとわかった！　うれしくなってその紳士に話しかけ、いろいろ話がはずむ。お兄さんがノースイースト・ハーバー〔メイン州中部の町〕に住んでいて、大の読書好きだとか。その日、ルイビルでサイン会をするという話をすると、なんと私の名前を当てて、『70歳の日記』を読みました、と。そして自己紹介してくれた。名前はサイラス・マッキノン、「クーリエ・ジャーナル」紙〔ケンタッキー州最大の新聞〕の編集長だという。ルイビルに着陸すると天気は最高で、高揚した気分がさらに上がった。

一一月二四日　月曜日　ルイビル

私にとって初めてのことだが、「ここからの眺め」と題する朗読会の会場が開始直前、ほとんどの人が席についた段階で、もっと大きな会場に変更になった。年齢もさまざまな聴衆がぞろぞろと階段を下りて、五〇〇人収容できる大ホールへと移動──しかもその会場もギッシリだった。そのあと、私のために水差しを運んできた若い男性が、その水を演壇と床いっぱいにまき散らしてしまうというハプニングもあった。私を紹介してくれた魅力的な英文学の女性教授が、もっとペーパータオルが必要だと言って持ってこさせ、みずからきれいに水を拭き取ったので、聴衆はやんやの喝采を送った。そんなこんなで明るく期待に満ちた雰囲気のなか、演壇に向かう。

朗読はうまくいった。聴衆の熱意に押し上げられ、ふだん以上のパワーが湧き、エンジンにガソリンがいっぱい行き渡った状態。ふだんは朗読の途中で一度、座って休むことが多いのだけれど、そこまでの疲れも感じなかった。でも朗読時間は四五分に短縮。終わったときは四時半をまわっていて、そのあとにはまたサイン会もやらなければならなかった。

土曜日の午後のサイン会は、ルイビルに着いてすぐ──たった一時間休んで荷ほどきしたあと──〈ホーリー・クック・ブックストア〉という大型書店で行われた。大勢の人が六冊も七冊も本を抱えて詰めかけ、一時間半ぶっ通しでサインした。そのあとはディナーパーティへ。マギー・ヴォーンがメイン州ハロウェルからはるばる、二人の友人を連れて朗読会に来てくれたからだ。ホストは、パリから帰国したばかりのミセス・ジョン・ルウェリン。まさにルイビル式の歓待のお手本のようなパーティだった。

宿泊先はミセス・ジェームズ・スミスのチャーミングなタウンハウス。エレベーターもあり、いうことなしの快適な場所だった。日曜日には、彼女が何人かの人を招いてブランチをしてくれた。そのなかには、そもそもルイビルに来るきっかけとなったホスピス運動の人たちも何人かいた。もっとも最終的にお金を出したのはルイビル大学と芸術委員会、そしてケンタッキー女性財団だったのだけれど。

でもルイビルに行きたいと思ったいちばんの理由は、ホスピス運動についてもっと知りたかったのと、一年以上前にルイビルに来てくれないかと手紙をくれたヴィッキー・ラニオンと会うためだった。ヴィッキーは日曜日の夜、ポットラック・ディナーを開いてくれた。集まったお客はすべてソーシャルワーカーやホスピス運動にかかわっている人たち。とてもくつろいだ気分で彼女たちと楽しい時を過ごした——最近ではこんなに楽しい時間はめったになかったというほどに。

一一月二六日　水曜日　ナッシュビル

昨日はルイビルからナッシュビルまで、霧と、ときどき強く降る雨のなかを長時間かけて移動。でもヴィッキーが車を出してくれたおかげで、道中、彼女とゆっくり話ができた。それ以外にもヴィッキーは月曜日丸一日かけて、トーマス・ジェファソンが設計し、キーツ・ホワイティングの母親が生まれた家でもあるファーミントンに案内してくれた。当時、ファーミントンは麻プランテーションだったが、戦後一家はルイビルに移り住むこととなり、そこでキーツの母親は北部出身の人と結婚した。だからキーツはニューイングランドで育ったのだ。

五〇年前に初めてモンティチェロ〔バージニア州シャーロッツビルにあるトーマス・ジェファソンの邸宅〕を訪れたときと同じ、ジェファソンに対する崇敬と愛情が湧き上がってきた。当時、私はこんなふうに書いた――

この伝説的な邸宅、魔法のかかった愛しい墓
かつて崇高な人が住まい、生きるためのデザインが施された
そこにはカビ臭い死などなく、その余地もない
なぜならその家は生きた精神の存在に満たされているから*

地下のショップでクリスマスツリーのオーナメントを売っていたので、小さな白い鳥の飾りを五個買う。去年、クリスマスツリーが燃えたとき、ジュディと二人で集めたオーナメントは全部焼け焦げてしまったのだ。オーナメントを買うことは、希望のしるしだという気がした――今年、ハルダーが送ってくれるという小さなツリーのことを考えられるようになったという意味で。

＊「モンティチェロ」、『詩選集』（ノートン、一九七四年）。

その後、ヒマラヤスギの点在する穏やかな草原や、小さな農場——このあたりの農場は少なくとも豊かに見える——の続く景色を抜けてまた長時間走り、「シスターズ・オブ・ロレット」〔カトリック系の宗教団体〕のマザーハウスという施設へ向かう。ヴィッキーから、ここの修道女《シスター》の一人であるジーン・デューバーの話を聞き、彼女の彫刻を見にいくことにしたのだ。だがその作品は、予想をはるかに超えた、独創的でパワフルなものだった。材料にする木は主としてアメリカヒイラギやアメリカスズカケノキ、それにヤナギなどの倒木の枝や根で、彼女はそうした木を探しては、一五〇センチの小柄な体でトラックに積みこみ、運んでくる。これらの木は二年から八年もかけて乾燥させ——彼女の作品を展示しているローズ・ホールのポーチには、木を積み上げた大きな山があった——、ようやくその幹や根の中心がどこかわかるようになると、制作にとりかかる。巨大な作品のなかには、ヘンリー・ムーアの初期の作品を思わせるものもある。ジーンは、どうしたら金銭的な支援が受けられるかについてはまったく無知のようで、私が推薦をもらうように助言すると、驚いた顔をしていた。何か力になれることをしてあげなければ——そう心に決めた。

ジーンは彼女の作品のように簡潔でむだのない女性で、自分のやっていることになんの迷いもないことはひと目でわかる。長年、まわりからのサポートはほとんどなしに、ひたむきに努力を重ねてきた結果だ。当初、シスターたちは彼女が制作している巨大な作品を見ては、首を横に振っていたという。それがあるとき、一人のシスターが作品を見てうなずいてくれた——ジーンが「やった！」と思った瞬間だった。

マザーハウスまで行って、この繊細な天才が苦闘しながらも驚異的な作品を創造している現場を見られたことは、大きな冒険だった。でもルイビルで過ごした実り多い三日間のなかで、いちばんの収穫は、ルイビルのホスピス活動について――ヴィッキー・ラニオンという卓越した若い女性の目を通して――知ることができたことだと思う。

彼女は二年間にわたって訪問した高齢の女性の話をしてくれた。死のまぎわ、病院のベッドに横たわるその女性のそばで、ヴィッキーはひと晩じゅう、賛美歌やフォークソングを歌いつづけた。ひとつの歌を歌い終わると、女性は目を開けてうなずき、そうするとヴィッキーはまた次の歌を歌った――そしてその女性が静かに息を引き取るまで、寄り添いつづけたのだった。

一一月二七日　木曜日　感謝祭　ナッシュビル

感謝を捧げる日。この秋、カルメル修道院で精神にたっぷり栄養をもらった日々をはじめ、またとない数々の体験ができたことを思い返す。アルバカーキで、誰にでも開かれたルーとルネの家に滞在し、アメリー・スターキーがデンバーからやってきて、朗読会の前日の夕食をともにしたこと。サンタフェでベリルとテッド・アスプルンド夫妻と再会し、アギーともやっと会えたこと、サントゥアリオ教会へ行って、ジュディの思い出や、サンタフェで彼女といっしょに過ごしたときの思い出が鮮やかに甦ったこと。ルイビルで受けた温かいもてなし、そして天才彫刻家の作品を見にいったこと。重い木の根に生命を吹きこむシスター・ジーン・デューバー、そしてヴィッキー・ラニオンとのすばらしい会話。そして今、ナッシュビルで泊まっているハウィーとメアリー・ブアマンとの、人生を豊かにしてくれる友情にも感謝。静かで落ち着いた彼らの家には、第一級の中国の美術工芸品があふれている——透きとおった翡翠、乾隆ガラス、そしてすべてを支配するかのような大きな観音像。ここでは、ほかで受けたことのないほど至れり尽くせりの世話をしてもらっている。まるで子どもになったような気分でいられるなんて稀有なこと。今日はすべての重荷を降ろし、この日記も細かいことまでくわしく書き、そして「安らぎの世界」でゆっくり休むことができる。

感謝祭の宴はハルダーのところで。昨晩、ここでのパーティに来たハルダーは、とても美しかった。

一一月三〇日　日曜日　ナッシュビル

人づきあいというのはどんなに楽しくても、日記に進んで書きたいとは思わない——人の噂話は日記にはそぐわない気がするから。ナッシュビルに来るようになったのは一〇年前、ハルダーが招待してくれて以来のこと。その後一〇年のあいだには、苦しいことや悲しいことが、避けられないかたちで多くの人に起きたけれど、それぞれが実にさわやかに苦境を乗り越え、結果として人生を充実させてきた。たとえばここナッシュビルでは、八〇歳を過ぎたマーサ・リンジーが、明日のランチに私たち数人を招いてパーティをしてくれる。いったい私は八〇歳で、そんなことができるほど「生きる歓び《ジョワ・ド・ヴィーヴル》」を感じているだろうか？　グレースとカール・ジバートはたった一人の息子を亡くして人生をズタズタにされてしまったが、それでもグレースは私のために、ジョン・ハルペリンとアン・ストリートを招いて昼食会を開いてくれた。ケイジャン風牡蠣のライス添えを食べながら文学談議に盛り上がり、全員がアン・タイラーは天才だという点で一致した。ヨークでは本を読む人と会うことはほとんどないので、こういう会話は実に楽しい。

メアリー・ブアマンはこの二年間、いくつも病気をしたのだが、輝くような明るさは以前と変わず、まわりを元気にしてくれる――ちょうど彼女の家の窓辺に置かれたクリスマスカクタスのように。真っ白の繊細な花がまるで滝が流れ落ちるように咲き、息をのむほどみごとだ。

一二月一日　月曜日　ナッシュビル

ピエロが恋しい。そして自分だけの生活――独り居――に早く戻りたいと切に思う。とはいえ、落ち着いたモスグリーンの壁に囲まれた、この美しい部屋はとても心地よく、タマスの思い出にゆっくり浸ることもできる――なんと並外れた感受性をそなえた存在だったのだろうか、と。

ルイビルでのサイン会に来た若い男性が、私に読んでほしいと言って本を二冊くれた。孤独について書かれたトマス・マートン〔アメリカのトラピスト会修道司祭、作家〕の本と、テイヤール・ド・シャルダンの『旅の手紙』。マートンを読みはじめたところ、とても味わい深い内容だ。たとえばこんなところ――

孤独を愛し、それを追求するということは、つねに地理的にある場所から別の場所へ移動しつづけることを意味しない。人間はどんな環境におかれていようと、自分自身の絶対的な孤独に気づき、つねに孤独でしかありえないことを理解した瞬間、孤独な存在になる。その瞬間から、孤独は可能性ではなくなる——それは現実なのだ。*

思うに、私の母は結婚後ほどなくしてこのことを経験し、認識した——そして私自身、それを母から学んだ。母の手紙にはこのことが一度とならず出てくる。興味深いことに、いったんこのことを認めてしまうと、人はもう寂しくなくなるのだ。

この本の序文で、マートンはこう書いている。

現実には、社会はその構成員一人ひとりの、誰にも侵すことのできない孤独に存在基盤をおいている。社会がその名に値する存在であるには、単なる数や機械的な単位によってではなく、人間によって構成されなければならない。一個の人間であることには責任と自由がともない、この二つはともに一定の内面的孤独、個人としての誠実さ、自分のおかれた現実に対する感覚、そして自分自身を社会にあたえる——あるいはそれを拒否する——能力をもつことを意味する。

もし人びとが、自動的な力に振りまわされる個人の集団のなかにただ埋もれていれば、その人間は真の人間性と誠実さ、愛する能力、そして自己決定能力を失ってしまう。社会が内面的孤独をまったく知らない人間によって構成されれば、その社会は愛によって統合することができなくなり、その結果、社会は暴力的で虐待的な権威によって統合されることになる。だが、人間が当然あたえられるべき孤独と自由を暴力的に奪われれば、その人たちの住む社会は腐敗し、奴隷根性と恨みと憎しみが蔓延するばかりである。

南アフリカしかり、ペルーしかり、チリしかり……。

一二月四日　木曜日

昨日の午前一時に帰宅。勇敢なイーディスは、土砂降りの雨のなかを車で空港まで迎えにきてくれ、家まで私を送り届け、それからボックスフォードまで帰っていった。

ピエロは私が帰ってきてうれしくてたまらない様子。イーディスと二人で牛乳を飲みながら、彼女がつくったブラウニーを食べているときも、ダイニングテーブルの椅子に座って片時も目を離さず、じっと私を見つめていた。それから階段を上って寝室に行くとついてきて、私の横に仰向けに寝て長いこと喉をゴロゴロ鳴らし、それからベッドの足元のほうへ移動して寝た。外ではまるでハリケーンでも来たような音がして、強風が壁を揺らし、横なぐりの雨がひと晩じゅう窓に叩きつけた。ピエロがそばにいてくれて、どんなに気持ちが安らいだことか！

でもいつものとおり、一〇日も家を空けたあとに待ち受けているものの膨大さに落ちこんでしまい、昨日はまるで干し草の山の下にいるネズミのような気がした。いろいろあるなかでも、グッゲンハイ

＊『孤独の中の思索』（イメージ・ブックス、一九六八年）。

ム財団に推薦状を二通書かなければならず、今日の午前中ほぼ一時間はそれでつぶれる。旅のあいだ、いろいろなかたちでお世話になり、お礼しなければならない人が二〇人かそれ以上いるのだが、昨日はそのうち何人かに八冊の本を梱包して郵送した。何カ月も前に注文していた紫色のすてきなスエードのジャケットがやっと届いたものの、着てみたらまるでブカブカ。体重が一五キロも減ったので、これを着たらまるで紫色のゾウになってしまう! でもまた梱包しなおして送り返すのは、まったく面倒だ。

いつまたレコードを聴きはじめようかと考えている——今まではそんなこと、まったく考えられなかった。その扉を開けるのが怖いので、今は溜まりに溜まった用事の山のなかにいることに甘んじている。

今日は太陽が出た——ナッシュビルでは太陽を一度も見なかった——けれど、風は氷のように冷たい。私の予測では、体感温度はマイナス一八度以下。それでも贅沢な白い毛皮をまとったピエロは、喜びいさんで外に出る。

一二月六日　土曜日

私の机まわりの問題は、つねに断片化されていることにある——私の頭のなかは、やるべきことや返事をしなければならないことがたくさんバラバラに存在する混乱状態にあり、机もそれを反映しているのだ。そのうちのひとつは、毎日のように寄せられる質問に答えること——「『猫の紳士の物語』の本はどこで手に入りますか?」とか、「日記をつけるのは自己中心的な行為だと思いますか?」（これは『海辺の家』について書いてきた大学一年生からのもの）とか。クリスマスの準備もある。プレゼントのラッピングもある——今朝はひとつだけ、キャサリン・クレイターにあげるプレゼントをラッピングした。

昨日は、ハルダーが送ってくれたすてきな生木が、まるで柩のような長細い箱に入って届いた。開けてみると完璧な形で、まだかなり生き生きしている。水をたっぷり吸い上げた今朝は、さらに元気になった。それからHOMEから、とてもきれいなクリスマスリースも届いた。

太陽が輝いている。今朝、まだ暗い五時に起きたとき、東の空には明るい金星が輝いていて、ピエロは体じゅうにエネルギーをみなぎらせて芝生に飛び出していった。

一二月七日　日曜日

「タイムズ文芸付録」にはときどき、何日もそれについて考えてしまうようなエッセイが載る。一九八六年一一月二一日号に載ったジョン・ベイリー〔イギリスの文芸評論家。アイリス・マードックの夫〕の「意図せざる目撃者」がまさにそうだった。これはドナルド・デイヴィー著『チェスワフ・ミウォシュと叙情詩の欠乏』と、ヘンリー・ギフォード著『分断された世界における詩』の書評で、詩人の責任とは何かについて書かれている。ルイーズ・ボーガンは詩人は「政治的」ではありえないと主張し、彼女と私はこのことについて手紙で議論した——いずれ出版されるのではないかと思う。私自身はどちらとも断言できない。おそらく政治的な詩が成功するとしたら、レトリックを超えるほど深いところから出てきたものであるときに限られるのではないか――でもそこには危険もある。私は個人的であることにこだわってきた。詩の普遍性とは、きわめて個人的なもののなかにある原型から生まれるものだから。たとえばナチス政権下で行われた拷問について、私が書けるようになったのは、従姉がゲシュタポに拷問されて死んでからのこと――彼女の名はジャン・サートン。それでやっと、私は「拷問された者」という詩を書くことができたのだ。

ベイリーは「この時代に生きる作家は誰しもカフカよりもっと孤独である」という、モンターレ〔エウジェニオ・モンターレ。イタリアの詩人、評論家〕の言葉を引用する。「彼のようにうまく意思を伝達できた者はほとんどいない」。マリーナ・ツヴェターエワ〔ロシアの詩人〕は同じことを、もっと警句的な言いまわしで述べている――「芸術とは孤独な人たちによって行われる共同事業である」

これが私の心をとらえ、以来、それについて考えようとしている。

ベイリーはこのあとでこう書いている。「「孤独であること」は「目撃者であること」と同じで、両方とも意図してそうするのではなく、結果としてそうなるのだ。エミリー・ディキンスンも、ツヴェターエワも――そういうならフィリップ・ラーキンも――皆、孤独な詩人の例だが、それでもギフォードが「孤独と共同体」に関する最初の二章でみごとに示しているように、彼女たちは共同体の理念を創造し、象徴的に表現する詩人でもある。そしてある種の共同体は、彼女たちにとって強い共感の対象となるのだ」

タマスが死んだとき、今年はもう不幸なできごとはこれで終わりだと思った。ところがバーバラが制作した彫刻――海から浮き上がってくるペルセフォネと渦巻く波の像――が、テラスの壁から向こう側に落ちて木っ端みじんに壊れ、まるでバラバラの死体のように悲惨な姿になってしまった。近くにあるイチイの木の枝を食べにきたシカの仕業だろうか? こんなことが起きるなんて信じられない。芸術作品が破壊されるというのは今まで経験したことがなかったけれど、それが耐えがたい苦痛をもたらすことを今、ひしひしと感じている。芸術は人間の寿命を超えて生きるものだから。その意味では、芸術作品が破壊されるのを目撃することは、現在だけでなく、未来に対する攻撃を目の当たりにすることに等しい。

一二月九日　火曜日

動揺のあまり、昨日の午前中三時間かけて、ペルセフォネの死についての詩――「芸術作品の死」――を書いた。

雨が降っている。起きたときは雪、そして凍りつくような雨だったが、午後になって雨音が心地よく感じられる。穏やかな日になったのは、もしかしたら今月号の「スミソニアン」誌に載る、フラ・アンジェリコについてのエッセイを書くことに没頭していたからかもしれない。一日を始めるにはうってつけの仕事だった。青や朱色、さわやかな緑といった色彩を通すことで、彼の絵の静謐さが特別な光を帯びて輝きを放つ。今まで気づかなかったが、風景の描き方も——エルサレムの絵に見られるように——すばらしい。

昨日は詩を書きながら、モーツァルトのピアノ協奏曲ハ長調のレコードをかけた。

一二月一一日　木曜日

まったくもって馬鹿なことに、スチュアート・ミラーの新著『血に塗られて——ヨーロッパ人を理解する〔邦題　ヨーロッパ人とアメリカ人〕』（アンセニアム社刊）のプルーフ本を読むことを引き受けてしまった。それまで、ジョン・ハルペリンの『ジェーン・オースティンの生涯』に、豚がクローバー畑に突っこむみたいにのめりこんでいたのだが、その楽しみを脇に置いて、このネガティブな——全体的にみれば——観点から書かれた本を読まなければならない。私のなかのヨーロッパ人の部分にとって、聞きたくないことばかり。ただ、たとえば礼儀作法がアメリカで劣化したことに向き合い、その理由を探ることは道理にかなっている。逸話と歴史の混じり合ったこのような本に欠けているのは、文体《スタイル》だ。ハルペリンの本に引きこまれる理由のひとつは、まさにそこにある。彼は知識だけでなく、称賛と愛をもってこの本を書いているが、ミラーの本に見え隠れするのは鋭角的な不満やいらだちだ。

これまでも言われてきたことだが、あらためてそのとおりだと思うのは、歴史上成功した唯一の革命は、アメリカ革命だということ。その理由は、アメリカがかつての支配者であるイギリスから、遠く離れていたことにあるのかもしれない――そしてイギリスの側も革命後何世代にもわたって、怒りをたぎらせたりしなかった。フランス人の友人のなかには、今でも革命前の旧体制《アンシャンレジーム》に戻ったほうがましだと言う人がいて、驚かされる。

一二月一二日　金曜日

昨日ケイシン・ファン・ティルから手紙で、彼の母親のハニー（バロネス・H・P・J・ファン・ティル）が亡くなったと知らせてきた。今日は彼女のことを偲びつつ、彼女が私の知る数少ない「英雄《ヒーロー》」だったことを再確認している。彼女と知り合ったのは、彼女が『ジョアンナとユリシーズ（*Joanna and Ulysees*）』〔一九六三年のメイ・サートンの小説〕を読んで手紙をくれたのがきっかけだった。今でもネルソンの暗い冬の日、オランダのバロネス〔男爵位をもつ女性〕から、力強い文字で書かれた手紙が届いたときの興奮を覚えている！　その後、彼女がベルギーにやってきて、広大なブナの森〈ソワーニュの森〉でロマンチックな長い散歩を楽しんだ。その翌年には私が彼女の家に一週間滞在し、その後彼女はネルソンにも来て、以来ずっと文通してきた。

ハニーはオランダの前の女王ヴィルヘルミナの友人で、女王といっしょにたびたび絵を描く旅に出かけた。彼女は鳥（バードウォッチングが大好きだった）や花の絵を、明快で自然主義的な画風で描いた。少年のような風貌で大きな声でよく笑い、どんなことでも楽しむ能力に長けていた彼女は、長年ユリアナ女王の女官長を務め、夫のハンスはベルンハルト殿下の侍従武官だった。でも彼女には堅苦しいところも、お高くとまったところもまったくなかった。最後に会ったとき、彼女は夫に先立たれ、二人の息子も結婚して、エームネスという小さな村の小さな家で独り暮らしをしていた。小屋をアトリエにし、タイルに絵を描いたり、鳥の水彩画を描いたりして日々を送っていた。ある日のこと、隣人——彼女の話では、密猟をしている老人——が興奮した様子で飛びこんできて、こう叫んだ。「俺の頭がおかしくなっちまったのか、昨日、家の裏のベンチに座ってパイプを吸ってたら、女王様の犬が川のほうへ走っていくのが見えたんだ！　あれは夢だったのか？」と。実はユリアナが自分で車を運転し、お忍びでハニーに会いにきたのだった。ハニーはその隣人に、ありのままを告白し、夢ではなかったと話したという。彼女の目がいたずらっぽく光るのが目に浮かぶ。

なぜ彼女が英雄《ヒーロー》なのか？　それは海軍将校である彼女の夫が第二次世界大戦中、ジャワ総督付き武官だったことに由来する。日本軍の占領後、彼らは捕虜となって収容所に送りこまれたが、ハンスの入ったのがどちらかというと快適な収容所だったのに対し、ハニーは女性と子どもばかりの一万人規模の収容所に入れられた。彼女は当時、たしか四歳と六歳だった二人の男の子を連れてそこで四年間暮らし、地獄を生き延びたのだ。

毎朝一時間、蒸し暑さのなかで日本軍将校の話を聞くために、気をつけの姿勢で立っていなければならなかった。ハニーは息子たちを背中におぶっていることも多かった。途中で失神したり死んだりした者は、二度とその姿を見せなかった。

ハニーの仕事は棺桶をつくることだった。そのため毎朝、死が間近に迫った人のところに連れていかれ、体の大きさを計った。道具らしい道具もなく、まともな材木もないなか、いったいどうやって

ハニー・ファン・ティル

棺桶をつくったのだろうか。また夜には司令官に命じられ、兵士といっしょにトラックに乗って必要なものを盗んでこなければならなかった。ガレージの扉を盗んだこともあった。そんなわけで、司令官とのあいだには、なんらかの関係があるにはあった。

その司令官自身、満月の夜には正気を失って踊り出し、捕虜たちの食料であるスープの入った大釜をひっくり返した。だから満月になると女性や子どもが何人も死んだ――飢餓すれすれの状態では、一日食べるものがないだけで死にいたってしまうのだ。ハニーは棺桶をつくっていたが、彼女もほかの捕虜も、その棺桶がどこに行くのか見たことがなかった。司令官に命じられて扉を盗んできたとき、ほうびに何がほしいかと訊かれて、彼女は「棺桶について墓地に行きたい」と答えた。

司令官は彼女の願いを聞き入れた。その日、棺桶に入っていたのは子どもの遺体だったが、ハニーはその子がオレンジが食べたいと無我夢中で叫んでいるのを聞いたことがあった。でもその子はオレンジをもらえなかった――それどころか、捕虜たちは新鮮な果物など見たことがなかった。ところが墓地には日本の習慣にならって、鉢に入った果物が供えられていたのだ。それを見たハニーは、このときばかりは我を忘れて衛兵に向かって大声で叫び、日本の国旗を引きちぎった。当然ながら彼女はすぐに司令官のところに連れていかれ、司令官はハニーの顔を殴り、彼女を部屋の隅へ追い詰めた。撃たれる、とハニーは覚悟した。

ところが二人だけになると、司令官は彼女になぜそんなに怒ったのかを問いただした。そこで彼女がその子どもとオレンジのことを話すと、翌日――けっして忘れられない日――列車いっぱいのオレンジが収容所に運ばれてきたという。

ハニーがやっていたのは棺桶づくりだけではなかった。週に一回、下水管のなかを這って通り抜けて収容所の外のフェンスのところまで行き、そこでかつて雇っていた中国人の使用人と会って、戦況について知らせてもらっていた。そのあとまた下水管を──汚物のなかを一五〇〇メートルかそれ以上も──通って戻り、彼女がつくったネットワークを通じて捕虜たちにその情報を伝えたのだ。いつになったら自由の身になれるかわからなかったら、誰も生き延びることはできなかったと、彼女は言う。四年という長い歳月だった。ついに日本軍が降伏すると、真っ白の制服を着たオランダの将校がヘリコプターでやってきた──信じられない光景だった。そのときハニーが着ていたのは、捕虜になったときに着ていたのと同じ服だった。

ハニーは私に会うと、こうした捕虜収容所での体験をとうとうと話した。そして、やっと帰国してヴィルヘルミナに話しにいったとき、「聴きたくない、そんな恐ろしい話」と言われた苦々しい思い出も。

ハニーが、自分の話を私に書いてほしいと思っていたことは知っている──もっと早く書けばよかったのにと思う。けれども彼女は、女王を批判しているとは思われたくないと思っていたかもしれない。女王を心から敬愛していたから。それでも私には、ありのままを話したのだ。

英雄的資質《ヒロイズム》は子どもにも引き継がれた。数年前、彼女からの手紙に、ユリアナ女王から息子のケイシンのことで電話があったと書かれていた。当時、海軍将校としてインド洋の駆逐艦に乗務していたケイシンが、船から海に飛びこんだ男性を、命の危険を冒して救助したというのだ。「彼の英雄的行いに対して、女王として最高の勲章を授与した」と女王はハニーに話した。

ハニーが死んだとは信じられない——あんなに生き生きとして、生気に満ちていたのに。もっともこの何年かは糖尿病が悪化して足が不自由になり、つらかっただろうと思う。バロネス・H・P・J・ファン・ティル＝テュテイン・ノルセニウス、どうか安らかに眠らんことを。そして天国には、地上では見たことのなかった鳥がたくさんいますように！

一二月一三日　土曜日

イギリスの古い友人、ペイシャンス・ロスから届いたクリスマスレターに、宝物のような言葉が書いてあった。彼女はもう八〇を過ぎているが、一九三九年以来退職するまで、ロンドンでの私のエージェントを務めてくれた。

あなたにエネルギーをセーブするようにと忠告するのはむだなことは承知しています——でもある意味では、セーブしようとすることで必要な力が生まれるのです——自分の場合はそう願っているのですが。あなたはこれまでずっと、あたえる者《ギバー》——源泉となる人——でした。とても多くの人のために時間（蓄えることのできない唯一の富）を割き、しかもつねに自分の存在全体をかけて、一対一で向き合ってくれました。そのかけがえのない贈り物に深く感謝するとともに、あなたの全生涯を通じての偉大なお仕事に心からの敬意を表します。

これ以上のクリスマスプレゼントがあるだろうか？

一二月一七日　水曜日

かなり雪が降った。ピエロは外に飛び出して一時間ほど帰ってこなかった。帰ってきてからは、長い時間をかけて前足を舐めていた。

机の上には「忘れないこと」のリストが所狭しと並んでいて、ここで書きものをするのは大変。でもクリスマスのいいところのひとつは、ふだん音信のない友人――日本にいるリズ・クニースのような――から便りがあること。

月曜日にはとてもすてきな冒険をした。サートンちゃんの母親のドロシー・モルナーとディナーの約束があってポーツマスまで出かけたのだが、夜めったに外出しないので、ヨークの街じゅうの家や木々に飾られたクリスマスのイルミネーションに魅了されてしまった――子どものように目をぱちくりさせて。いちばん美しかったのは、白い下見板張りの家々の窓にそれぞれロウソクが一本だけ灯されていたところだ。帰りはキタリーを通ってきたが、そこにも工夫を凝らした飾りつけがたくさん見られた。質素な家でも、ドアや窓のまわりに色とりどりのライトが飾られて、魔法のお城のように変身している。一本の木が、ごく小さな白いライトで飾られているのも見かけた。

ジュディとケンブリッジで暮らしていたころ、クリスマスイブに二人でマサチューセッツ通りを渡った向こう側を散歩したことを思い出す。大学関係者の住まないそのあたりでは、どの家もイルミネーションで飾られていた。

その後

一二時にペトロヴィッチ医師の診察をうける。八月以来初めてだったが、私の心臓が正常に拍動していることがわかって、彼は驚き、喜んでくれた。このすばらしい結果を祝うためにブラウニーを焼く。予想されている大きな嵐が来なければ、エレノア・ブレアのところにそれも持っていくつもり。今、窓の外は白と黒の世界。黒ずんだ灰色の海の上に黒い雲が垂れこめ、地面には新雪——昨日の夜、五センチほど降った——が積もっている。

ビル・ヘイエンがとてもすばらしいクリスマスの詩を送ってくれた。クリスマスとは何かを考えて体の震える思いをしたのは、これが初めて。

主

月の光に輝く穏やかな岩の主
物質の主、そしてそれを超えた
存在の主
私自身の、そして潮の奏でる深い調べの主
生き物、私のほうへ傾く木々
音も立てずにひっそりと

無の、そしてあらゆるものの相互的な主
雲母の主
港の光と靄の主
私はこの歌を
震える称賛の本のなかに収める

一二月一八日　木曜日

小悪魔《グレムリン》が大暴れの一日！　冷蔵庫の霜取りができない。なんとか修理に来てくれる人をみつけて、今、来るのを待っている。それから仕事部屋にいないときの私の居場所である屋内ポーチの天井に、雨漏りがしている。水が落ちてくるところに三カ所も容器を置いているが、氷が解けるのを待つ以外に打つ手はなさそう。ブルース・ウッズという世界一親切な男性がここに来てくれて、天井裏に二個、コンセントを増やしてくれた。これでアカリスを音で撃退する装置のプラグをここに挿せるようになり、オフィスのドアの下にコードを通さなくてもよくなる。そしてオフィスのコンセントがあくので、ナンシーにもっとましな照明器具をつけてあげられる。今はエレノアが掃除に来ている！

今、朝の一〇時。すでにくたくた。でもナンシーと二人で、ハルダーが送ってくれたかわいらしいツリーを書斎にセットし、リースも壁にかけることができた。これでだいぶクリスマスらしくなった。その間ピエロは、ものすごい勢いで階段を駆け上ったり、下りたり、いろんなものに突進していったり、元気いっぱい。

嵐の予報が出ているので、今日の午後予定していたケンブリッジ行きと、明日のケンブリッジからのウェルズリー行きが心配になってきた。それに昨日はよく眠れなかった。キャンセルしようかどうか迷っている。

一二月二一日　日曜日

今日は日曜日。室内ポーチの天井はまだ雨漏りしているけれど、徐々に乾いてきている。冷蔵庫はまた動き出して、今日のお昼までには新しいファンが取りつけられることになっている。ありがたいことに、また親切な男性が来てくれた。というわけで、万事まずまず正常に戻りつつある。

嵐は雪ではなく雨だった。もし雪だったら五〇センチ以上積もったはず！　でも東南からの低気圧がもたらした豪雨で雨漏りがひどくなり、イーディスが台所から背の高いゴミ箱を持ってきて、水受けにしてくれた。ケンブリッジでは、なじみのあるコーラ・デュボイス宅のゲストルームで、窓に叩きつける雨の音の激しさに、いったい何が起きているかと思うほどだった。

木曜日はコーラとジーン・テイラーと過ごし、金曜日はウェルズリーまで行ってエレノア・ブレアとランチをともにしたが、そのコントラストは興味深いものだった。コーラは八五歳、ジーンは私と同い年で、今はジーンが夕食の準備を含めて何から何までやらなければならない。コーラも食器を並べたり、ジャガイモの皮むきなどの下準備はしているけれど。コーラは老いのつらさに苛まれ、むっつりしている。数年前、良かったほうの目の手術が失敗してしまったのだ。著名な文化人類学者である彼女にとって、一時間以上の読書ができないというのは――控えめにいっても――どんなにいらだたしいことだろう。それに二年前には大腸の手術もしている。「私は世捨て人よ」と彼女は言うが、外出はいっさいせずに家にいるので、まさにそのとおり。ジーンはどうやって生き延びているのか？ 彼女は無気力の泥沼には陥らないと心に決めていて、執筆もするし、外に出て友人とも会っている。その精神力は尊敬に値する。

でも今、あの家にほんとうの意味で住んでいるのは、二人にかわいがられているトラ猫だけだ。その猫も一年ぶりに会ったら急にやせて年をとっていたけれど、目の輝きは少しも失われていない。でもコーラが弱りきっている――どこか深いところで自分の人生を放棄してしまっている――のを見るのは、なんとも痛ましい。

一方、ウェルズリーでエレノア・ブレアが暮らす小さな家に足を踏み入れると、まさに彼女の人生に足を踏み入れて、温かく迎えられた気がした。どこを見てもクリスマス気分が満ち満ちている。入ってすぐの応接間には小さなクリスマスツリーがあり、すでに飾りつけもされて、まわりにはプレゼントが置いてある。エレノアは目を輝かせて歓迎してくれ、シェリー酒を飲みながらゆっくりおしゃべり。でも猫のミッツィーは姿を見せず、私がいるあいだ一度も地下室から上がってこなかった。エレノアはまだなんとか独り暮らしをしているが、目が不自由なので声を出して文字を読んでくれる人が必要だ。たとえば郵便も、何日も人が来ないのでそのまま山積みになっていたりする。ちょっとした雑用をやってくれる人が定期的に来てくれれば、問題は解決するのだが。

それでもエレノアは窓辺――ミッツィーのお気に入りの場所でもある――に置いたゼラニウムを楽しんだり、「オール・シングズ・コンシダード」*を聴いたり、視覚障害者のためのオーディオブックを聴いたりしている。政治にもとても関心があり、人生を楽しむという意味で生き生きしている。彼女は来年の夏には九三歳になる。

一二月二二日　月曜日

昨日は日記を最後まで書けなかった。というのもセントルイスのジャバーから電話があり、そのあとテキサスのカレン・ホッジズからも折り返しの電話がかかってきたので。カレンとは一年以上連絡をとっていなかったので、元気でやっていると聞いて安心した。エミリーは、カレンが優等で卒業したウェルズリーを含めて、東部の大学にいくつか願書を出しているそう。クリスマスが近づくと、アメリカ各地に散らばったネットワークがつながる。夕食後にはバークリーのドリスからも電話があった。

でもいちばんのハイライトは午前一一時にイーディスが来て、年に一度のクリスマスツリーの飾りつけをしたこと。今年のツリーは小ぶりで完璧な円錐形をした美しい木だ。去年のツリーが燃えたことは皆の脳裏に焼きついている。てっきりオーナメントは全部ダメになったとばかり思っていたのだけれど、実際にはかなりの数が残っている。どうやって生き残ったのだろう? いくつもの箱いっぱいに入ったキラキラ光る赤や金色、青、緑のオーナメント――昔はごく一般的だったのに、今は手に入らない——を見ているうちに、一瞬、魔法の杖のひと振りで奇跡が起き、焼け焦げたオーナメントが生まれ変わったような気がした。オーナメントは全滅だと思いこんでいたのだ。あのとき、ツリーはものの数秒間で燃え上がり、部屋じゅうが恐ろしい黒い煙でいっぱいになった。いったいどうやって消し止めたのだろう？ ひとつには、メアリー＝リーが各階に大きな消火器を設置してくれたおかげだし、ひとつには家全体が燃えてしまうという、私の大げさな恐怖心のおかげでもある。

ともあれ昨日、イーディスと私は、ルイビルやほかの場所で買い集めた小さいオーナメントの数々を吟味しては楽しんだ。ただこの美しいツリーを飾りつけるのはなかなか大変。というのもツリーは形よく整えられていて、枝や小枝ではなく太い針状の葉にオーナメントを吊り下げなければならないのだが、そうすると滑り落ちてしまうのだ。そこで下げるのではなく、ただツリーに置くだけにしたものも多い——たとえば寝袋に入ったネズミとか。うれしかったのは、ピカピカのガラスに入ったトナカイが無事だったこと。そして何よりジュディと私がかならずツリーのいちばん上に飾っていた星も、不思議なことに無傷だった。

昨日の午前中は、イーディスが来る前に一〇通か一二通、短い手紙を書いて疲れていた——だから飾りつけが終わった午後には、脱け殻のようになってしまい、二時間も昼寝をした。夜もさんざんだった。ひどい咳が出て、今日になって本格的な風邪に発展してしまった。おまけにかわいそうなピエロは夜中に三回も、ラグの上に派手に吐いた。

＊ 非営利のラジオネットワーク、ナショナル・パブリック・ラジオのニュース番組。訳者注。

一二月二四日　水曜日

もっと時間と空間がほしいという渇望がうごめいている。せっかく太陽が出て、今日はフクシャが――厳しい天候にもかかわらず――咲いたというのに。クリスマスの時期にこの家を途方もなく埋めつくすモノの山に囲まれ、それに溺れてしまわずに水面に浮いているには、どうしたらいい？ 家じゅうが徐々に、チョコレートや、クリスマスツリーの下に並べられるプレゼントや、長い手紙や、数えきれないほどのクリスマスカードでいっぱいになっていく。それにともなって、私の心はどんどん貧しくなる――増えて豊かになるのは、まだやらなければならないことのリストだけ。白いロウソクを――もしみつかれば――もう少し買っておかなければとか、今晩来るリーのために牡蠣を仕入れなければ――ジュディと私のクリスマスイブのいつものメニューは、牡蠣のパン粉焼きだった――とか、明日ローストするチキンを買ってこなければとか、二六日にアンとバーバラが来たときのためのローストビーフ用の肉も買わなければとか。昨日は大急ぎで野菜を仕入れにポーツマスまで行ってきた――柿も買いたかったけれど、みつからなかった。

ある意味で、美容院に行くのはいいこと――三〇分は座っていなければならないから、そのあいだに郵便物に目を通せる。二日前には届いた手紙を読むのに二時間もかかり、まいってしまった。一時間半もすると老骨が悲鳴をあげ、休みを要求する――そしてたぶん、こんなに大勢の人からではなく、一人の大切な人からの手紙がほしいと。なぜかといえば、たくさんの人に返事するとなれば深いことは書けないし、クリスマスカードにいたっては、ひとこと元気になりましたと書くのがせいぜい。すると罪悪感と渇望が湧いてくるのだ。

去年は私のファンの一人が自作のカードを、何枚か私にも送ってくれた。そこに書かれたメッセージは、私の日記のどこかからの引用だった――「クリスマス前の慌ただしいこの時期、誰しも……友人や愛する者たちのことを思い、彼らと新たな関係をどう築こうかと静かに考えたくなるときがあるにちがいない」

これを書き写したら少し気分が良くなった。

さぁ、また返事を書かなければ……たくさんのなかの一人か二人に。

一二月二七日　土曜日

今朝早く、リーが帰っていった。丸一年ぶりに――誕生日には具合が悪くて、彼女を招べなかったから――会えてほんとうによかった。ひどい風邪はアスピリンでなんとか撃退したけれど咽頭炎になってしまい、ここでのクリスマスの三日間はちょっと酷だった。ずっと、紙やラッピング材料、そしてたくさんのモノと食べ物の山のなかに埋まってしまったような気分だった。クリスマス当日にはジャニス、イーディス、リー、そして私のために、そして昨日はリー、ジャニス、アンとバーバラのために、二回も夕食にごちそうをつくった。スミレの模様の入った白いテーブルクロスをかけ、真ん中には深紅のバラ二本、そして銀のロウソク立てに背の高い白いロウソクを飾ったテーブルは、とてもきれいだった。うまくできるか、とても心配したローストビーフは完璧な仕上がり。飲み物はリーお持たせのすばらしいオー・メドックのボルドーワイン、そしてデザートにはバニラアイスクリームにクレーム・ド・マント〔ミント風味のリキュール〕をかけたものと、ジョーン・パレフスキーからのパイナップル・マカデミアケーキ。

ほんとうの栄養は、友人とともに過ごし、良質の会話を楽しむという精神的な食べ物にこそあるのに、どうして食べ物のことばかり書くのだろう？ それは、あまりにもエネルギーを消耗してしまって、精神的渇望までがゼロ近くにまで減少したからだと思う。

というわけで昨晩、一人で階下《した》の電気を消し、ツリーの明かりだけが灯る書斎に足を踏み入れたとき、魔法の瞬間が訪れた――あまりに美しく、穏やかなその明かりに胸打たれる思いがした。たった一人でツリーと向き合ったその瞬間、気持ちが安らぐのを感じたのだった。

今、シアトルのジーン・アンダーソンからの手紙に返事を書いたところ。先日、彼女から届いた大きな箱には、赤や白のパッケージに入ったベルギーのお菓子がぎっしり詰めこまれ、ゲント〔メイ・サートンの父親が生まれ育ったベルギーの都市〕の絵葉書まで入っていた。箱を開けたとたん、私は息をのんだ。まったく、甘やかされたお婆さんなのだ。

でもそれにも増してすばらしい贈り物だったのは、彼女が送ってくれたこのルネ・ドーマル〔フランスの詩人、哲学者〕の詩だった。

頂上にいつまでもとどまることはできない

いつかはまた下りてこなければならない
ならば、なぜそもそも頂上をめざすのか？
それは、上にいたときに見たものの記憶をよりどころに
下のほうで行動するという術があるから
もう見えなくなってしまっても、
少なくとも知ることはできるのだから

一二月二八日　日曜日

昨日は完全に心が折れてしまい、あふれ出る涙のなすがままになっていた。この机の上に積み上がっているもの――返事をしなければならないもの、返事すべきなのにけっして返事が書かれることのないものを前にして。もう一カ月以上、一種の不毛ないらだちの状態にある。自分の人生があまりにも過剰で、どうにもこうにも対処できない。一二月に入ってずっと、夜ベッドに持っていくのは読みたい本ではなく、カバーに載せる推薦文を書いてほしいと頼まれた本だった。一冊目はヨーロッパについて書かれた本で、読めば読むほど反感と腹立ちを覚えるような代物。そして先週はメアリー・エルジー・ロバートソンの小説『ファミリー・ライフ』。これはとてもいい本で、ほめるのは簡単だけれど、くたくたに疲れてベッドに入るとき、何を読もうか選ぶことができないので、自由を奪われている気がした――エリザベス・ボウエンのエッセイ集や、早く読みたくてたまらないプリモ・レーヴ

ィの小説二冊が待っているというのに。

数日前にはメアリー・デシェーザーの『インスパイアリング・ウィメン』が届き、ワクワクしながら目を通す。女性の詩人にとってのミューズについて書かれた本で、取り上げられているのは、ルイーズ・ボーガン、H.D.、メイ・サートン、エイドリアン・リッチ、オードリー・ロードの五人。当然ながら自分について書かれた章を真っ先に読む――まだ全部を読む時間はないけれど、もちろん読むつもり。興味の尽きない本。でも、あとのほうのボーガンと私の友情について書かれている章を読んだら、それが毒の一滴のように効いてしまい、眠れぬ夜が続いた。そろそろこう問うべき時期なのかもしれない――「なぜボーガンは、サートンの作品を一度もほめようとしなかったのか？ なぜいつも上から見下すような口調なのか？」と。

私たちが親しかった時期、私の詩集『イン・タイム・ライク・エア』が全米図書賞の候補になり、同じ年に小説『傷は誠実さの証』も候補になった。一人の作家による別々のジャンルの作品が、同時に候補になったという例はほかにはない。

ルイーズ・ボーガンについて正直に語れるようになるまでには長い時間がかかった。彼女を心から敬愛していたからだ。でも七五歳に近くなった今、問いの答えは、彼女の嫉妬だった可能性が大きいと認めざるをえない。彼女がほとんど詩を書かなくなった時期、私は三つのジャンルでどんどん作品を発表していた。『私は不死鳥を見た』のなかの数篇が「ニューヨーカー」誌に何回かにわたって掲載されたのは、彼女と会うようになった翌年のことだった。

もううんざりだ――と言えるのは、リマー〔ボーガンの友人で編集者、作家のルース・リマー〕の導きあってのことだが。ボーガンはリマーに宛てた手紙にこう書いている。「いいかげんに、彼女［サートン］にはセンチメンタルな詩を書くのをやめてもらいたいものよ！　ひとつの詩に二回も「子猫《キトン》」という言葉が出てくるのを、私がやめさせたの。「猫《キャット》」ならいいけど「子猫《キトン》」はやめなさい、と」

まずこれは事実に反する。私は「子猫《キトン》」を「猫《キャット》」に変えてはいない。これは二匹の野良猫――二匹とも死んでしまった――についての痛切な詩で、ホールマークのカード用に書いたものではない。人間が、自分たちが飼いならす動物に対してもつ責任について書いた詩なのだ。

二匹の病気の子猫《キトン》、丸い眼で見つめている
飼いならされるのは私のほうだと言わんばかりに
それとも自分たちがそこに存在することで求めているものを
あたえるのは私だと言いたいのか。
私たちのあいだにあるものは何ひとつ簡単には説明できない
でも私は看病する者として、その重い頭にさわることはできる
本来は舌でさわるべきところ、手を使って
ひと晩じゅう、二匹は私のベッドの上で喉を鳴らす
そこに存在すること自体が命令であるかのように。
悲しい動物の眼差しに誰が抗えるだろう
いつも私たちを恐怖のすぐ近くへと引き込むあの眼差し

痛みまであと少しのところまで
そこでは暴力は影をひそめ、あのもっと深い本能にしたがう
そばにいてほしいという本能に
そして暴力は犠牲となる——何とひきかえに？　人間の愛と？
二匹が懇願するものがなんであれ、私たちはあたえなければならない

それにしても理解しがたいのは、「私がやめさせた」などという、人を見下したような物言いだ。ボーガンが有意義なアドバイスをしてくれたのはまちがいない。でも私は——今では皆、わかっているようだが——彼女の信奉者ではない。彼女が私にとって、ミューズになったことは一度もない。というのも、私たちの友情の根っこのところで、彼女の側に寛大さはなかったから。いつも恩着せがましい、上から見下すような態度だった。

その後

何通か手紙を書き終えた——宛て先は、小さな娘が成長するまで二〇年間、力を貸してきたギリシャ人の一家、日本の友人で一九六二年に日本に行ったとき案内してくれたキョウコ、「よき助け《ボンスクール》の聖母教会」のシスターで、重病に倒れた今、みずからの人生についてあふれるように語りはじめた女性、そして一度も会ったことはないけれど長年文通しているメアリアン・シールズ。メアリアンはいつも、心に響くカードやメッセージを送ってくれる。老人ホームで「退屈な人たち」に

囲まれて暮らしているのに、ユーモアのセンスを忘れない彼女は立派だと思う。

一二月三一日　水曜日

病気と鬱と死ばかりだった、この悪しき一年の最後の日。まさにそのとおりなのだけれど、同時に笑いたくもなる。というのも実際には、不満は多々あるにもかかわらず、自分のなかの深いところではとても晴れやかな気分だし、その気分のおかげで二日前には短い詩が二つ生まれた。

しかし今、私の作品に対するボーガンの態度によって私が受け、癒されないままになっている傷について、いよいよ向き合わなければならなくなっている。彼女は私の作品が受けてしかるべき評価をしなかった――あるいはできなかった――のだ。でもそもそも、受けるべき評価などあったのだろうか。

こうやって考えることじたい、自分がこれまでになしとげてきたことについて、私自身が抱いている疑問をすべて表に引っぱり出し、さらに悪化させてしまうことになるのだが。

ボーガンは卓越した批評家ではあったが、詩人としての私を活字でほめるという気持ちになれなかった。ということは、彼女が正しくて、私が自分の生涯をとんでもない妄想に捧げたのか、あるいは彼女がまちがっているかのどちらかなのだ。もし彼女がまちがっていて、ひょっとして自分が「ケチくさい」――彼女のお気に入りの表現のひとつ――人間だと自覚していたとすれば、その原因として考えられるのは嫉妬しかない。この二つの可能性のどちらが真実だとしても、私の心にはとてつもない嵐が吹き荒れる。夜になれば頭のなかを、檻に入れられた獣のようにグルグル歩きまわる——安らぎはどこにもみつからないのに。

ボーガンと私がやりとりした手紙が出版されることになれば、少しは役に立つかもしれない。ボーガンが私に宛てた手紙はニューヨーク公共図書館のバーグ・コレクションに、私から彼女に宛てた手紙はアマースト大学の図書館に入っていて、全部で二〇〇通ほどある。でもこれまでのところ、私たち二人の関係に対するルース・リマーの敵意と冷笑的な態度が妨げになって、実現できていない。少なくとも今、アカデミックな世界では、それが彼女の意図によるものだと理解されている。

このところ自分が、タトゥーのように全身を傷で覆われているという気がしている。過去を振り返れば、いたるところ苦痛だらけだから。ならばなぜ、私は全体としては陽気な人間でいられるのだろう？　最近は人からも「まわりを元気にする」などと言われるし。なぜずっと昔に、諦めたりしなかったのだろう？　何が私をここまで引っぱってきたのか？　ひとつには——正直にいえば——お金が必要だから。私は常日頃から、かなりの金額を人にあげている。つい先週も、八六歳になる友人が大きな手術をうけたために、突然七〇〇ドルが必要になったばかり。手術後、彼女は老人ホームに入り、二週間分の費用はメディケア〔高齢者と障害者を対象にした医療保険〕でカバーされたものの、三週間目の費用は私が出したのだ。

最近何年かは自分が豊かだと感じてきた。でも今回病気になって、自分が豊かでいられたのは、作品をたくさん書いてきたからだということに気づいた。もし病気や高齢で、もう何も生産的なことができなくなったらどうなるのか？　私の資産など知れている。老人ホームに一年も入っていたら、資金は底をついてしまう。だからお金を稼ぐ必要性が、これまでの私を創作へと駆り立ててきたことはたしかだ。

でも、もっと深いところには、詩を書こうとしているときに感じる幸福感がある――「わが杯は歓びであふるる」。詩が、受けた傷の直接の結果として生まれることもある。すべては人間という全体の一部なのであり、その意味ではタトゥーというのは、外からつけた絵や紋様だから、正確なイメージではないかもしれない。傷は人に、何かを教えるのだと思う――解決し、打ち勝ち、乗り越える力を教えてくれる。弱った動物は安楽死させられるけれど、私は永遠にへこんだりはしない。回復して、また創作を続けるのだ。

一九八七年一月一日

新しい年の始まりにふさわしく、太陽がさんさんと輝いている。ピエロはまだ暗い朝の五時、ゴロゴロと喉を鳴らして私に甘えてきた。そしてカレン・ソームがこの家にいるときの温かな歓びを感じる。昨夜、彼女はHOMEから車でやってきたのだ。夕飯にはロブスター――このところごちそうばかり――と、マギー・ヴォーンが持ってきたプラム・プディングの最後の残りを食べ、ツリーのそばに座ってお互いの近況を語り合う。カレンはユニティ・カレッジ〔メイン州ユニティにあるリベラルアーツカレッジ〕とつながっている二年間のプログラムで一二人の学生を教えている。そのなかでもとくに貧しい三人の学生――HOMEが彼らの命綱だった――について、彼女は目をキラキラ輝かせながら話してくれた。彼らにとって、大学に行けるということがどんなに意味をもつことか！　教授陣には、ノートルダム大学〔インディアナ州にある名門私立大学〕の元哲学教授で、学者の世界に嫌気がさして辞めた男性もいるという。カレンが教えているのは歴史だ。

今朝、彼女は鳥の餌やり器に餌を入れて吊り下げる手伝いをしてくれたあと、八時に太陽の光のなかを出ていった。

新年を迎えた今日、気分は少々重い。というのも、また心房細動が起きているような気がするから。体から活力がなくなった感じがして——クリスマスシーズンにどれだけのことをしたかを考えれば、不思議ではないのだけれど——やっぱり怖い。もしかすると空咳が続いたからだけのことかもしれない。年末に一週間、咽頭炎が治らなかったので、皆から「セクシー」な声だとからかわれた。

この新しい年には、元気になりたいと切に思う——いや、元気でいたいという意味。去年はつらい年だったけれど、自分の体——惨めな老体と重たい心臓——について多くを学ぶことができた。この心臓もなんとか動きつづけている。なぜかは神のみぞ知る。むだな一年だったわけではないけれど、ページをめくり、前を向くことができてうれしい。

一月二日　金曜日

本格的な暴風雪《ブリザード》襲来。今は一〇センチほどフワフワの雪が積もっている。でもどうやら雨になったらしく、そうすると悲惨なことになる。暴風雪になると、いつもワクワクすると同時に、みぞおちあたりに不安を感じる——停電になるのではないかと。そこでロウソクをあちこちに立て、キッチンのカウンターにはブタンガスを燃料とする小さな調理鍋を出した。もうひとつ、ハルダーにもらったメタノールを使う鍋も出す——こちらのほうが扱うのに怖くない。

高潮も予想されている。メアリー＝リーとベヴァリーは、家の海に面した裏側に板を張ったという。彼女たちの家の裏からすぐのところが岩だらけの海岸で、大きな窓ガラスがもろに強風をうける危険があるのだ。この家は「ワイルド・ノール」〔野生の丘〕の名のとおり、海から離れた小高い場所にあるので、その心配はない。

ピエロはポーチのテーブルの上に座って、窓の外の鳥や、見慣れない白銀の世界を眺めている。雪が積もると、家のなかはなぜかとても暗く感じられる。

この天気のなか、マギーは自分の姉をボストンまで車で送っていくことになっている（そこからはリムジンでニューヨークまで行く）。ニューヨークは雨のようだ。マギーはボストンから自宅へ戻る途中にここに寄って、一泊することになっていた。パン粉焼きにする牡蠣もあるけれど、次の日までもたないので今のところは様子見。彼女はサーブに乗っているが、それでもここまで来るのは無理だ——もちろん除雪車も、明日、嵐が海のほうへ抜けてからしかやってこない。

カモの詩をなんとか完成させようと思っている。昨日は疲れていたせいもあって、手直ししようとして失敗してしまった——言葉が多すぎる！　むだなところを削ぎ落とし、精度を高めなければ。このカモたちは一年間ずっと、私の楽しみだった。街に行く途中、塩沼を渡るときにいつも見るのだが、三羽が一列に並んでいることも多く、羽の色は違うのに「家族」だとひと目でわかる。二羽のガンは

© May Sarton

頭の上にトサカのある外来種。カモはマガモが二羽と白いのが一羽。

一月四日　日曜日

恐れを知らないマギーは、雪のなかを無事やってきた。雪かきのしてあった家の北側のファース通りから林を抜けて歩いてきたのだ。たいしたものだ。それに、彼女が来てくれてほっとした。正直いって、ひどい暴風雨のなかで独りでいるのは心細かった。こんなに雪が降ったことは今までに一度しかない――三〇センチ以上積もって、巨大な吹きだまりがあちこちにできている。一九七八年の大雪のときにはドアというドアに吹きだまりができて開かなくなり、二四時間外に出られなかった。今回は停電にならず、明かりもついていた。

昨日の朝のこと、机の上に溜まった、やることの山に気をとられ、ピエロがいないことに気がつかなかった。さいわいまだマギーがここにいたので、それから二時間近く二人でピエロの名前を呼び、マギーはシャベルでピエロの隠れていそうな低木のまわりの雪をどけて探した。恐怖に取りつかれ、今までもいろいろあったのに、そのうえに復讐の女神がピエロを私から取り上げようと企んでいるにちがいないと、もう半狂乱だった。

すると家の裏からマギーの叫ぶ声がした――「たぶんここよ!」　ポーチの下には大きい地下室のほかに遮断された小さな地下室があり、夏の家具がしまってある。でも入口のドアは固くて開かず、人間は通れないけれどピエロがもぐりこめるぐらいの隙間があいているのだ。マギーが力ずくでようやく四、五〇センチの隙間をあけてくれたので、私がなかに体を滑りこませた。汚い土の床には、アカリスが持ちこんだにちがいない断熱材のかけらがそこらじゅうに散らばっている。低い天井からぶら下がっているものもある。地下室のなかをくまなく探した――が、猫のいる気配はない。音もしない。そこへマギーが入ってきて、壁に立てかけてあった重い木の扉をよいしょとどけると、隅のほうにピエロの姿が見えた。半分土のなかに埋まっている。穴を掘って隠れようとしたのか、頭を上げようともせず、ただただ恐怖に固まっている。なんとかピエロを穴から引きずり出し、家のなかに運びこんだ。体じゅう泥まみれ、フワフワのおなかからは濡れた土が滴り落ちてくるが、無事だった。マギーがいなかったら、みつけられたとはとても思えない。

その後、夜中の一二時ごろに目がさめ、ピエロの身に何が起きたかが、まざまざと自分の体験のように浮かんできて恐怖にかられた。ひらめいたのは、ピエロが何かの動物に追いかけられてあの場所に逃げこんだのではないかということ――扉の向こう側に入りこめるほど小さくはなく、扉を倒せるほど大きくもない動物に。アライグマ？　コヨーテ？　それともフィッシャー〔イタチ科の動物。大型のテン〕？　いずれにしても真っ昼間のできごとだった。でもそのあとマギーの車を取りにいったとき、道路に大型犬の足跡らしいものをみつけた。今日はピエロは外に出してほしいと言わないので、胸をなでおろしている。

カモの詩の手直しはできた。でもまだ完全ではない。

もうすぐイーディスが来て、クリスマスツリーの片づけを手伝ってくれる。毎年の決まりごとだけれど、二人で楽しんでやっている。リーのクレシュ〔キリスト生誕の像〕は、昨日マギーが帰ったあとでしまった。

一月六日　火曜日

昨日はペトロヴィッチ医師の診療所は休診だった。心房細動が起きているのではないかと心配なので、看護師に心拍の検査をしてもらおうと思ったのだが、空振りだった。今日の午前中にもう一度行ってみるつもり。

日の出を見る。寝室の窓の真ん中に、オレンジ色の空を背景に真っ赤な完璧な球が浮かんでいる。窓のまん真ん中に太陽が上るのは、冬のあいだだけだ。

一面の銀世界。すばらしい眺め。すべてが汚れなく豊かに見える。でも見たことのない動物の足跡が、たくさんついているのにびっくり！　この仕事部屋の窓からでも、深さ三〇センチほどの足跡が見える――シカにまちがいない。でも、それより小さい足跡はアライグマだろうか？　それともハイイロリス？　夜にはあまたの動物が行き来しているにちがいない。でも、何も音は聞こえない。ちょっと不気味。ピエロはまだ恐怖からさめやらぬ感じ。外に出ても三〇分で戻ってきて、階段を駆け上がったり、下りたり、書斎に飛び込んだり、出たり、マタタビの匂いのするオモチャのネズミにじゃれて空中に飛び上がったり、家じゅうのラグを、つむじ風が襲ったみたいにめちゃめちゃに蹴散らかしたりしている。家の外にひそむ危険にワクワクしつつ、ちょっと怖い目に遭ってびくついているが、ピエロがこの家の支配者であることに変わりはない。

ようやく勇気をふり絞って、家のなかの修理が必要な細々としたことについて、大家のメアリー＝リーに手紙を書く。くつろいだりテレビを見たりするポーチに通じるドアノブが、二日前の夜、ピエロを呼ぼうとして外に出たときにポロッと取れてしまったこと。ピエロは戻ってきたが、玄関のドアは鍵がかかっていたので、あやうく外に締め出されるところだった。パニックになりそうになったけれど、なんとかドアをこじ開けて入ることができた。それから裏口のドアについているロックファスナーがいつも外れてしまうこと（手ではめれば使えることは使える）。それから夏の家具を入れてあるもうひとつのポーチのドアが、クリスマス前の大雨で木がふやけてしまったため、鍵がかからなくなっていること。細かいことではあるけれど、こういう不具合によって心の安らぎが脅かされるのはたしか。

でも今や、心の安らぎなんてあるのだろうか？　毎日やらなければならないあれやこれやに、心はバラバラの断片になっている。

一月七日　水曜日

昨日はイライラすることの連続だったけれど、今日の午後二時半にペトロヴィッチ医師の診療所で心臓の検査をしたところ、心房細動は起きていなかった！　私の心臓は規則正しいリズムで打っている！心底からほっとした。

午前中ずっと気持ちが落ち着かなかったので、私が名づけ親になっているノックスビル〔テネシー州の都市〕に住む女の子、ヘザー・ミリアムにプレゼントする冬用のジャケットを買いに、ポーツマスの〈ジョーダン・マーシュ〉〔ボストンに本店のあるデパート〕まで行くことにする。クリスマスプレゼント用に注文してあったものが、つい先日、品切れになっていたことが――小切手が払い戻されたので――わかったのだ。売り場には防寒着などほとんど見当たらなかったが、運よく二歳用のエレガントなラベンダー色のダウンジャケットが、五五ドルから三五ドルに値下げされているのをみつけた。幼児向けの服がこんなにするとは、驚くばかり！　帰り道に突然、キーツとマーガリートに茹でた海老を持っていってあげようと思い立つ。一ポンド〔約四五〇グラム〕買ったら、かなりの量だった。一二時に家に着き、郵便物に目を通す。なかに依頼状が二通。ひとつは、ウェストブルック大学のブラッド・ダズィエルを正教授に推す推薦状（彼には十分すぎるほどの資格がある）の依頼。もうひとつは、インディアナポリスでカルメル会の修道女たちを祝福する特別なミサが行われるので、そのときに流す詩を朗読してカセットに録音してほしいという依頼だった。

　お昼の前に、買ってきた海老四五匹ほどの殻をむいて、茹でる――そして四、五匹を自分のお昼に食べたら、とてもおいしかった！　でもこういう「やらなければならないこと」が、結局は負担になる。それに心臓の検査の結果がどう出るか、気になってしかたがなかった。

　診療所に向かう途中、車がガラガラと変な音を立てているのに気づく。うしろに載せているシャベルの音かと思ったけれど、ガソリンスタンドに寄ったときスタンドのおじいさんに車の下を見てもらうと、マフラーの問題だろうと言う。もう一時四五分だったので、大急ぎで〈スターキー・フォード〉〔カーディーラー〕に行くと、四五分でマフラーを交換してくれた。代金は一五四ドル。このところ、お金が体から血が流れるように出ていく。でもこれで少なくとも、明日キーツとマーガリートのところに行くのに、よけいな心配をしないですむ。

帰宅後、ひどく疲れていたので二〇分だけ横になる。それから仕事部屋に上がってきて、ブラッドの推薦状の下書きを書き、それからマギー・ヴォーンにも短い手紙を書く。この日記でマギーのことをほめた部分も書き写す——彼女が喜ぶと思って。

このところピエロは、雪の積もった外に出ても三〇分そこそこで戻ってきてしまい、家のなかで私のあとをついてまわっている。昨日は愛情たっぷりに甘えていたのだけれど、昨日の夜から今朝にかけては、すっかり好戦的でマッチョな猫に戻って暴れまわっている。そのあげくにベッドの脇のテーブルに置いてあった眼鏡を落とし、フレーム——一度壊れて、リーが糊でつけてくれてあった——を壊してしまった。新しい眼鏡がもうすぐニューヨークから届くので、スペアの眼鏡で間に合わせている。

ヘザーに買った小さなジャケットを包装した。明日出かける途中に郵便局に持っていこう。

静かなはずの独り居が、どれだけ寸断されるのか！

一月八日　木曜日

一〇時少し前に家を出て、キーツとマーガリートとランチをするためにベッドフォードに向かう。

クリスマスには二人に会えなかった。というのも、キーツがインフルエンザにかかり、それが長引いていたから。だから再会できたうれしさは格別だった！　今回は彼女たちが食事を用意してくれたので、殻をむいて茹でた海老は明日の二人のランチ用だ。いつものように話題は世界情勢。二人とも世の中の動きについて、とても深く認識している。「レーガンがあと二年も大統領でいるなんて、やっていられない！」と。マーガリートは、サム・ナン〔ジョージア州選出の民主党上院議員〕が次期大統領候補にふさわしいかもしれないという私に同意してくれた。キーツは今、ヴァネッサ・ベル〔イギリスの画家。ヴァージニア・ウルフの姉〕の伝記を読んでいるという。

帰るときにはムートン・カデの赤ワインをお土産に持たされた。クリスマス以来、私のために取っておいてくれてあったもので、花柄のラッピングペーパーできれいに包んである。九〇歳と九四歳になるキーツとマーガリートは、いつまでも生きているわけではない。別れてから、彼女たちがどんなに貴重な存在であり、これまでも長いあいだそうだったか、しみじみ思う。二人とも心から信頼できる、頼りになる先輩なのだ。

書こうと思って忘れてばかりいるのだが、やっと楽しみのための読書ができるようになった。この前も気分の落ちこんでいた午前中に、ドロシー・ジョーンズが送ってくれたパトリシア・マクラクランの児童小説『のっぽのサラ』――小品だがニューベリー賞を受賞した傑作――を読みはじめたら、涙が止まらなくなった。まじりけのない文体、リアリティあふれる物語！　そしてやっと、読みかけだったジェーン・オースティンの本に戻り、毎晩むさぼるように没頭している。ちなみにキーツはジェーン・オースティンが嫌い。「だって結婚相手をみつけたがっている女の人の話ばかりだから」と彼女は言う。いかにも彼女らしいコメントに、思わずニヤリとしてしまった。ブルームズベリー*のことならなんでも、熱っぽく語るのに。

四時に家に帰ると、またポーチの屋根から雨漏りがしていて、床がびしょびしょになっていた。さいわい前回の雨漏りのときにプラスチックのバケツをいくつか買ってあったので、それを置く。今また、やらなければならないことのカオスの只中にいる——机の上に山積みになったものがきれいになくなる日が、いったい来るのだろうか？

その後

とてもしんどい日だった。他人が要求してくることへの対応に追われ——その結果、欲求不満に泣いている。なんとか五分だけ時間をとって、詩のためのメモをいくつか書いた。机の上からこんなメモがみつかった——「私は檻に入れられた動物みたい、親切という名前の檻に。檻の柵が私を閉じ込める。誰か他人が求めていること、それに応えなければという義務感、返事がほしいというあまりにも多くの要求に」

というわけで今日の午前中は、煙となって消えた。ナンシーと二人がかりで、カルメル会の修道女を称えるミサのための詩を何篇か朗読してテープに録音するのに、午前中いっぱいかかったのだ。そうとわかっていたら、けっして頼んでこなかっただろう。貴重な午前中の時間が消えてしまった。それからメイン州北部に住むある詩人に手紙を書く。彼女は夫からひどい暴力をうけて、遠いところに引っ越しを余儀なくされたので、小切手を同封する。いい詩を書くのだけれど、マリファナに頼って書くのでいろいろ問題を起こしてしまうのだ。それから「よき助け《ボンスクール》の聖母教会」のシスターにも手紙を書く。あふれる思いを吐露した長い手紙を何通かくれたあと、昨日はカセットテープが届いた。この際だから言ってしまおう。他人からテープに吹きこんだ手紙が届けば、それを聴くのに四五分の時間を要求される。手紙なら数分で読めるのに。まったくもって横柄きわまりない——このカセットという代物は。だから聴かないことにしている。冷酷に聞こえるにちがいない。でも、私の全人生は来る日も来る日も返事をすることに費やされているのだ。これを聴いたら、四五分ぶんの時間がもらえるというのだろうか？

今の生活はもはや静かな絶望というほかない。日々、他人のために自分自身を生き埋めにしているも同然。それももう限界にきている。

一月九日　金曜日

ときどき、こんなに本を書かなければよかったと思うことがある。その本が多くの人を惹きつけ、彼らがまるで塩を舐めにくるシカのように集まってくる。私はもう舐めつくされて死にそうだ。

＊　ロンドン中心部の一地区。大英博物館やロンドン大学などがあり、ディケンズの住んだ家は記念館となっている。またウルフ、フォースター、ケインズ、ラッセルらをメンバーとする芸術家や作家、学者のグループ、ブルームズベリー・グループの本拠地もここにあった。訳者注。

昨日の夜は眠れなかったので、一二時ごろ起きて寝室の窓際まで行くと、月光が明るく雪を照らし、空にはまばゆいばかりの星が輝いていた。水平線近く、オリオン座の下には牡牛座のすばるが見えたので感動する。ピエロは最近、寝室の肘かけ椅子の肘のところに立てかけてあるスーツケースの上にいることが多い。そこからだと窓の外が見えるし、ピエロ自身も格好よく見える――まるで白い虎のよう。ピエロには星が見えるのだろうか。何かをじっと見つめているように見えるけれど。

暴風雪以来、当然ながら一面の銀世界では何もかもが輝いて見える。水曜日、四時を少しまわったころにベッドフォードから帰ってきたとき、私道に入っていくと真正面に夕陽が見えた。黒々としたマツの木と雪の吹きだまりの向こうに、直視できる明るさの真っ赤な球が沈んでいく――息をのむほど美しい光景だった。

昨日は餌やり器に、またショウジョウコウカンチョウが来ていた。

一月一〇日　土曜日

今朝ベッドのなかで、窓の外の不吉な黒い空を見ながら、先日亡くなったペギー・ベーコン〔アメリカの版画家、イラストレーター、画家、作家〕を追悼する、息子のアレグザンダー・ブルックの言葉を読む。息子が母親をここまでほめることができるのは希有なことだし、ペギー・ベーコンもまた、希有な母親――であり祖母――だった。享年九一。

息子のアレグザンダーは、より個人的な観点からこう振り返る。「彼女は究極の創造力あふれる人間だった。早くからその才能を認められたが、彼女の作品と才能がいかに膨大で多岐にわたるか、その価値が世間に認められたのは、かなりあとになってからだった。しかもそれは、金銭や金銭で買えるものという一般的な意味での価値ではけっしてなかった。彼女は野心や欲望によって堕落することなく、友人たちに歓びをあたえることに彼女自身も歓びを見出し、そのために文章を書き、絵を描き、エッチングや刺繡やその他のことに打ちこんだ。そしてたまたま、控えめな請求書の支払いもできたのだった。晩年には世界から身を引いて暮らし、愛する人には限りなくあたえつづけた。友人には感謝し、批評家には無関心で、人間であれ他の生き物であれ、苦しんでいる者すべてにやさしかった。謙虚さと知性と繊細さにおいて、類まれな人間だった――気高いという言葉もけっして過剰でないほどに」

仕事部屋に上がってきたあとは、火曜日にラドクリフ*で日記を書くことについてのセミナーがあるので、その準備に集中していた。ふと窓の外を見ると、世界がぶ厚い白のベールに覆われて消えてしまっている！　予想されていた暴風雪が予報より早く始まったのだ。朝の八時半ごろのこと。月曜日にケンブリッジに行くので、その前にくしゃくしゃの髪をきれいにして、パーマをかけてもらう必要がある。どうしよう、とパニックになったが、すぐに家を出て美容院に行ってみることにする。美容師のドナとは仲良しで、もう一〇年来のつきあいだから、約束の一一時より早くやってもらえるかも

* マサチューセッツ州ケンブリッジにある私立女子大学。一九九九年にハーバード大学と合併。訳者注。

しれない。すでに道は滑りやすかった——凍った雪の上に新しい雪が二、三センチ積もっていたのだ。
そして今、一〇時四五分。髪はすっかりきれいになった。今しがたエレノアに電話して、ペギー・ベーコンの死亡記事を読むように言ったところ。エレノアはかつてケープ・ポーポス*で、セシル・ドゥ・バンク〔イギリス生まれの女優〕と家を共有していたことがあり、ペギーのことをよく知っているからだ。

ベーコンの家のことはよく覚えている。とても小さな家に、絵や漫画、刺繍したクッションなど彼女の作品が所狭しと置いてあった——ビアトリクス・ポターの家みたいだと私には思えた。ペギーはすばらしい生の感覚の持ち主だった——幸せな子どものように創作に没頭し、自分がつくったものを心から愛した。

一月一四日　水曜日

日記を書くことについて、ラドクリフ・セミナーで日記の書き方を学んでいるグループを相手に話をするのはむずかしいだろうという私の直観は的中した。丸二時間、自分の日記以外の素材なしに話をするのは苦行そのもの。聴講生からの反発はかなりのものだった。でも私は、詩を朗読する以外には自分について話したくない。自分のしていることをなぜしているのか、あれこれ分析されるのには嫌気がさす。私は自分が批評家だとか、アカデミックな人間だとかいうフリをしたことは一度もない。先週、少なくとも一〇時間はかけて、討論を活気づけられるように工夫して準備したり、引用する箇所を選んだりしたのに。自分の書いたものを読みなおすのは大嫌いなのに。今回のセミナーに呼んでくれたのは、私にとってずっと温かい太陽のような存在だったドロシー・ウォレス――かつては彼女のことを「太陽」と呼んでいた。彼女は、講師料も通常私がもらっている額にしてくれたうえに、ケンブリッジに新しくできた高級ホテル〈チャールズ・ホテル〉に部屋を取ってくれた。断ることはできなかったのだ。

このきらびやかなホテルで二泊したのだが、そこでの恐ろしい体験も書いておかなければ。月曜日、早くチェックインする了解を得ていたので午前一一時に着くと、だだっ広いロビーに人影はない。フロントデスクの女性は「いらっしゃいませ《ウエルカム》」も、それに代わるあいさつもなしに、支払いができなかったときのためにコピーを取るからと、クレジットカードをよこせとだけ言ってきた。「楽しい《エンジョイ》・滞在《ユア・ステイ》を」のひとこともない。それどころか終始、冷ややかな雰囲気だった。

エレベーターで部屋に向かう途中、感じのいいポーターに、ホテルの第一印象は何より大切だと話す。最初に温かく迎えられたと思わなかったら、二度とそのホテルに泊まろうとは思わない、と。私は二度と泊まりませんよ、とポーターに言った。

一〇階のスイートルームは、設計はよくできているけれど、とても寒かった。リビングルームの片側には丸いテーブルと、そのまわりに背もたれのまっすぐな椅子が四脚、その向こうには小さなバーカウンターがある。小さなベッドルームにはダブルベッドとテレビが置かれているだけで、鎧戸にな

＊　メイン州東岸の町。ペギー・ベーコンは晩年ここで暮らした。訳者注

ったドアを閉めると狭苦しい感じがする。

どこにも花はなし。この二日間、花と静けさが恋しくてたまらなかった――そしてピエロも。

廊下では何かの作業をしていて、午前中ずっと金槌で叩いたり、壁紙を貼ったりする音がしてうるさかった。

一二時に電話が鳴る。ジャニーンというユニテリアン協会の広報担当からで、「ボストン・グローブ」紙のメアリアン・クリスティが来たので、これから部屋まで行っていいかという。ユニテリアン協会は「ワールド」という新しい雑誌を発行することになっていて、火曜日には私のためにレセプションが予定されている。そしていくつか、インタビューのセッティングもしたというわけだ。するとフロントから電話で、ジャニーンという人と会う約束をしているかと訊いてきた。なぜかは、彼女が「グローブ」紙のメアリアン・クリスティといっしょに部屋に来たときにわかった。ジャニーンは魅力的でよく気のつく若い黒人女性だった。怒りがこみ上げてきた。フロントが電話してくる前に、本人が電話で部屋に伺ってもいいかと確かめていたのに。この人種差別的な態度には腹が立った。

インタビューについては何も言いたくない。わざと挑戦的で敵対的なインタビューだった。クリスティは私の作品をひとつも読んだことがなく、訊いてくる質問は的外れなうえに傲慢。ダブルパンチだ。

一時半、やっとインタビューが終わって疲れ果て、腹ぺこだったので、マティーニと牡蠣とグラス一杯の牛乳をルームサービスに頼む――食べ終わったら横になって、できればひと眠りするつもりで。ところがうとうとしていたところ、二時半にドアをドンドンとノックする音がして目がさめた。ドアを開けると男の人がいて、「新しいシンクを取りつけにきた」と言う。びっくり仰天。私は、シンクのないところで手を洗うほど頭がおかしくなったのだろうか？　結局、それはバスルームではなく、バーカウンターに取りつける丸い金色のシンクだった。作業はすぐに終わった。その数分後、今度はリビングで誰かがごそごそ動いている音がした。起き上がって行ってみると、ボウルに入った果物とチーズとクラッカーがホテルから届いていた。腹ぺこのときに届いていたら大喜びだったのに。

ある時点で――インタビューの前だと思うが――このスイートルームが凍える寒さだということに気づいた。ホテルのハウスキーピングに電話すると、三〇分後に毛布を持ってきたので、その人に見てもらうとヒーターが切ってあった！　三時には今度は暑くなりすぎたので、自分でオフにした。

実際のところ、日が暮れてからは事態はやや好転した。窓からはチャールズ川の一部と、建物のあいだには美しい空が見え、なかなかの景色。ホテルの前の広場の真ん中には、まだライトアップされた大きなクリスマスツリーが立っている。

一月一五日　木曜日

その後、ようやく少し休むことができ、五時にはジャニーンが一時間のインタビューのために、「ミズ」誌のローズマリー・ブレイを連れてやってきた。ブレイは温かくて繊細な、とても知的な黒人女性で、話しやすい雰囲気だった。私の作品も読んでいて、去年の夏には『独り居の日記』を読んだと言い、話はそこから始まった。ブレイは、シカゴのパーカー・スクール――キャサリン・テイラーがシェイディヒル・スクールの校長として赴任する前に教えていた――の奨学生だったことがわかり、たちまち親近感を覚えた。ブレイはそこからイェール大学に進んだのだ。すぐに意気投合したので、楽しいインタビューだった。

夕食はドロシー・ウォレスといっしょにする予定だったけれど、彼女は気の毒にウィルス性胃腸炎になってしまい、来られなかった。会うのを楽しみにしていたので、まったくもって残念。夕食はルームサービスを取る。

火曜日は消耗した。昼間は例のセミナー、そして夕方五時から七時まで、ボストンのビーコン通りにあるユニテリアン協会〔一六七頁の傍注参照〕で、私のために開かれたレセプションとその後のディナーで、精も根も尽き果てた。

唯一救いだったのは、ユニテリアン教会の魅力的な牧師の車で、ケンブリッジからビーコン通りまで行ったときのこと。ちょうど満月（〝狼〟の月）が出ていて、チャールズ川に沿って明かりのついたビルの建ち並ぶ光景を眺めながら走り、川を渡り、渋滞を避けるためにビーコンヒルを縦断していくうちに、ケンブリッジとボストンへの郷愁が胸にこみ上げてきた。昔ながらのガス灯――もちろん今は電気だけれど――がともる夜景には、今でも魔法のような魅力がある。

そんなすばらしい光景が見られたのは自分へのごほうびだと思い、安堵と幸福感に満たされて九時ごろベッドに入った。ところがうつらうつらしていた一〇時ごろ、突然、ドアをドンドンとノックする音が聞こえ、それが二回続いた。ベッドから起きて、恐る恐るドアのほうに向かうと、鍵が差しこまれてドアがカチャリと開く音がした。「入ってこないで！」と私が叫ぶと、「すみません」という男の人の声がしてドアは閉まった。急いで電話のところに走っていき、緊急通報ボタンを押した。「誰かが部屋に入ろうとしてるんです」と言うと、あのフロントデスクの冷たい女性の声で、「では警備員を向かわせます」。一五分後、廊下で人の話し声がした。そしてようやくノックする音がしたのでドアを開けると、男の人が三人立っている。一人は作業服を着た金髪の若い男、一人は黒人の警備員、そしてもう一人はホテルの副支配人だった。説明によると、フロントの指示で設備管理係が三つあるスイートルームの点検をすることになり、宿泊客がいるかどうかを調べずに、いきなり来てしまったらしい！ 怒りで頭に血がのぼった。時間は一〇時をとっくに過ぎている。突然、その日の疲れと恐怖心とが相まって感情が抑えられなくなり、涙があふれた。フロントに電話して、看護師か医者を呼んで、鎮静剤を持ってきてほしいと頼む。それでも謝罪のひとこともない！

一五分後、副支配人と警備員がまた来て、医者はつかまらないので救急車を呼ぶという。やれやれ、まるでリリー・トムリン〔アメリカのコメディ女優〕の出るお笑い番組みたいになってきた。「救急車は絶対にやめて。それならホットミルクとブランデーを持ってきてちょうだい」と私。三〇分後、スタッフがミルクとブランデーを届けてきて、ドアのダブルロックのしかたを説明した。でもそれはできない――もし心臓発作を起こしたら、誰も部屋に入れなくなってしまうから！

そうしてようやくベッドへ入る。ところが三〇分後にまたノックの音――さっきの設備管理係だった。私がいるのは、ほかの二つのスイートルームのほうかと思ったという！ なんてこと！

というのが、きらびやかな高級ホテルでの顛末だった。主よ、われらを救いたまえ！ 騒ぎのあいだじゅう、〈リッツ・ロンドン〉や〈アルゴンキン・ホテル〉〔ニューヨークの歴史あるホテル〕のことがずっと浮かんでいた――古臭いけれど居心地がよく、どの部屋にもすばらしいアンティーク家具が置いてある。

「ニューズウィーク」誌のジョージ・ウィルズのコラムに、たまたまリリー・トムリンの番組からの引用がしてあって、これがなかなかおもしろかった。

ホームレスの女性がこうつぶやく。「少し研究してみてわかったのは、現実とかかわっている人間にとってストレスの最大の原因は、現実だってこと。あたしの場合、少しずつのストレスならがまんできるけど、それが生活全部になったら息苦しくてやってられないよ」

さて、これからピエロを獣医に連れていって、爪を切ってもらわなければ。

一月一六日　金曜日

日課になっている街へのドライブを心から楽しんでいる。毎日、午前中に三時間仕事机の前で過ごしたあと、学校をサボる子どものような気分で出かける。今の時期、道路にできた深い轍《わだち》が凍り、何日か暖かい日が続いても解けないので、運転には注意が必要。それでも、まわりの木々や目の前をすばやく横切るリス、それに道路の下を交差して流れる小川――このまわりは春にはリュウキンカが咲く――の黒く輝く水面を眺めながら走っていく。冬の林は完全に黒と白だけの世界だ。

楽しみなのは、ヨークの街に入るときに塩沼を渡る橋の上から水鳥を探すこと。外来種のガン二羽と、いつもいっしょにいる三羽のカモの家族だ。今日は満潮だったのでかなり遠くのほうで泳いでいた。近くでは、小ぶりで丸々としたヒメハジロも水中に首を突っこんでいた――黒と白のくっきりした模様が美しい。

郵便物の多さとそれにかかる時間について、愚痴ばかり言っている私だが、郵便局の大きな私書箱を開けるときはいつもワクワクする。今日はドリス・グランバック〔アメリカの作家、文芸評論家、エッセイスト〕の『ザ・マジシャンズ・ガール』が届いていて、今晩さっそく読みはじめるつもり。マギーからはビロードのカバーに入ったすてきな湯たんぽ。おなかの上にのせたら――なんと気持ちのいいこと。郵便物のなかにはシスター・ジーンから、大手術が無事成功したという知らせもあった。昨日、彼女に花を送っておいてよかった。手術までの長い時間、『独り居の日記』を読んで慰められたと書いてきた。グリーンフィールド〔マサチューセッツ州の都市〕のブルー・ジェンキンスからも、朗報が届いた。女性の牧師が来ることになり、その牧師と初めて会ったときの歓びを書いてきたのだ。私の気持ちもとても高揚した。私の作品を称賛する短い手紙も三、四通。近ごろは、心を鬼にして返事を書かないことにしている。

今日は仕事部屋の机の上のカオスが少しだけましになったこともあり、私のところに来るものすべてを歓迎し、自分の生きている生の豊かさを歓ぶことができる。背中に背負った荷物がどんどん重くなり、砂漠を重い足どりで歩くラクダのような気分にならずに……。

昨晩は交尾相手を探すオスのフクロウが三回、ふだんとは違う美しいメロディのついた声で鳴くのが聞こえた。こんな声で鳴かれたら、どんなメスのフクロウでもとても抗えまい。

そして夜が明けはじめた六時、また金星がオレンジ色の空に輝いていた。それから雪に覆われた芝生を見下ろすと、雪の上に、夜のあいだにここを行き来したあまたの生き物の足跡がついているのが見えた。思えばタマスは、一度も吠えたことはなかった――動物たちに気づいていなかったのだろうか？　でも数日前の夕方、ポーチのドアを開けると、荷物を届けにきたユナイテッド・パーセルの配達員が仰天した面もちで立っていた。そしてまるで幽霊でも見たような口調で言った。「今、目の前で鹿が立ち上がるのを見たんです！」

一月一八日　日曜日

雪が激しく降っている。起きても眠いので、机の上の片づけは少ししかできなかった。それでも何カ月も放置してあった手紙をかなり捨てた。プレッシャーからの束の間の休息――というより〝休日〟だ。

昨日はナンシーと映画にいく。実に半年ぶり。観たのは『ロンリー・ハート』で、そのあといつものようにポーツマスのギリシャ料理レストラン〈ルカス〉で食事。

こんなに映像も、監督のディレクションもすばらしい映画を観たのは久しぶりだ。室内の光、姉妹に扮する三人の有名な女優の顔に当たる光の繊細なこと、このうえない。ちょっと残念だったのは脚本。この作品は元々は戯曲で、去年ブロードウェーで上演されたときと同じ脚本家が担当しているのだが。ナンシーも私も、南部で生まれ育たなくてよかった、という差別主義的な感想をもった！　いやはや。それから人や動物の声がやかましく感じられて——たとえば甲高い鳥の声とか——神経にさわった。チェーホフのような、もっと微妙な描き方のほうがずっといいのに。仰々しいドラマではないほうが。でも今の時代、チェーホフだったら誰も観にいかないだろう。

一月二一日　水曜日

時間はどこに行ってしまった？　まるで時間という名前の急流を、白いしぶきをあげて下っているみたいな気がする。また大きな暴風雪がやってきて、今回はフワフワの軽い雪が一〇数センチは積もった。除雪車が除雪したあとには、脇に山のような雪が積み上がっている。今朝、ナンシーの家ではマイナス二〇度近くだったというけれど、ここも同じぐらいだったにちがいない。というわけでピエロが家にいて、目を楽しませてくれるだけでなく、足元を湯たんぽのように暖めてくれるので助かる。暴風雪がもたらすワクワク感と寒さに、いささか疲れが出てきた。車のエンジンはかかるだろうか？

この何日か、夜にドリス・グランバックの『ザ・マジシャンズ・ガール』を読んでいる。魅惑的だが、ひと筋縄ではいかない小説。表向きはバーナード大学で出会った三人の学生が、その後数十年間にたどった軌跡の物語で、一見「よくある話」に思える。でもほんとうは、怪物《モンスター》について——なぜ人はそれに惹かれるのか、ということがテーマのような気がする。三人のうちの一人、リズは明らかにアーバス〔ダイアン・アーバス。ニューヨーク出身の写真家〕がモデル。もう一人のミナは著者自身かとも思わせ、彼女を通して一九三〇年代のニューヨークが魅力的なかたちで再現される。そして、一風変わった存在感でこの物語の中心を占めるのが、三人目のモード。極度の肥満で不細工なモードは詩人で、どうやら天才らしい。彼女が愛してやまないのは言葉——感情でも想念でもなく——で、これは詩人のあり方としては興味深いけれど、私にはあまり説得力をもたない。彼女が自殺することもそう。最後の部分で、アイオワ大学で教えている六〇歳のミナが、ローウェルという若い学生と恋に落ちる——コレットの影！　この本でもっとも説得力があり、心を動かされたのはここだった。グランバックの小説のなかでも、いちばんオリジナリティのある作品だと思う。

小説家というのはたいてい、登場人物を潜在意識のなかから引っぱり出してくるのであって、実在の人物をそのまま描くことはあまりない——でも、まったくないわけではない——と思っている。潜在意識のなかに蒔かれた種が実を結び、それが表面に浮き上がってくるのだ。ところがグランバックはかならずといっていいほど、実在する有名な人物、彼女が個人的には知らない人物を使う——マクダウェル*、スランゴスレン村の貴婦人**、マリリン・モンロー〔『ミッシング・パーソン』のモデル〕、そして今回はアーバス。こういう伝説的で謎の多い「実在」の有名人こそが、彼女の想像力を豊かにするのだ。これはなんとも奇妙な気がする。いってみれば、その人の出すオーラから力を得るようなもの。

ドリス・グランバックはきわめて身体的な作家だ。彼女の作品に通底するのは、官能《センシュアリティ》ではなく性愛《セクシャリティ》そのもの。彼女はその点でコレットとは違う。ミナとローウェルの情事の描き方は実にうまい。六〇歳のミナを、ローウェルがいっぱいに開いたボタンの花のようだと言うところは心に残った。

ブラッド・ダズィエルが、「軽装版」のメイ・サートン著作選を出したいという夢をもっていて、今日のお昼にその相談をしにやってくる。序文は、読者が私に送ってきた手紙についての彼の長いエッセイ（「パッカーブラッシュ・レビュー」誌、第Ⅶ巻2号）になる予定――これはとびきりすばらしいエッセイだった。

一月二三日　金曜日

昨日は陰鬱で薄暗い空が広がり、大きな暴風雪が来る前の緊張感が漂っていた。よくあることだが、実際には予想していたほどひどくはなかった――少なくともここでは。それでもひと晩じゅう強い風が吹きつづけ、神経がすり減る思いだった。停電になることを予想してロウソクを用意したり、バケツに水を汲んだりしておいた。停電になれば明かりが消えるだけでなく、暖房も水を汲み上げるポンプも止まってしまうから。ピエロは風の音に大興奮していた。一度など、椅子に引っかけてあったベルトの端にじゃれつき、バレエダンサーさながらに空中に跳び上がり、クルッと一回転。その姿がなんとも愛らしかった。

＊　アメリカの作曲家、エドワード・マクダウェル。『チェンバー・ミュージック』のモデル。訳者注。
＊＊　一八世紀後半－一九世紀前半に北ウェールズの村で二人で暮らした女性のこと。『ザ・レイディーズ』のモデル。訳者注。

パーマをかけにいった美容院で、ちょっとしたハプニングがあり、いろいろ考えさせられた。美容師のドナが私の髪をカーラーに巻いていたとき、迎えの車を待っていた老婦人がそばにやってきて、自分のことや娘たちのことなどを楽しげに話しはじめた。ドナもそれに応えている。まるで私など存在しないかのように二人の話がはずみ、なんだか毛づくろいしてもらっている動物になったような気がしてきた。とうとう私は静かにこう言った――「私は人間よ。ゆっくり休みたくてここに来ているんです」。するとその老婦人は「あら！」と言って離れていった。ドナは謝ったが、その声には怒りがこもっていた。そして押し黙ったまま仕事を続けた。そこで、私をあのご婦人に紹介してくれればよかったかもしれないと言うと、ドナはもう一度謝った。すると店のオーナーのチャックが口をはさんだ――「ドナ、謝る必要はないよ。何も悪くないんだから」

このひとことで、私はまるで自分が犯罪者か、悪さをした子どもになった気がしてきた。涙が出そうになったので、下を向き、だんだん頭を垂れていって、肩も丸くすぼめ、できるだけ小さくなろうとした。カメみたいに首を引っこめたかったけれど、甲羅がないのでできない。涙が頬を伝った。逃げ出したい衝動に駆られたが、パーマをかけている途中にそんなことはできない。

なぜ私はあんなふうに反応したのだろうか？　それは私の職業や身分とはなんの関係もない。人間であれば誰でも、自分が存在していないかのように扱われれば傷つくという、ただそれだけのことなのだ。そしてそれが、よりにもよって美容院という、精神科の診療所を除けば、誰もが安全で守られていると感じるべき場所で起きたのだから、その苦痛は並大抵のものではない。

ドナは友人だと思っているし、彼女にはとても好意をもっている。母性的な若い女性で、多くの高齢のお客にとてもやさしく接している。チャックがいなくなると、私たちはそのことには触れることなく、いつものような会話に戻った。でもこの一件ではいろいろなことを考えさせられた。

一月二五日　日曜日

太陽がキラキラ輝く冬の日。道路は凍結しているが、スーザン・シャーマンがニューヨークからやってきて、〈ウィスリング・オイスター〉でランチをすることになっている。このところ二つの暴風雪に抑えこまれ、「外に出たい」という気持ちが募っていたから、とても楽しみ。

最近もらった三通の手紙のおかげで、少しだけ神経が太くなった気がする。一通はボストンにいるある修道女からのもので、「ボストン・グローブ」紙に載った例のインタビュー記事を切り抜いて送ってくれた。これはまったく愚劣なインタビューで、世界の前で丸裸にさせられたような気になる――いや、まちがいなくそうなのだ。それでも彼女はインタビューを引用しながら、こう書いてくれた。

あなたは自分のことを「たまたまレズビアンである善き作家」と言っていますが、それについて私が思うのは、重要なのは善き心や魂をもっているかどうかであって、ゲイかストレートか、バイセクシャルか、あるいはほかのわけのわからないものか、ではないということです。もっと言えば、神がそんなふうに人間にレッテルを貼るなどということは、どんなに想像をたくましくしてもとうてい考えられません。

二通目はニューヨーク州北部に住む女性からのもの。彼女はある読書グループで『今かくあれども』について話し合ったという。そしてこう書いている。「今までこのグループで四〇から四五冊の本を読んできましたが、これほど皆が心から楽しみ、高く評価した本はありません」。これだけでもうれしいけれど、そのあと彼女が書いてくれた私の作品に対する感想は、さらに興味深い。

あなたの生き方のなかで私の心に響き、希望をあたえられた二つの点をお伝えしたいと思います。ひとつは、女性が女性を自分のミューズとして受け入れてもいいのだ（少なくとも一定の集団のなかでは）ということ。……私はこれまでに何人かの女性からひらめきを得たことがあるのですが……それを受け入れることへの抵抗感から、自分の感情について十分に探ることはできませんでした。でも今はあなたがオープンに語ってくださったことで、どんな感情にでも恐れることなく向き合うことができます。将来、またミューズが現れるかもしれないし。

二つ目は、今週『70歳の日記』を読んでいてみつけた、「今までの生涯でいちばん自分らしくいられる」という言葉です。あなたにとって喜ばしいだけでなく、私をはじめ、人間は生涯を通じて成長するということを思い起こす必要のあるすべての人にとって、すばらしい言葉だと思います。あなたが成長しつづけてこられたのは、つねに他者に対して、そして自分自身に対してオープンだったからです。自分を閉じたい誘惑にかられるとき（しょっちゅうあります）、あなたに励ましてもらい、苦痛のないところに成長はないことを思い起こすことにします。

そして三通目――差出人の住所はなくしてしまった。

あなたとあなたの作品がなぜ「無名」だとみなされるのか、ずっと不可解に思っていたのですが、ようやく気づきました。あなたの内面の自由が、人びとに不安をあたえるからです。あなたの小説を娯楽だけのために読むことはとてもむずかしい――読み終わって、「おもしろい話だった。さぁ現実に戻ろう」とは言えないのです。あなたは人びとの現実にじかに触れる作品を書き、人間の内面を居心地悪くなるほどよく理解し、読者に考えることを強いるのです。……あなたは勇気ある書き手であり、だからこそ怖い存在なのです。

一月二七日　火曜日

海霧が出ている――海水の温度が空気より高いときに起きる現象だが、渦巻く銀色の海がまるで沸騰しているように見える。この乾燥した冬の天候のもうひとつの魅力は、夜ベッドの上に起き上がって足元のほうで寝ているピエロを撫でてやると、窓の外の光をうけてピエロの毛がキラキラ輝き、私の手の下に炎の小川が流れているように見えることだ。

昨日は山のような郵便物が届いたので、スーザンと〈ウィスリング・オイスター〉で過ごしたおいしい時間について、書きそびれた。冬晴れのパーキンズ湾はちょうど跳ね橋が上がっていて、このうえなく美しい。スーザンいわく、ゴッホの有名な絵に描かれた木製の跳ね橋によく似ていると。おしゃべりと牡蠣を食べるのに夢中で、チューリップの花が飾られているのは私たちのテーブルだけだ、ということに気づくのに時間がかかったけれど、もちろんそれはスーザンの心遣いだった！　彼女が事前に花屋の〈フォスターズ〉から届けさせたのだ。彼女がボトルで注文したサンテミリオンを飲みながら、話は尽きるところを知らず――静かなところで二人だけで話したのは初めてかもしれない――一本空けてしまった。極上のランチだったけれど、それで終わりではなく、最後にはおみやげまで――まわりにイチゴを飾った小さな丸いチョコレートケーキだ。なんというやさしさと思いやりだろう。

昨日の郵便のなかにジュリエットからの手紙があった。ずいぶん久しぶりだったので、とてもうれしい。彼女の手紙はいつも元気をくれる。それにしてもロンドンの冬は相当厳しいようだ！　水道管も凍ってしまったとか。

＊

ジェシー・ヘルムズが上院外交委員会の有力な委員だという悪夢を頭から消すことができない。ヘルムズは共和党の大部分を代表する政治家ではない。代表するとすれば、ごく一部の極右勢力だけだ。無知ほど怖いものはない。

今週の「マンチェスター・ガーディアン・ウィークリー」誌〔イギリスの国際版ニュース週刊誌。現在は「ガーディアン・ウィークリー」〕にマリオン・クマーが寄せている、「なぜアメリカ人は異質なのか」という文章が出色。書き出しはこんな調子だ。

またしてもアメリカの政治的陰謀のネットワークが明らかになるなか、ヨーロッパは今回もそれを驚き呆れた目で眺めている。そこにかかわっている原理原則には、行動にせよ、動機にせよ、共感することはできないし、アメリカ国民の反応も理解できない。またしてもアメリカ人は異質だということ、われわれはアメリカ人をまったく理解していないのだということを思い知らされる。

誰かアメリカ市民をつかまえて、あなたをアメリカ人にしているのはなんですかと訊いてみればよい。おそらく彼は自由や民主主義について語り、「アメリカ的なやり方」について語るだろう。そこでもう少し突っこんで訊いてみると、彼は真の民主主義と真の自由があるのはアメリカだけだ、と固く信じていることが明らかになるだろう。さらに彼は、少しでもなじみがなく、異質だと思うものに対して懐疑的な態度をとる。「非アメリカ的」なものは二流であるだけでなく、邪悪である可能性を秘めているのだ。

いうまでもなく、これはまさにジェシー・ヘルムズのふるまいにもあてはまる。

一月二九日　木曜日

一〇月にカルメル会の修道女たちといっしょに撮ったすてきな写真が、昨日、修道院の院長ジー

＊　ノースカロライナ州出身の政治家。一九七三年から上院議員を三〇年間務める。共和党右派で公民権運動に反対の立場をとった。訳者注。

ン・アリスから送られてきた。そして一昨日にはシスター・レスリーから長い手紙。ずっと以前に彼女が送ってきたいくつかのエッセイについて、少々辛口のことを書いたのだけれど、彼女の手紙は寛容だった。修道院にゲストとして宿泊した一〇月のあの歓びに満ちた日々が、たまらなくなつかしい。滞在中、愛に満ちた至れり尽くせりの世話をしてもらった——子どものころ、友だちが家に泊まりにくると、母はいつも「この家の子ども」と呼んでいたが、まさにそんな感じだった。あの秩序ある静寂がなつかしい。それはカルメル会修道女たちのもつ「聖霊の賜物《カリスマ》」——レスリーはこう呼ぶ——がもたらすものだ。

そして今日、レスリーが引用しているエミリー・ディキンスンの言葉に心を動かされた——「私たちは一時間に一〇〇回も信じたり、信じなかったりをくり返しているから、信じることがすばやくなる」

今、クリシュナムルティ〔インドの霊的指導者〕の伝記を読んでいる。「ニューヨーク・タイムズ」紙に書評が載り、彼が信奉者も宗教的アシュラム〔修行のための施設〕もいっさい望まなかったと書いてあったので、衝動的に注文してしまった。宗教に対する確信は、ともすれば閉ざされた心を生む。優越感を助長し、包みこむのではなく排除し、愛への道ではなく憎しみへの道を拓く——それはアメリカの宗教的原理主義者たちの態度やふるまいを見れば一目瞭然だ。

カルメル会の修道女たちに深く心を動かされたのは、彼女たちが開かれた心と柔軟な態度をもっていることだ。真理の追求に全身全霊を投じ、たとえカトリックの教義に照らして革新的なことでも躊躇しない。けっして他人に何かを説こうとしない。すべての他者に向かって「神の言葉を示す」のではなく、「神の言葉を生きる」ことで、すべての他者と交わろうとするのだ。

最近、鳥の餌やり器に数えきれないほどのマツノキヒワがやってきて、目を楽しませてくれる。そのほかにセジロコゲラも、そして——悲しいかな——強欲で巨大なハイイロリスの群れも。でも夜はマイナス二〇度にもなる凍てつく寒さのなか、とても外に出て追い払う勇気はない。

二月一日　日曜日

このところ毎晩、湧き水のように新鮮で渇きを癒やしてくれる本に没頭している。ルーラ・ビーム〔一八八七年メイン州生まれの教育者、作家〕の『メインの小さな村』〔初版一九五七年〕という本だ。オーガスタにあるランス・タプリーという出版社が復刻したもので、この忘れられていた作家の作品がふたたび日の目を見ることになった。どのページをめくっても、村の生活が説得力のある明快な文章で綴られている。今日でも、メイン州の農村にあるのは豆だけではないことが理解されるのは、いいことだ！それどころか読んでいると、しきりとノース・パーソンズフィールドでのアンとバーバラの暮らしが頭に浮かぶ。

金曜日にはまた暴風雪の予報が出ていて、二〇センチ以上の積雪があるかもしれないというので、大急ぎでポーツマスまで用足しと買い出しにいく。最悪の事態に備えるというしたたかな本能！

鶏のシチューをつくろうと思って材料を買う——いつもとは少し変えて、白カブ、キャベツ、タマネギ、ニンジンなど。それから塩でベッタリだった車を洗い、温室にも立ち寄る。なかに入ると、生き生きと成長する植物の匂いがあたりに満ち、幸せな気分。色とりどりのプリムラが何列も何列も、それにシクラメン、いくつかのアザレア、たくさんのセントポーリア、そして驚いたことにサイネリアも二つか三つあった！　もちろんこれは買わねばと、青と白を一鉢ずつ、鮮やかな赤の小ぶりのシクラメンも一鉢、そしてプリムラを二鉢――ひとつは青、もうひとつは真赤で中心が黄色のもの。そうそう、さらに贅沢をして小さな紫のクロッカスもひとつ買う。まだつぼみだったけれど、ひと晩で咲いた。

まだ外は雪深く、体感温度がマイナス三〇度以下にもなるとき、春の草花に出会うと胸が躍る！　でも今回の積雪はせいぜい七、八センチというところ。昨日は勇敢なダイアンが来て地下室のドアをこじ開け、二週間分のゴミを出してくれた。

ポーチの屋根はまた雨漏り。バケツにポトンポトンと落ちている。春になるまでなすすべはなし。

二月二日　月曜日

去年のクリスマスに、ローワンツリー・プレスがロバート・フランシス*の『アマーストを旅して――詩人の日記』を送ってくれた。それをつい先日、仕事部屋の片づけをしていたときにみつけ、その晩に一気に読んでしまった。極上の歓び。明日、ジュディ・バロウズがお昼にサンドイッチを持ってくることになっているので――雪が降らなければ！――彼女に貸すつもり。彼女はいい詩を書くけれど、いい詩を書く詩人の常で、たびたび出版を断られている。ロバート・フランシスもそうだった。

詩を出版することがどんなにむずかしいか、ほとんどの人はわかっていない。

一九三一年にフランシスはこう書いている。「詩と私とが抱き合うとき、私にはこう祈りたい奇妙な衝動が生じる――「神さま、どうか私を死なせないでください。これが終わるまでは」。詩を書くことで突然、自分の人生がとても価値あるものに思えてくる！」

いちばん最後、一九五四年六月二八日の日記にはこう書かれている。「詩人の病を癒やすものは、新しい詩を書くこと以外にない。詩人は精神的に自分の過去に生きることはできないのだ」

何カ月も具合が悪かったときに、いちばんつらかったのは、詩が生まれなかったこと――ブランブルが死んでも、そのことを詩に書けなかったのはこたえた。

今日はまたしても、外の世界から押し寄せてくるものの下敷きになっていた。自分の書いた小説の原稿を読んで、出版できるように力を貸してほしいという女性からの手紙。ある少年は、母親のためにサインしてほしいので、本を送ってもいいかと訊いてきた――少なくとも訊くだけの礼儀はある！宣伝のために私のコメントがほしいと、著者から送られてきた詩集が二冊。三冊の恵贈本――お礼を書かなければならない。お節介な女性は長い手紙をよこし、あなたの日記は後世に残るけれど、小説や詩は残らないだろうという。日本に住んでいる詩人ロジャー・フィンチからの手紙。これには返事を書きたいし、書かなければならない。私が脳梗塞だったことを今ごろになって知った古い友人からはメールグラム〔郵便局に届く電報〕で、すぐ電話をくれるように言ってきた。

＊　アメリカの詩人。生涯の大部分をマサチューセッツ州アマーストで暮らした。一九〇一－一九八七。訳者注。

ドロシー・ブライアントからは、すばらしい手紙が届く。彼女の新作『マダム・サイキの告白』はとてもおもしろい小説だったが、それについて私が出した手紙への返事。登場人物はすべて実在のモデルはなく、まったくの創作だという。それから、物語の背景となるサンフランシスコの歴史——〔一九〇六年の地震の際の〕大火災から果樹園の季節労働者たちの闘い、そして〔主人公が最晩年を過ごす〕精神病院の様子まで——についてのリサーチにどれだけ苦労したかについても。

大切な手紙は別にして、残り大多数を占める知らない人からの手紙が私をがんじがらめにし、頭がおかしくなると思うほどイライラさせる。私の詩はどうなるの？　私の生活は？

二月四日　水曜日

二月に入ると、午後の光が世界に見ちがえるほどの変化をもたらす。九月以降、気づいたことのないやさしい光。夕方五時を過ぎてもまだ残っている光。パステルブルーの空には小さなラベンダー色の雲が浮かび、白い雪で覆われた地面は光が消えていくにつれて青く色を変え、灰青色の海はしだいに暗さを増していく。今日の午後はやるべきことをすべて棚に上げて、一時間、机でロバート・フランシスの詩を読んで過ごす。

そのうちの一篇をここに書き写そう。でも選ぶのはむずかしい。一九五〇年代、ハーバードで駆け出しの英語講師として教えていたとき、フランシスの詩を何度もお手本として使ったことを思い出す。

誘い

来るつもりだった人よ、今来なさい
朝の雪の不思議さが残っているうちに
朝早い除雪車が
雪の不思議さを半分消してしまう前に

来るつもりだった人よ、今来なさい
雪の上にあなたの足跡だけがつくうちに
雪の重さにたわんだ枝が
上の雪を下の雪にばらまく前に

来るべき定めだった人よ、今来なさい
来るべき定めだったかどうか、来ればわかるはず

二月六日　金曜日

皮肉なのはロバート・フランシスが、まさにロバート・フロストが彼の詩のなかでそう見せかけ、神話化したような人生を生きたということだ。フランシスは孤独で、お金もほとんどなく、自給自足

で暮らし（彼はベジタリアンだった）、成功と呼べるものはほとんど手にしなかった。「成功した詩人ほど馬鹿げたものはない」と、ルイーズ・ボーガンはよく言っていた。

フランシスが極貧生活を送り、生涯独身で、葛藤を超越していたように見えるのに対し、フロストはつねに葛藤を抱え、妻や子どもたちを不当に扱い、心の奥底では自分はひどい人間だ——いろんな意味で——ということがわかっていたにちがいない。つねに苦悶していたからこそすばらしい詩が生まれた。あるいは二人の違いはただ、フロストが天才だったということなのかもしれない。

でもここで、フランシスの真価が発揮されている詩を、もうひとつ引用しておきたい。「泳ぎ手《スイマー》」という詩の第一部だ。

見よ、彼が水と折り合いをつけながら進んでいくさまを
信頼と最小限の暴力をもって、
見知らぬ相手を友だちに、敵を味方にしながら。
破壊力を秘めた深さがやさしく彼を支える。
彼は水をもって、水から身を守る。
危険を頼りにし、危険のなかで休む。
溺れさせる海——彼自身と溺れることのあいだにあるのはただそれだけ。

昨日、心臓の検査をうけてきた。また不整脈が出ているのではないかと心配だったので。検査は数

分で終わり、うけた意味は大いにあった。なにしろ老いぼれた心臓はまったく正常なリズムで動いていることがわかったのだ。

どういうわけか、昨日は寒さがこたえた——太陽が出ているのに、刺すような寒風が骨まで沁みた。今日は長袖の下着にズボン下、それにセーターも二枚重ねて着ている。これで寒さはしのげるはず。

ABCニュースでここのところ、ジェニングス〔ニュースキャスターのピーター・ジェニングス〕が三回連続でホームレス問題を取り上げている。五年かそれ以上前に、何千人もの精神疾患患者が将来への準備もないまま精神病院から退院させられたとは、信じられない話だ。一定の管理のもとで社会復帰をめざす更生施設が設置される計画だったのに、結局それが十分に実行されず、惨憺たる結果を招いてしまった。連邦政府はこの問題から手を引き、州政府は問題を放置してなんの責任もとらなかった。アメリカはダーウィン流の適者生存の社会となり、「不適応」者は動物同然の存在として、野良犬や野良猫のようにゴミを漁って生きるしかなくなってしまったかのようだ。昨日の夜のニュースでは、そういう人たちの写真が何枚か映し出されたけれど、その尊厳ある姿は胸に迫るものがあった。

アトランタ市長のアンドルー・ヤングはホームレスに変装して、連れの人といっしょに二四時間路上で過ごす。その後の彼の感想は心底からくたびれ果てたというもので、まさに疲弊が顔に表れていた。もっと自殺者が増えないのが不思議に思える。

教会は毎日、数百人分の食べ物を提供するという大変な活動を続けているが、必要なことをすべてやることはできない。住宅を建てる経済的な余裕などとてもない。

こうした状況の根っこにあるのは、あらゆる人びとのあいだに無気力が蔓延していることだ。自分が何かしたところでものごとが良くなるとは、もう誰も思っていない。皆——憂慮すべきことだけれど——諦めてしまっている。私自身もまさにそう。この日記には、政治のことはほとんど書いていない。どうしてなのかと自問する。でも今ほど、自分が公的領域から切り離されていると感じたことはない。

これは老いのせい? それとも少なくとも部分的には、あらゆる領域での腐敗に嫌気がさして、人のために役立ちたいという、人間としての願望が蝕まれてしまったのだろうか? 何かやっても、どうせむだじゃないか。今の時代、不正直者が幅を利かせているんだから、と。かつて民主党員は、世の中を良くするためなら惜しまずにあたえたものだと言われる。いったい今の時代のように、嘘つきと不正直者のもとで生きるほうがましなのだろうか?

二月八日 日曜日

今朝五時半、太陽がレモンイエローの空に昇った。日の出にしては、とてもめずらしい色。水平線近くには濃い青の雲が広がり、空高くにはまだ星が明るくまたたいていた。

このところ手紙に苦しめられている理由のひとつは、すでにこの世を去った多くの知り合いの伝記を書いている人たちからの依頼が、次々にくるから。彼らは私に、記憶のなかにいるその人物について書いてほしいという。先週だけでも、ミュリエル・ルーカイザー〔アメリカの詩人〕の伝記執筆者からの依頼があり、ハートフォード〔コネチカット州の州都〕のワズワース・アセニアム美術館の館長だったアーサー・エヴェレット・〝チック〟・オースティンの伝記執筆者からは、H.D.の手紙をもっと持っていないかとの問い合わせ。昨日はゲントの科学技術大学から、なんと父の博士論文のコピーを持っていないかと訊いてきた！

問題は、対応に時間がかかるというだけでなく、進んで過去を振り返る気になれないことにある。私の関心は、あくまでも現在にあり、過去について考えることでそれが妨げられてしまうように感じるからだ。脳梗塞になった直後には、頭のなかが過去の記憶であふれんばかりになり――世間では、死が迫ると現れる現象だと言う――それはおおむね苦痛でしかなかった。ひとつには、過去のことの多くは未解決のままだから。あるいは、生きつづけること――私の場合は詩を書くこと――で解決したか、どちらかなのだ。

これまで自分の作品のなかであまり書いてこなかったことだけれど、私が劇団を主宰していた当時、チック・オースティンはワズワース・アセニアムの小劇場を提供してくれた。私たちはひと冬をハートフォードで過ごし、三つの作品を上演した。新しいアメリカの戯曲、新しい劇作家を発掘したいと考え、ニューヨークのエージェントを通して何百もの戯曲を読んではみたけれど、結局ふさわしい作品はみつからなかった。劇団の役者たちはニューヨークから切り離されたと感じていた。でもオースティンは一貫して、やることがなく、その年に大きな成功を手にした者は誰もいなかった。あまりにも惜しみなく援助してくれた。もっといい芝居が上演できればよかったのに、私たちの力不足でせっかく彼がくれたチャンスを活かすことができなかったのは、無念でならない。

チックは通常の美術館の館長というイメージとはかけ離れた、魔術師のような手腕の持ち主だった。

まずそのスタイルからして桁外れだった。彼のまわりには才気あふれる空気が漂っていたが、才気とスタイルとが想像力豊かなやさしさによって、希有なかたちでひとつに溶け合っていた。

二月九日　月曜日

また暴風雪が来そうなので、その前に急いで郵便を出しにいかなければ。昨晩はヴィッキーとグレン・サイモンの新しい家で夕飯をごちそうになる。彼らはこのすぐ近くの古い家に住んでいた元隣人で、夫妻と二人の子ども、ソールとキャリーと会えなくなって寂しく思っていた。子どもたちは今、五歳と七歳。最近は、彼らのような家族といっしょに時を過ごすことがめったにないので、私にとっては大冒険だった。

五時半にヴィッキーが一人で私を迎えにきてくれ、家に着くまでの一五分間、二人でおしゃべり。そして新居をひととおり案内してもらったとき、グレンが子どもたちを連れて帰ってきた。彼らの家は細長い建物で、部屋と部屋のあいだには壁がない、オープンな設計。寝室だけは別で、建物の一方の端にはそれぞれの子ども部屋、もう一方の端には夫婦の寝室があり、プライバシーは守られている。暖房は薪ストーブがひとつあるだけ。南向きなので日当たりがよく、暖房はあまりいらない。暗くて見えなかったけれど、家の前は広い野原で、長い石塀の向こうは林になっている。

キャリーは学校でシンデレラの劇を練習していて、小人たちのダンスを得意そうにやってみせてくれせた。ソールは日記を書くと言って自分の部屋に行った——二人とも幼稚園のときから日記を書いているそうだ。キャリーはお話を二つも書いたという。二人とも私に何か見せたくてたまらない様子で、こちらも大歓迎だったけれど、それもある時点まで。もういいかというところで、子どもたちに言った――私はヴィッキーのことが大好きだから、ヴィッキーともお話をさせてね、と。

車のなかでヴィッキーは、自分が体験していることを感じとる時間がないのが悩みだと話していた。どんなときも子どもたちが、〝先取り〟してしまうんですと。

それでも、子どもたちがそのへんを走りまわっているあいだに、なんとか少しは話ができた。今まで知らなかったが、彼女はミネアポリスから最初にボストンに移ってきたとき、老人ホームで働いていたそうだ。でも二カ月後には入所者の苦しみやひどい扱いをさんざん目撃したあげくに、病気になってしまった。でも彼女の存在が入所者たちにとって救いだったことはまちがいない。その施設には三〇年間外に出たことのない老女がいて、不憫に思った彼女とグレンは救急車をチャーターして、その女性をサーカスに連れていってあげたのだという！　グレンの会社は今、ポーツマスにある老朽化した老人ホームに、新しい棟を増設しているところだそうだ。

夕食はアーティチョークのスープ、サーモン、新鮮なアスパラガス、そしてデザートには豪華なブルーベリー・チーズケーキ。こんなに手間のかかるすてきなディナーを用意してくれたヴィッキーに感謝。

家路につくとき、私の頭にはソールが――私たちが話しているとき――ヴィッキーの膝にのぼって顔にキスの雨を降らせている情景が浮かんでいた。

二月一一日　水曜日

私があまり過去を——脳梗塞のあとに、過去の記憶がドッと押し寄せてきたときのように——振り返りたいと思わない理由のひとつは、もっと多くの人を愛することができたはずだ、という思いに衝撃をうけてしまうからだ。そう思うときかならず思い出すのは、イーディス・ケネディが私のことを、「あなたは感情に動かされやすい人ね」と——悪口ではなく——言ったことだ。もしかしたら当たっているのかもしれないが、自分ではそうは思えない。それよりも大きい理由は、一歳にもならない赤ん坊のころ、ある場所にすばやく根を下ろし、誰かになつくことを、純粋に自分の身を守るために身につけたからではないかという気がする。ベルギーのウォンデルヘムで生まれてから一年のあいだに少なくとも二回、そして二歳になる前にも一カ月間、私は母親から離れて過ごした。母は病んでいたにちがいない。一度は父に連れられて友人のトルドゥール夫妻に預けられたが、ずっとあとになって聞いた話では、列車のなかで手のつけられないほど激しく泣いたので、父も泣き出してしまったという。私が一歳半のとき母は男の子を出産したが、その子はすぐに死んでしまった。その後母はひと月ほど家を留守にしたので、母が大好きだった若いアーティストの友人メタ・ビュドリーが、ジュネーブから私の世話をしにきてくれた。メタは私を空中に放り上げたり、いろんな魅力的なやり方で遊んでくれたので、すっかり彼女になついてしまったのだと思う——母が帰ってきたとき、私は泣いたそうだから。二歳になる前に、このように母との関係を引き裂かれれば、閉鎖的な人間になってもおかしくなかったけれど、結果は正反対だった。そして一九一四年八月、私が二歳のとき、遠くのほうでドイツ軍の灰色の隊列が進軍してくるなか、私たち一家は馬車に乗って豊かに実る麦畑のあいだを走り、ウォンデルヘムをあとにした。けれども行った先に待っていた亡命生活は、それまでと同じか、それ以上に安定とはほど遠かった。なにしろイギリスでの一年間、私たち一家には家がなかった。根を下ろそうにも下ろすところがなかったのだ。

しかもその始まりは悲惨きわまりないものだった。ベルギーからの亡命者はイギリス各地で「収容」されることになり、母と私は列車に乗ってどこかの「大邸宅」へと向かった。ところが私が高熱を出していたので（あとから麻疹だとわかった）、私たちは孤立した寒い納屋のような部屋に入れられた。家の所有者は親切だったのかもしれないが、そこには住んでおらず、使用人は私たちを厄介者のように扱った。母も麻疹にかかり、しかも症状はとても重かった。唯一の救いは、医者が私を「あのとびきりかわいい女の子」と呼び、馬車で往診に行くときいっしょに連れていってくれたことだった。

一方、父は陸軍省の検閲官としてロンドンで働いていた。母と私はこの〝刑務所〟――そうとしか呼べないような場所だった――から逃げ出し、しばらくのあいだ従兄弟同士がやっている農場に世話になった。そこでようやく、私はほぼ同い年のルビーという遊び友だちを得たのだった。

でもそれも長くは続かず、あるとき私は子どものいない夫婦に引き取られた。そこでの唯一の記憶は、ひまし油をむりやり飲まされたことと、それに対する私の怒り、そしてひまし油が喉を通っていく感覚だけだ。

つまるところ、私たちサートン家の三人にとって住まいと呼べる場所はなかった――一九一五年に、

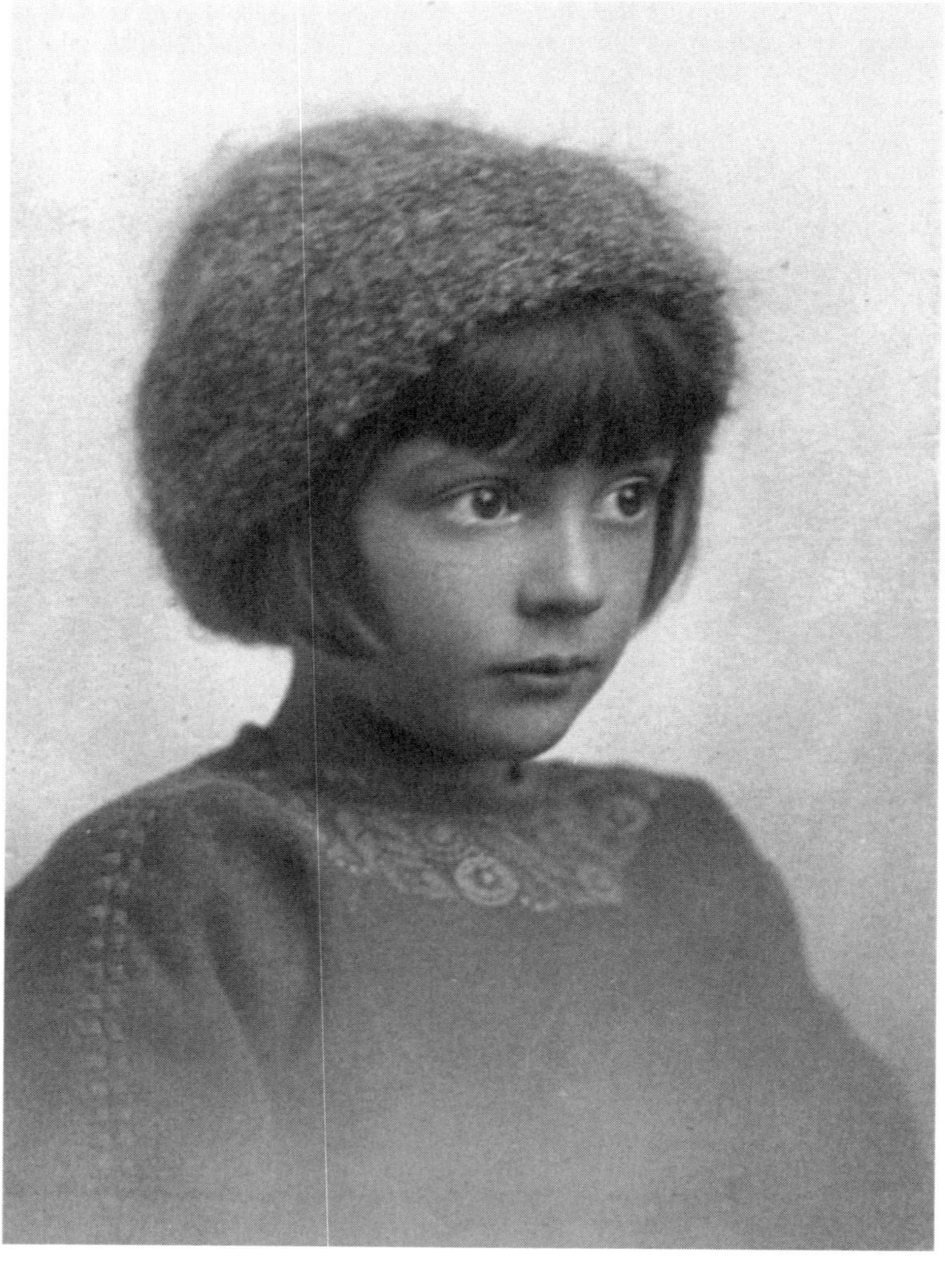

「住まいと呼べる場所はなかった」― 5歳のメイ・サートン

ようやくアメリカに移り住むまでは。

生まれてからの四年間、私はかわいい子どもであること、岩にへばりつくカサガイのように自分を誰かにくっつけ《アタッチ》ることを学んだ。私にとっての恋愛とは、文字どおり「愛着《アタッチメント》」を求めることだった。そしていちばん幸せを感じるのは、心からくつろげるとき。そしていつも憧れ、求めていたのは家庭生活だったにちがいない。

「家庭よ、私はおまえを憎む」と言ったジッドとは正反対。私は家庭生活に恋い焦がれていた。それは安全な場所、巣であり、ほっとひと息つき、ありのままの自分であることが許される場所だった。

幼いころの私にとって、いちばん心休まる場所はどこだったかといえば、真っ先に思いつくのはブリュッセル郊外の〈赤い妻壁《ル・ピニョン・ルージュ》〉——ランボッシュ一家が住んでいた家——と、私にとっての第二の母親、セリーヌ・ランボッシュだ。あなたを最初に抱っこしたのはあなたのお母さんじゃない、私だったのよ、と彼女はよく言っていた。広大な庭にはヤギやガチョウ、アヒル、それに犬と猫など、たくさんの動物がいた。それから家庭教師のボボ。厳格なドイツ人のうわべの下に温かい心を隠しもった彼女は、皆から愛されていた。子どもは女三人、男一人の全部で四人で、ちょうど私がいっしょに遊べる年齢だった。私は七歳と一四歳のときにそれぞれ丸一年、母といっしょにこの家で過ごした。二番目の小説『歳月の架け橋（*The Bridge of Years*）』で、ランボッシュ家での暮らしを称賛をもって描くことができて、うれしく思っている。大人になってからも、第二次世界大戦まではほぼ毎年、一カ月をそこで過ごし、その後も何度も訪れている。あの家は壊されてしまい、セリーヌとレイモンはもうこの世にはいない。でもあの家のことは、たとえ小さなことでもけっして忘れない。そして彼女の写真は、ベッド脇の壁に飾ってある。

二月一三日　金曜日

セリーヌの家の魔法のような魅力は、その庭にあった。そしてリンゴの木の下で――白いガチョウのフランツとその妻たち、ペルシャ猫、何羽かのメンドリたちに囲まれて――お茶を飲んだこと。夕暮れの光の下で緊張がほどけ、ゆっくりと思いをめぐらせたり、ツグミの声に耳を澄ましたりしながら、屋外でしかできないようなくつろいだ会話がはずんだひとときだった。

フランス中央部ヴーヴレのヴァレ・コケットにあるグレース・ダドリーの家〈小さな森《ル・プティ・ボワ》〉も、私にとって「わが家《ホーム》」と呼べる場所だ。春に何回も滞在したこの場所は静寂に包まれ、それを破るのはワイアーフォックステリアのジャミが吠える声だけ。家庭生活はないけれど、すばらしい静けさと自由があった。午前中は長時間、二階の部屋にこもって詩を書き、グレースはどこかへ姿を消す――彼女が丹精していたオールドローズの草取りでもしていたのだろう。お茶を飲んだあとの、ブドウ畑のあいだを縫っての散歩。毎日が規則正しく、やり残したことは何ひとつなく過ぎていく――ほかではまずありえないこと。そして私にとっては――彼女にとっても――フランスに対する情熱的な愛があり、ゆったりと物憂げに流れるロワール川――「砂の川、そして栄光の川」〔フランスの詩人シャルル・ペギーの詩の一節〕――があった。

横になったとたん、これらの風景が意識のなかに次々に湧き上がってくる。そしてなんと豊かな人生だったのだろうという思いに包まれるのだ。

今日、二月一三日の金曜日、髪の毛が逆立つほどびっくりするニュースがあった。一九八一年にクー・クラックス・クラン（ＫＫＫ）のメンバーからリンチをうけて死亡した少年の母親が起こしていた裁判で、ＫＫＫに七〇〇万ドルの賠償金の支払いを命じる判決が下ったのだ。この巨額の支払いによって、ＫＫＫが破産に追いこまれる可能性はあるだろうか？　フェアバンクスで行われたデモをＫＫＫが妨害しようとした一件以来、ジョージア州ではＫＫＫの活動が活発化している。

ルーラ・ビームの『ヒー・コールド・ゼム・バイ・ザ・ライトニング』（一九六七年初版）の新版の校正刷りを読んでいる。彼女は一九〇八年から一九一九年まで、全米伝道協会の仲介でノースカロライナ州ウィルミントンの高校で黒人の子どもたちを教えていたのだが、その体験について書かれたこの本には大きな衝撃をうけた。人種分離政策の徹底ぶりには恐怖すら覚える。彼女は教師として、きわめて注意深くならざるをえなかった。「ニグロ」たち――この時代にはまだ「ブラック」という呼び方はなく、彼女は彼らをこう呼んでいた――は、彼女が人種差別者の白人社会の一員となることを容認せず、他方、白人社会は「ニガー・ラバー」（彼女のように黒人の学校で教える白人教師は時としてこう呼ばれた）など一顧だにしなかった。おそろしく孤独な人生だった。まさに快著というべき本。

もうすぐ五時。雪に覆われた野原は、夕陽に照らされて柔らかなバラ色に染まっている。そして海はどこまでも濃いブルー。四季それぞれにとびきりの美しさを見せる景色は、例外なく「心を静めて」くれる。

二月一五日　日曜日

毎朝、日の出の時刻になると、寝室の窓に下げてある三つのクリスタル・ボールが陽の光をうけ、それが反射して部屋じゅう、天井や壁、そして私のベッドの上にも、虹色の光がキラキラ輝きながら揺れ動く。ピエロはこの〝光の鳥〟をつかまえようとして、ベッドの上でダンサーよろしく跳ねまわる。それはそれは美しく、また愉快な光景なので、このところの太陽の輝く厳しい寒さの日——今朝はマイナス一八度——には、笑いながら一日を始めることができる。

二月一七日　火曜日

昨日はマギー・ヴォーンが来て、いっしょにバレンタインデーを祝う。そしてお互いの近況についてもたっぷりおしゃべり。ところが彼女が帰ったあと、ものすごいくしゃみの発作が起きて、例の〝二四時間風邪〟を引いてしまった。そこで昨日は、めったにしないことをした——何をするのもやめたのだ！　一通の手紙も書かなかった。やったことといえば、最後の種の注文をしたことと、タマスの遺灰を埋める場所に植える木か低木を探すために〈ウェイサイド・ガーデン〉のカタログをあちこち見たことぐらい。問題は、それにふさわしい場所がなかなかみつからないことだが、スイセンの花の向こう側、マツの木の手前にアメリカシャクナゲを植えることにした——日当たりが十分あればだけれど。

昨日はそんなわけで、家のなかや外をブラブラしてバレンタインデーに届いた花を愛でたり、出窓に飾ってある花を眺めたりしていた。出窓にはコリーンが贈ってくれた鮮やかな赤のシクラメンと、そのまわりを囲むようにアザレアが置いてある。アザレアは夏のあいだは庭に出し、一一月ごろ室内に入れると咲きはじめる。今はシクラメンが真っ盛り。白いシクラメンも三つあり、これも咲きつづけている。

何もしないでゴロゴロしていると、とても心が穏やかになる。そして今日は気分も良くなり、机に向かおうという気になっている。

二月一八日　水曜日

一二月から一月まではずっと、目がさめてもまだ暗いからと、また布団にもぐりこんでいたのだけれど、今は朝五時過ぎ、夜明けとともに起きるようにしている。そして午後遅い時間には、けだるい光のなかで夢見がちになる。夢見るのは庭のこと。毎度のことながら、とてつもない贅沢をして、一年草の種を七〇種類も注文してしまった。いつも植えるおなじみの顔ぶれは、コスモス、ナスタチウム、キンセンカ、シナワスレナグサ、クロタネソウ（ニゲラ）、チドリソウ、ヤグルマギク、ヒナゲシなど。今年は平箱の苗も買うつもり――とくに咲く季節の遅いジニアとキンギョソウはそうしよう。〈ウェイサイド・ガーデン〉のカタログを見ていると、夢のようなアイデアが次々に湧いてくるのだが、注文すれば春にはそれを植えなければならないのだと自分に言い聞かせて、なんとかがまん。なにしろ一年草の種まきだけでも何日もかかるのだから、あまり仕事を増やすわけにはいかない。それでも新種のルイジアナアイリスと、バラも一、二種類は買ってみるつもり。ここに引っ越してきたときに植えてあった「ニュードーン」という蔓バラは、夏のあいだずっと、そして秋になっても咲きつづけているが、それを除けばバラはあまり成功したことがない。原因は私が面倒くさがって、土を深くまで掘って十分土づくりをしないからに決まっているのだが。

この寒さのなかでもゴミを出してくれているダイアンが、この春も週に四時間来てくれることになった。これでひと安心。

ああ、春になって庭仕事ができるようになるのが待ち遠しい！

二月一九日　木曜日

昨日はジム・ギルスネンがボストンから車で来て、ランチをともにする。一年ぶりだったけれど、とても元気そう。彼はレスリー・カレッジで英文学を専攻していて、卒論には私の小説を取り上げたいという。将来は教員を志望しているが、その理由のひとつはサートンについて教えたいからだそうだ！　細くて赤みがかった金髪を長く伸ばし、まるでルネサンス期の若者のような容貌の彼は、無垢そのものという雰囲気を漂わせている。丸二時間話をして、それからピエロに会わせるために少しだけ家に戻ったときには、かなりくたくただった。ようやく地下室から姿を現したピエロは、近くに寄ってきてジムの靴の匂いをクンクン嗅いでから、ブルーの瞳を見開いて彼を見た。

昨日は、ものごとの極致ともいえる域に足を踏み入れた。まず、花屋の〈フォスターズ〉の若い店員がヨークで私たちの車を見かけて、追いかけてきたのだ――ランの花一本とシャンパン一ケースを持って。それは、この日記がもうすぐ終わりを迎えることを祝うとともに、私が歯を全部抜いてからちょうど二年、脳梗塞を起こしてからちょうど一年目にあたることを記念して、スーザン・シャーマンが注文してくれたものだった。そして明後日、五月になったらもらう予定になっている子犬を見に、HOMEまで行くことになっているのを祝って――ワイアーヘアード・ミニチュアダックスフンドの子犬で、もう名前も「グリズル」と決めている。

それ以外にも、私の作品に感謝したいという家族から花が送られてきた――でも差出人は書いていない。それからナンシーによれば、ロンドンの「タイムズ文芸付録」から電話で、書評をする気があるかどうか打診があったという。光栄な話ではあるけれど、書評をするのはもうずっと以前にやめているし、またやろうという気持ちも今のところはない。

疲れているところにこれだけのことが起きたので、驚き呆れ、圧倒される思いだった。

二月二〇日　金曜日

この三〇年間かそれ以上、自分の人生で何か頭を悩ませることがあったときに手に取るのが、フレイア・スターク〔イギリスの探検家、旅行作家〕のエッセイ集『風のなかのペルセウス』（ロンドン、ジョン・マレー社、一九四八年）だ。今回もそうだが、スーザンは独創的な発想で私のためにいろいろなことをしてくれるので、どうお礼をしたらいいのか、わからなくなることがよくある。それで今朝は、この本の「あたえることと受け取ること」についてのエッセイを読んでみた。するとフレイア・スタークは、意外性に満ちたかたちで、なるほどと頷かせることを書いている――いつものように。

……あたえることには寛大さがあり、受け取ることにはやさしさがある。

この技《わざ》について、アラビア人はほとんど無知である。彼らは贈り物をもらうと、すばやくそれを品定めするように一瞥してから脇に置き、二度とそれについて口にすることもない。したがって、彼らが喜んでいるのかどうかを知るには、その態度の微妙な変化を手がかりにするしかない。一般に、あたえることの重要性ばかりが強調されてきたため、私たちは例外なく、受け取るときの姿勢が損なわれている面がある。けれども、あたえることは個人的な贅沢にほかならず、努力して手に入れるもの、いわば生の祭典において頭にのせる花冠のように特別なものだ。他方、受け取ることは、日々の糧であるパンに練り込まれた感謝という一般的な気持ちの一部であり、太陽の光や夜空の星とともにあるものなのだ。そして感謝は、一人の人間がもう一人の人間に手渡すことのできる最大の賛辞である。なぜならそれは、私たちが幸福を感じるたびに神に対して捧げるべきものと同じだから。

私たちはこのことを無意識のうちに感じている。だからこそ、謙虚な姿勢であたえる人、そして抵抗なく素直に受け取る人を愛するのだ。

もしかすると、贈り物を受け取ることは、子どものままでいることと関係しているのかもしれない。私はプレゼントをもらうのは大好きだけれど、たくさんはほしくない。でも年をとることで、喜んで贈り物を受け取ることができるようになった。若いときは、人に何かをあげることしかしたくなかった。花を送ることはしても、受け取るほうにはなりたくなかった。スーザンは言葉にはならないやり方で、熱意ある受け取り手になることを教えてくれているのだ！

二月二一日　土曜日

今からちょうど一年前の朝七時、ナンシーとジャニスといっしょに救急車が来るのを待っていた。朝六時に二人に電話して、来てもらったのだ。長い夜だった。夜中の一時半に脳梗塞を起こしたのだが、それほどひどくはないことはわかっていた。起き上がり、話すことはできたから。でも頭がとても変な感じがした。スーツケースに荷物を詰めることはできたけれど、なぜか着替えることができなかった。

そう、今日でちょうど一年。そして私は元気になった！　長い旅路だったけれど、今はもう過去のことはまったく考えない。今という時を歓び——将来を夢見るだけ。そして、四月にカリフォルニアで最後の詩の朗読会を終え、五月三日に七五歳の誕生日を迎えたあと、この家にやってくる小さなダックスフンドの子犬を楽しみに待つ。

私の目の前には、まっさらな空間が広がっている——もう公的な場に出ることはなくなるのだ。それでも、まだやりたいことはたくさんある。ふたたび手に入れた生活、そしてこの先に待っているすべてのことへの歓びが胸を満たす。

左頁写真 © Pat Keen

訳者あとがき

メイ・サートンは五八歳の一年間の記録である『独り居の日記』（一九七三年）を皮切りに、八三歳で亡くなるまでに全部で八冊の日記を発表している。三年前に、四冊目にあたる『70歳の日記』（一九八四年）を翻訳出版したことに続き、今回、その次の日記である本書『74歳の日記』（一九八八年）をふたたび翻訳できたことは訳者にとって大きな歓びであり、読者にとってもそうであることを願っている。これで、未訳の日記はこのあとに書かれた *Endgame* と *Encore* の二冊を残すだけとなった。

メイ・サートンは一九一二年にベルギーで生まれ、四歳のときに両親とともにアメリカに亡命して以来、生涯をニューイングランドで暮らした。ボストンの進歩的でユニークな学校シェイディヒル・スクールからケンブリッジのラテン高校に進み、高校卒業後は女優を志して劇団に入団。その後自身の劇団を主宰するも数年で挫折し、一九三七年、二五歳で初めての詩集を出してからは執筆に専念した。生涯に残した作品は小説、詩集を中心に五〇点以上にのぼる。もっとも、レズビアンでフェミニストという、その時代には特異な存在であったサートンは、作家としてつねにアウトサイダーの地位に甘んじていた。だが時代の流れがようやく追いついたというべきか、『独り居の日記』を出したころから着実に読者の数は増えていった。日本で多くの読者を得たのもこの作品が最初だった。サートンのより詳しい経歴については、『70

歳の日記』の「訳者あとがき」をご覧になっていただきたい。

本書の原題は *After the Stroke*（脳梗塞のあとで）で、ある冬の夜中にとつぜん脳梗塞に見舞われてまもない一九八六年四月を起点に、発症からちょうど一年後の翌二月までの約一〇カ月間の記録である。サートンは脳梗塞を起こす数カ月前から体調がすぐれず、医師から心房細動との診断を下されていた。不整脈のせいで心臓にできた血栓が脳に飛び、血管を詰まらせたのだろう。さいわい症状は軽く、麻痺などの後遺症はほとんど残らなかったものの、その後は薬の副作用も含めて、日常生活に支障が出るほどの不調が続く。予定されていた朗読会もキャンセルせざるをえなかった。脳梗塞を起こす直前には愛猫ブランブルの死という悲しいできごとや、クリスマスツリーが燃えてあわや火事という事件も重なり、ともすれば落ちこみがちな日常をなんとか上向かせようという気持ちが滲み出た日記のスタートとなっている。

それでも数カ月間は入退院をくり返す足踏み状態が続き、サートンはいらだち、何度も絶望の淵に追いやられる。誕生日を友人から祝ってもらっても「皆からの花を受け取ったのは愚かで病んだ動物にすぎない」と自虐的になりもするが、不調のさなかにこうも書いている。「身体が不自由になってよかったことがひとつだけある。何人かの友人が闘っている病気について、自分が健康だったときよりずっと気にかけ、共感できるようになった。……元気いっぱいで健康そのものの人というのは、まったく役に立たない！年をとることがどれだけ勇気を必要とするのか、初めてわかった気がする」。こうして病と老いによって新たな視点を得たサートンの眼差しは、より深みを増したものになっていく。

「家に帰って元気になり、自分自身をもう一度見出し、自分らしく機能できるようになろう――そう信じなければ」との言葉どおり、サートンはやがて「不死鳥」のように蘇り、健康を取り戻す。遠方での朗読会ツアーを何度もこなし、心躍る出会いや深い思索のときをもつ。自宅では以前のように友人たちを招いてはもてなし、ふたたび庭仕事に精出す日々。またとないパートナーだった老犬タマスの死に打ちひしがれもするが、ブランブルの死後にもらいうけた暴れん坊の猫ピエロとのあいだに生まれた新たな絆が、サートンを慰める。こうして読者は「ああ、やっとサートンらしさが戻ってきた」とほっと胸をなでおろし、溜まるばかりの読者からの手紙の山に毒づく箇所にさえ、笑みをもらしてしまうのだ。前半のいらだちと絶望、後半の希望と活力――その対比は『70歳の日記』にはなかった奥行きを本書にもたらしているように思う。そして誰しもが避けることのできない老いへの立ち向かい方に、さまざまな示唆をあたえてくれるのである。

サートンは本書のなかで、ある作家の日記を読んだ感想をこんなふうに述べている――「良い日記が人の心を揺さぶるのは、そこで起きる大きなできごとゆえではなく、庭でお茶を飲むとか、そんなささいな日常のできごとだということを思い知らされた」。これはそのまま、メイ・サートンの日記にもあてはまるのではないだろうか。日常を日常として生きることにこそ、真の勇気が必要なのだ。

ここで私事になるが、サートンが暮らした海辺の家を訪ねて、メイン州ヨークまで旅してきたことにも触れておきたい。サートンの日記の読者ならおわかりと思うが、自宅周辺の豊かな自然描写がその大きな魅力のひとつであり、前作『70歳の日記』を訳してからというもの、どうしてもこの目で「野生の丘《ワイルド・ノール》」を見たいという気持ちを抑えられなくなった。そして一昨年の秋、紅葉の時期に一路ボストンへ飛んだ。つれあいと、ドライバーを買って出てくれたアメリカ在住四〇年以上の友人との三人旅とあいなった。

ヨークはメイン州の南端に位置し、ボストンから約一〇〇キロの道のり。ただ、肝心の住所がわからなかったので家探しは難航した。なんとなくヨークにさえ行けば、それらしい地形がすぐに見つかって……と甘く考えていたのだが、その考えはみごとに裏切られた。ヨークはボストンから近いこともあって夏のリゾート地として有名なところで、海岸こそ広がっているが、海を見下ろす小高い丘というのがどこにあるのかさっぱりわからない。探しあぐねて町役場に飛びこんだところ、ありがたいことに親切な職員が住所と行き方を教えてくれた。そこは海岸のあるヨークの中心部から、川を越えて南にしばらく行ったところの高台だった。

諦めかけていたサートンの家（写真上。撮影訳者、以下の写真も同じ）をついに捜しあて、その姿を間近に見たときには万感胸に迫るものがあった。本書が書かれてから三〇年をへた今も、写真で見たままのたたずまいは少しも古びていない（現在はサートンとは関係のない方が住んでいるとのことだったが、あいにく留守だった)。そして家の前に広がる広大な野原と海へ通じる小道も、まさに日記に書かれているとおり。小道をたどって海まで行くと、岩場に波が白いしぶきを立てて打ち寄せている。ただ、とりどりの花でいっぱいだったはずの庭やテラスの花壇には一輪の花もなく、かつての主の不在を際立たせていた。

その数日後には内陸のニューハンプシャー州まで車を走らせ、サートンが最初に独り居を始めた——そしてサートンの眠る墓のある——ネルソンにも足を延ばした。人口一万人超のヨークに比べると、ネルソンは人口七〇〇人あまりの小さな小さな町で、中心部に教会が建つ以外、一軒の店もない。だが、もう存在していないとばかり思っていたかつてのサートンの家(写真下)が、教会の隣にそのままの姿で建っていたのはうれしい驚きだった。そこから坂を上ったところにある墓地に行くと、サートンの墓もすぐにみつかった(次頁の写真)。不死鳥をかたどった彫刻が墓石の代わりに置かれている。紅葉も盛りを過ぎ、落ち葉に埋もれたサートンの墓……今、ここを訪れる人はどのくらいいるのだろうか。

海岸の喧騒からは遠く、隣家からもかなり離れたヨークの家にせよ、文字どおり人里離れたネルソンにせよ、実際に自分の目で見て、あらためてサートンの暮らしがいかに「孤

独」だったかを肌で感じることができた。それは孤独を愛するがゆえの選択だったわけだが、同時に孤独であってもけっして孤立していなかったのは、多くの友人と愛する動物たち、そして周囲の自然との濃密なかかわりがあってこそだったのだ、との思いを新たにした。

現地に旅したことがどれだけ役に立ったかはわからないが、たびたびサートンの家のまわりの様子やヨークの街並みを思い浮かべ、旅の思い出を反芻しながら翻訳に取り組めたことは幸せな体験だった。前作と同様、本書にも詩が数多く引用されているが、その解釈については、古くからの友人である小口未散さんと満谷マーガレットさんに今回も助けていただいた。そしてみすず書房の栗山雅子さんには、二〇年前の『総決算のとき』、三年前の『70歳の日記』に続いて、今回もお世話になった。丁寧に訳文を読みこんだうえでの的確なご指摘にくわえて、訳者の日本語の悪いクセにも目を光らせてくださったことに心より感謝している。ありがとうございました。

二〇一九年八月

幾島幸子

著者略歴

(May Sarton, 1912-1995)

ベルギーに生まれる．4歳のとき父母とともにアメリカに亡命，マサチューセッツ州ケンブリッジで成人する．一時劇団を主宰するが，最初の詩集（1937）の出版以降，著述に専念．小説家・詩人・エッセイスト．日記，自伝的エッセイも多い．邦訳書『独り居の日記』（1991）『ミセス・スティーヴンズは人魚の歌を聞く』（1993）『今かくあれども』（1995）『夢見つつ深く植えよ』（1996）『猫の紳士の物語』（1996）『私は不死鳥を見た』（1998）『総決算のとき』（1998）『海辺の家』（1999）『一日一日が旅だから』（2001）『回復まで』（2002）『82歳の日記』（2004）『70歳の日記』（2016，いずれもみすず書房）．

訳者略歴

幾島幸子〈いくしま・さちこ〉 1951年東京都に生まれる．早稲田大学政経学部卒業．翻訳家．訳書 M・サートン『総決算のとき』（1998，みすず書房）A・ネグリ／M・ハート『マルチチュード』（2005，NHK出版）N・クライン『ショック・ドクトリン』（共訳，2011，岩波書店）S・ピンカー『暴力の人類史』（共訳，2015，青土社）M・サートン『70歳の日記』（2016，みすず書房）N・クライン『これがすべてを変える』（共訳，2017，岩波書店）N・クライン『NOでは足りない』（共訳，2018，岩波書店）他多数．

メイ・サートン
74歳の日記
幾島幸子訳

2019年10月16日　第1刷発行

発行所　株式会社 みすず書房
〒113-0033 東京都文京区本郷2丁目20-7
電話 03-3814-0131(営業) 03-3815-9181(編集)
www.msz.co.jp

本文印刷所　精文堂印刷
扉・表紙・カバー印刷所 リヒトプランニング
製本所　松岳社

Printed in Japan
ISBN 978-4-622-08852-3
［ななじゅうよんさいのにっき］

独り居の日記	M.サートン 武田尚子訳	3400
70歳の日記	M.サートン 幾島幸子訳	3400
エミリ・ディキンスン家のネズミ	スパイアーズ/ニヴォラ 長田弘訳	1700
マイ・アントニーア	W.キャザー 佐藤宏子訳	3800
三月十五日 カエサルの最期	Th.ワイルダー 志内一興訳	3700
Haruki Murakamiを読んでいるときに我々が読んでいる者たち	辛島デイヴィッド	3200
女性にとっての職業 エッセイ集	V.ウルフ 出淵敬子・川本静子監訳	3200
幸せのグラス 文学シリーズ lettres	B.ピム 芦津かおり訳	3600

(価格は税別です)

生きがいについて 神谷美恵子コレクション	柳田邦男解説	1600
こころの旅 神谷美恵子コレクション	米沢富美子解説	1600
長い道	宮崎かづゑ	2400
亡き人へのレクイエム	池内紀	3000
死を生きた人びと 訪問診療医と355人の患者	小堀鷗一郎	2400
老年という海をゆく 看取り医の回想とこれから	大井玄	2700
死者の贈り物 詩集	長田弘	1800
世界はうつくしいと 詩集	長田弘	1800

（価格は税別です）

みすず書房